文春文庫

孔丘

下

宮城谷昌光

文藝春秋

下●目次

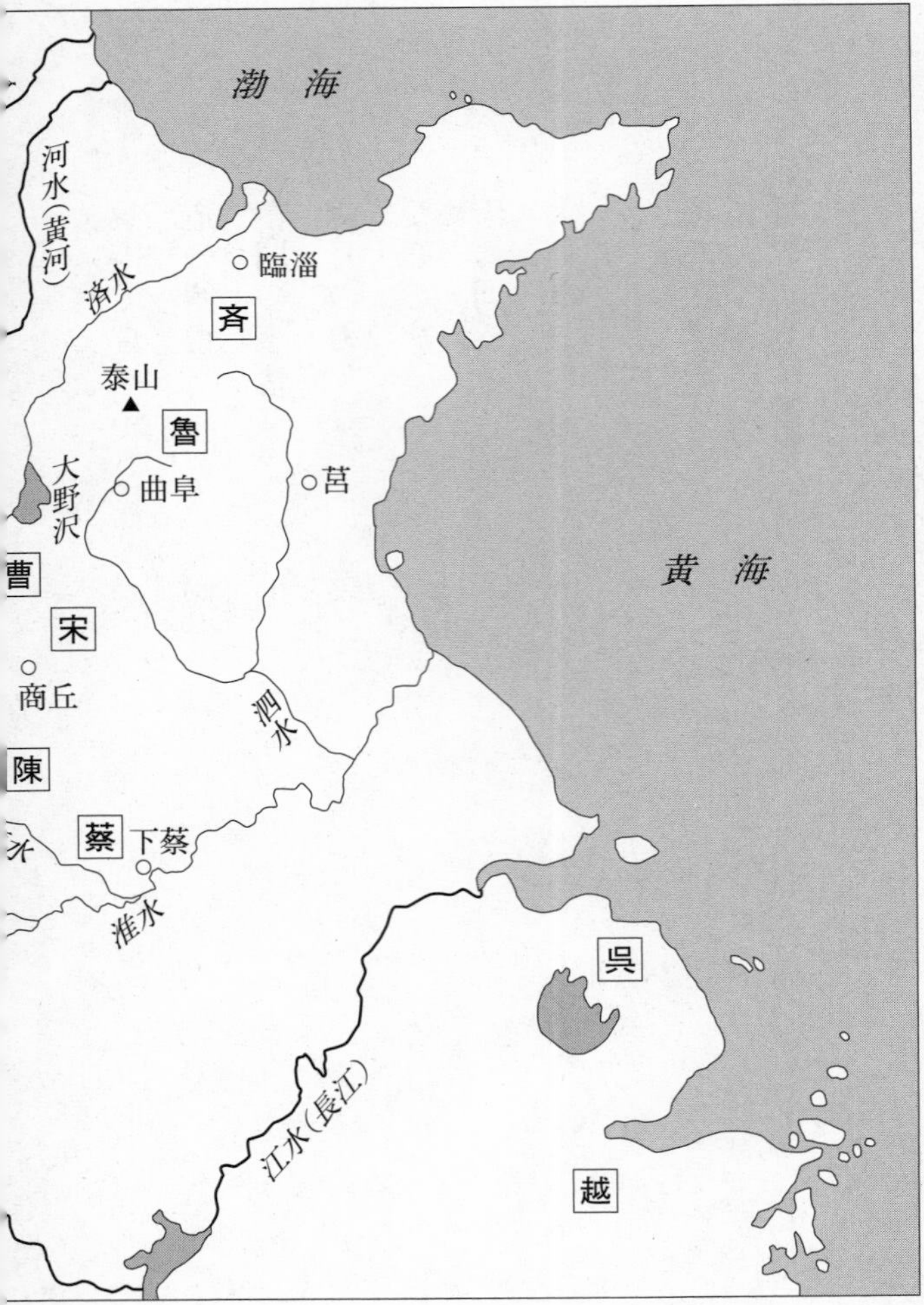

渤海
黄海
河水(黄河)
済水
臨淄
斉
泰山
魯
曲阜
莒
大野沢
曹
宋
商丘
泗水
陳
蔡
下蔡
淮水
呉
越
江水(長江)

春秋時代概念図

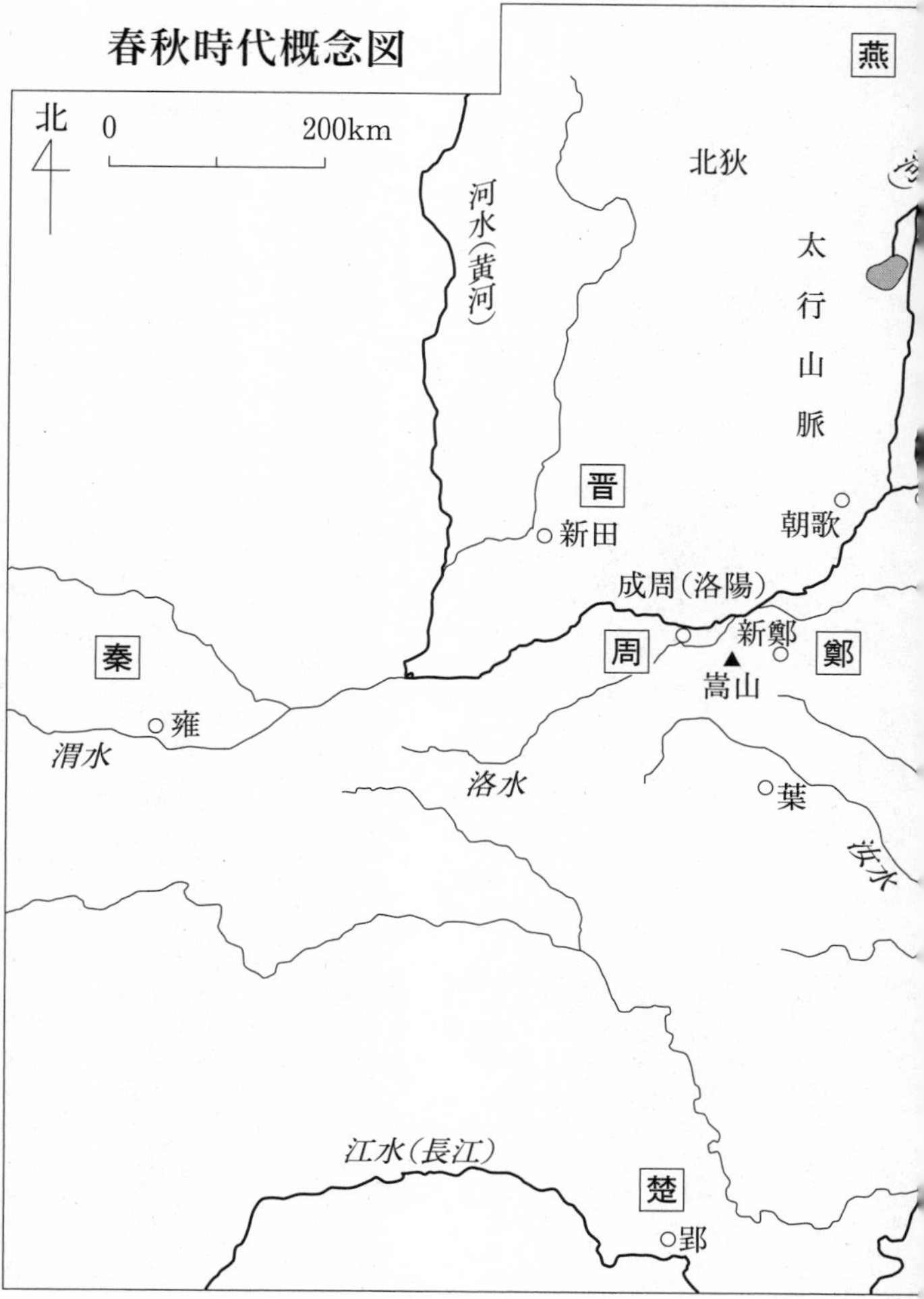

上巻　目次

孔丘　下

去来する人々

「あっ、先生――」

と、閔損《びんそん》はおどろきの声を揚《あ》げそうになった。

あろうことか、孔丘《こうきゅう》のほうがさきに馬車をおりて、停止したばかりの孔鯉《こうり》の馬車に登ったのである。

孔鯉の横で手綱《たづな》をにぎっていた冉耕《ぜんこう》も、おもいがけなかったらしく、あわてて手綱を孔鯉にわたすと、あわただしく閔損の馬車に移ってきた。かれはうれし泣きをしていた。

「わたしも泣きたいほどうれしいです」

と、閔損は冉耕に声をかけたくなった。冉耕は古参の門弟ではあるが、あえて孔家の暗い事情に深入りすることを避けていた。が、孔丘不在の教場《きょうじょう》を秦商《しんしょう》にかわってあずかることになり、そこに孔鯉が転居してきたとあっては、孔鯉を傅育《ふいく》する立場にならざるをえなかった。

孔鯉は学問を嫌い、母を離別した父に心をゆるさなくなったが、温厚な冉耕と接するうちに、すこしずつ心境が変化し、自身の平凡さを恐れず、父の非凡さを嫉《そね》まなくなった。父の帰国を知った孔鯉が、みずから出迎えたい、といったとき、冉耕はその勇気を内心ほめた。

——孔先生は、この一事ですべてがおわかりになる。

冉耕はそう信じて、孔鯉を乗せた馬車を走らせてきた。実際のところ、孔丘の行為は、冉耕の予想をうわまわった。冉耕だけではなく、それを目撃したすべての門弟は感動した。

孔丘と孔鯉が乗った馬車が動きはじめたとき、

「人とは、ふしぎですね」

と、閔損はいった。

「近すぎるゆえに人の心は離れ、離れているがゆえに人の心は近づこうとする……」

大いにうなずいた冉耕は、閔損の実家にあった複雑さを察して、

「時も、人に力を貸してくれるのだろう」

と、さりげなくいった。

孔丘と孔鯉が乗った馬車が、曲阜《きょくふ》の西門を通ったのは、翌朝である。西門のほとりに十数人の門弟がめだたぬようにたむろしていた。城内で徒党を組むことが禁じられ

ているので、かれらは吏人《りじん》にみとがめられないように、孔丘の帰りを待っていた。

「先生だ――」

門弟のひとりが揚げたこの声に弾かれたように、かれらはいっせいに趨《はし》った。すこし馬車を追うかたちになった。馬車は停止した。車中でふりかえった孔丘は、眼下の門弟のなかに秦商の顔をみつけると、すばやく馬車をおりた。歩《ほ》をはやめて秦商に近寄ると、目礼《もくれい》したかれの腕をとり、肩に手をおいた。

「長いあいだ、よく助けてくれた」

ねぎらい、というより感謝の辞である。

秦商の目が赤くなった。

孤独感の強かった孔丘にとって、秦商は友のなかの友といってよい。かれが孔丘に無断で仲孫《ちゅうそん》氏に仕えたからといって、それを責める気持ちはさらさらない。

秦商はすこし嗄《か》れた声で、

「数日のうちに、主《しゅ》は教場をお訪ねするとのことです」

と、いった。主というのは、むろん、仲孫何忌《ちゅうそんかき》のことで、子説《しえつ》の兄をいう。

「お待ちしています」

この孔丘の返辞をきいた秦商は、子説のもとへゆき、ちょっとした報告をおこなった。六月に、公子宋《そう》が即位して魯《ろ》の君主となったことを告げたのである。ちなみにこ

の君主は、史書では、

「定《てい》公」

と、記される。なお、同時代に、晋《しん》にも定公がいるが、たまたま諡号《しごう》がおなじになったということなので、むろん、別人である。

——先生の予言通りになった。

このおどろきを胸に秘めた子説は、孔丘が馬車にもどるのを待って、

「では、ここで——」

と、一礼して、別れた。秦商は子説の馬車に随《したが》って、歩き去った。孔丘の留学を支えつづけた子説が、誇り顔をいっさいしなかったことに、閔損は感銘《かんめい》をうけた。

馬車は、門弟たちの歩みにあわせて、ゆっくりすすんだ。孔丘が馬を御《ぎょ》している。御法に精通している孔丘が孔鯉に馬の御しかたを教えているのであろう。

やがて、教場がみえた。

——ああ、帰ってきた……。

閔損はなんともいえない気分になった。車中で喜躍《きやく》してよいはずなのに、なぜかさびしさが去来した。孔丘のもっとも近いところですごした留学の歳月のなかにあった充実感が、実家のあるこの曲阜では、ゆるんでゆきそうな恐れもおぼえた。

突然、門前に歓声が生じた。門前にならんでいた二十数人の門弟が、孔丘と孔鯉が

おなじ馬車に乗ってきたことを祝福する声を揚げたのである。ほどなくかれらは孔丘に敬礼し、孔丘と孔鯉が門内にはいるのをみとどけて、教場にはいった。なかは、孔丘の帰国を賀《いわ》う会場になっていた。さきに帰着した漆雕啓《しっちょうけい》が、仲由《ちゅうゆう》、顔無繇《がんむよう》などとともに作った会場である。およそ半時《はんとき》後に、旅装をぬいだ孔丘が孔鯉を従えて会場にあらわれると、門弟はいっせいに起《た》って拍手をした。

牖《まど》から射し込んでいる秋の陽光が、会場内をさわやかに明るくしている。

着座した孔丘は、みなを坐らせると、開口一番、

「われは周《しゅう》都において廃頽《はいたい》と再建をみた」

と、いった。留学による最大の収穫がこれであった。

その意義がどういうことか、孔丘は説《と》きはじめた。

人と人が争えば、かならず人が消える。それにともない、失われてゆくもののなんと多いことか。失われてゆくものは有形であるとはかぎらない。無形のものもある。その後に為される再建は、失ったものをほとんどとりかえせない。周都で師事した老《ろう》子《し》も、周都から去った。おそらく老子は、周都を、無《む》、とみなし、無に居るかぎり無なので、そこからでることによって、有《ゆう》を産もうとした。が、おなじときに周都をあとにした自分はどうであろうか。たとえ周都が無でも、この魯の曲阜は有である。おなじように衛《えい》も斉《せい》も、その国都は有であろう。つまり周都からちらばった有が、諸国

に残留している。中央で失われた真実が、いまや地方にあり、それを自分が守り、門弟に伝えてゆかなければならない。

　孔丘はその覚悟について、ほかのときに、

「述《の》べて作《つく》らず、信じて古《いにしえ》を好む」

と、いった。作る、とは、創作するということである。

　孔丘は、三日後に教場を再開する、と告げて、孔鯉とともに奥へはいった。このあと、門弟たちは、孔丘に従って周都ですごした閔損や漆雕啓などをとりかこんで、話をききたがった。留学した者たちも、魯の国情の推移を知りたいので、質問し、やがてそこは懇話《こんわ》の会となった。

　すでに孔丘は車中で孔鯉と話すうちに、魯の乱の終熄《しゅうそく》と定公を君主に戴《いただ》いた国政の主導体制について知った。あいかわらず三桓《かん》による寡頭《かとう》政治がつづくのであるが、参政の席についた仲孫何忌は若く、叔孫不敢《しゅくそんふかん》は年齢は高いが為政《いせい》の経験が浅いので、多少はその体制も若がえったといえるであろう。

　孔鯉は仲由からおしえられたことを孔丘に伝えた。

「季孫《きそん》氏は、昭《しょう》公を佐《たす》けた子家子《しかし》（子家羈《しかき》）の才徳を惜しみ、ともに政治がしたいと招いたようです。が、子家子は辞退し、昭公のご遺骸《いがい》につきそっていちどは帰国したのですが、国外に去りました」

「ああ、ここでも、人が争うことによって、人を失った。とくにその人が比類ないほどの大才であれば、国家の盛衰にかかわる。それは昔の斉の管仲《かんちゅう》の例をみれば、あきらかである」

空前絶後の名輔相《ほしょう》といわれている管仲は、斉が生国ではない。潁水《えいすい》のほとりで生まれたかれは、三人の君主に仕えたものの三度とも追いだされた、と伝えられているように、諸国を転々とし、ついに斉の桓《かん》公にみいだされた。そのまえに管仲は魯にいたこともあるのである。国の規模としては中程度であった斉は、管仲の改革によって大国にのしあがった。それどころか斉の桓公は諸侯を従える天下の盟主となった。以来、魯は斉に圧迫されつづけているといっても過言ではない。

しばらく自室で孔鯉と語りあったあと、起って、庭をながめた孔丘は、みなれぬ建物が庭の隅にあることに気づいた。建物は高床《たかゆか》である。

「あれは――」

孔丘はゆびさした。

「申しおくれました」

やや恐縮してみせた孔鯉は、いそいで説明した。去年、老司書の子が教場にやってきた。父の遺言のなかに、蔵書をのこらず孔先生に寄贈せよ、とあったので、それをはたしたいが、うけとってもらえるかどうか、と打診にきた。孔鯉は冉耕らと相談して、その蔵書をひきとることにし、ひとまず教場に書物を積みあげたが、かなりの量なので、急遽《きゅうきょ》、書庫を建てて、それらをおさめたという。

「あの老人は、亡《な》くなったのか……」

明日にでも老人に会って謝意を語《つ》げるつもりであった孔丘は、心の張りを失ったおもいで、明るいとはいえない書庫にはいった。書物をみるだけではなく、それらを撫《な》で、あちこちの巻《かん》をひらいた。伝承を書き留めたものがかなりある。目を近づけて巻《かん》端《たん》の文を読むうちに、働き盛りであったころの司書の意幹《いかん》のようなものがつたわってきた。

——ああ、これらすべてが、あの老人の遺言なのだ。

もはやあの老人は無いが、伝えられたことばに実《じつ》が有る、といえないだろうか。またしても孔丘はあの老人から教えられたと感じた。

数日後、教場内がざわついた。

門前に、仲孫何忌の馬車が停まったからである。いまや何忌は、季孫意如《きそんいじょ》に次ぐ高位にいる卿《けい》であることを知らぬ門弟はいない。

数人の従者を馬車に残し、子説ひとりをともなって門内にはいった何忌は、束脩《そくしゅう》をたずさえていた。むろんそれは入門の意思表示である。

閔損から耳うちをされた孔丘は、講義を中断して、その兄弟を客室へ導いた。

子説より二つ上の何忌は、二十二歳のはずであり、子説より体格がよい。この若さで大臣の風格をそなえているのは、生死の境というべき戦場を往来したという経験があるからであろう。

「はじめてお目にかかります」

と、孔丘にむかって一礼した何忌は、

「じつは今年の春に、わたしは衆を率いて成周《せいしゅう》の修築に参加しておりましたので、先生から遠くないところにいたことになります。が、工事の場からはなれるわけにはいかなかったので、お目にかかれず、今日に至りました」

と、微笑をまじえていった。それからおもむろに束脩をさしだした。

「門弟の端《はし》に加えていただけると幸甚《こうじん》です。しかしながらわたしは、この教場に通うわけにはいかず、ご無礼ながら、弊宅《へいたく》で、先生に教えていただけないか、と懇願《こんがん》するしだいです」

何忌が教場にきたとわかった時点で、そういう話になるだろうと予想した孔丘は、もったいぶらずに、

「ご都合がよろしいときに、おうかがいしましょう」

と、いった。何忌のうしろに坐っていた子説は、孔丘の性格のなかに激情家がひそんでいることを察知しているので、孔丘のおだやかな返辞をきいてほっとした。かれ

は孔丘に感謝するように目礼した。

何忌と子説が帰ったあと、教場内が譟《さわ》がしくなった。孔丘が仲孫家に学問と礼の教師として迎えられることを門弟が知って、おどろきと喜びの声を揚げたからである。

孔丘が権門とむすびつき、知名度をあげることによって、儒者《じゅしゃ》が卑《ひく》くみられなくなることはあきらかである。それは孔丘にも政治的才覚があるということであり、不惑《ふわく》、という自覚が、自尊心へのこだわりをわきに置いて、世間から蔑視《べっし》されてきた門弟のためにも、すすみやすい道を拓《ひら》いたといえる。

仲孫家との関係に限定していえば、すでに亢竽《こうう》と子説が両家のあいだに橋を架《か》けた。さらに、

——孔丘の門下生は使える。

と、何忌におもわせたのは、秦商であろう。何忌は孔丘を招いて、純粋に学問をして礼を習得したいわけではなく、孔門を才能集団とみなして、それを自家の勢力拡大のために利用したいだけなのではないか。そうみた漆雕啓は、閔損に、

「仲孫家の当主の不純さに、先生が気づかれぬはずがない。先生が仲孫家にゆかれるのは、長くて五年だろう」

と、ささやいた。

「人は近づきすぎると反発しあう、ということですか」

そうはいったものの、閔損はうれしそうである。なんといっても、一国の政治の枢《すう》要《よう》にいる人が孔丘に師事することになるのは、孔家だけではなく門弟にとっても慶事である。

——これで胸を張って巷陌《こうはく》を歩ける。

世間の目を気にすることなく、儒服《じゅふく》を着て、まちなかを往来できる。それだけのことが、閔損にとっては、とてつもなくうれしい。

威儀　抑抑《よくよく》たり　（姿は厳《おごそ》か）
徳音《とくいん》　秩秩《ちっちつ》たり　（徳は清らか）
怨《うら》まるることなく　（怨まれず）
悪《にく》まるることなし　（憎まれず）
群匹《ぐんひつ》に率由《そつゆう》す　（群賢《ぐんけん》に従う）
福を受くること疆《かぎり》なし　（福を無限に受け）
四方の綱《こう》なり　（天下の綱紀《こうき》である）

突然、閔損は詩を高らかに歌った。孔丘の未来を祝福したのであろう。

それを黙ってきいた漆雕啓は、閔損が屈辱に耐えてきた歳月の長さを想《おも》った。孔丘の門弟であることを誇ることができる時の到来を、かれほど喜んでいる者はいないであろう。

——われは無理解の父母をもっているわけではない。

漆雕啓はつねに理解を示してくれる兄に感謝している。また兄は、漆雕啓が三十二歳になったこの年まで、

「仕官をしたらどうか」

などと、いちどもいったことがない。あるとき兄は、

「孔先生はなんじにとって父のごときか人か」

と、いった。それにたいして漆雕啓は、そうです、と答えたものの、孔丘が父を超《こ》えた人生の師であることを、うまく説明できなかった。とにかく孔丘のそばにいると安心であった。そういう自分を、

——独《ひと》り立ちできない幼児のようだ。

と、自嘲《じちょう》ぎみに観《み》るときもある。だが、孔丘の存在と思想、および行動は、すべての人にとって模範《もはん》となり、それ以上の生きかたをほかに求めようがない、と漆雕啓はおもう。要するに、漆雕啓は正しく生きたいのである。そのために、かつての漆雕啓は剣をふるったが、それよりはるかにまさる勇気があることを、孔丘に教えられ、その教えが歳月を経て腑《ふ》に落ちた。孔丘の近くにいると、自分がますます小さくなって

ゆくように感じられるが、それだけ世の大きさがわかってきたともいえる。世には有形の過去があるが、無形の過去もある。それらが総合されて、今の世がある。とくに無形の過去については、孔丘の教えがなければ、それを観る目をそなえられなかったであろう。三十歳をすぎるころから、漆雕啓は、どこにいても、あじきない、と感ずることがなくなった。これが無形の豊かさであるとしても、もしも孔丘が消えてしまえば、この豊かさは幻想にすぎなくなってしまうのではないか。そういう恐れがあるかぎり、漆雕啓は、おのれを守るためにも、孔丘を守ってゆかねばならぬ、と強く意《おも》っている。

さて、うわさがひろがる早さは、尋常ではない。

実際に、孔丘が仲孫家からさしむけられた馬車に乗ってその貴門に出入りするようになると、入門希望者がにわかに増えた。このころから儒者にむけられた悪評が消えた。ただし世人《せじん》の多くは、孔丘がなにを教えているのか、ほとんどわかっておらず、

「とにかく高尚《こうしょう》なことを教えているらしい」

というのがかれらの認識であった。

のちのことになるが、仲由が孔丘の使いで郊外にでたが、復《かえ》りが晩《おそ》くなってしまった。城門が閉じられてしまったので、やむなく石門《せきもん》とよばれる外門で泊まって夜明けを待つことにした。そこには、晨門《しんもん》、とよばれる卑官《ひかん》がいた。かれが朝になると門を

あける。仲由を一瞥《いちべつ》したかれは、

「どこの家の者か」

と、問うた。

「孔氏の家の者だ」

仲由がそう答えると、すかさず晨門は、
これその不可《ふか》なることを知りて、しかもこれを為《な》す者か。

と、孔丘についていった。

「あなたの主人は、実現不可能であると知りながら、それをやっている人だ」

この嘲笑《ちょうしょう》をふくんだ晨門の言は、むろん孔丘への無理解から生じてはいるが、客観的には正鵠《せいこく》を射《い》ている。

可《か》であるところから偉大な思想は生じない。不可であるがゆえに、正しい秩序世界の実現をめざす孔丘の思想は、独自性と浸潤《しんじゅん》性を帯び、その熱量は増大することはあっても減少することはなかった。ことばをかえていえば、たやすく実現する志《こころざし》などは、志とはよべないものである。

「孔仲尼《こうちゅうじ》に仲孫氏が師事した」

というわさは、すぐに陽虎《ようこ》の耳にとどいた。礼に精通していると自負している陽虎にとって、不快なうわさである。かれが仕えている季孫意如は、三桓のなかではもっとも年齢が高く、やがて老いの容態をみせるようになれば、もっとも若い仲孫何忌が政治力を発揮するようになる。そのとき孔丘の思想が何忌を介して魯の政治を主導するようになるのはいまいましい。

——もっとまえに仲尼を殺しておくべきであった。

いや、いまでも賊をつかって孔丘を襲撃することはできる。だが孔丘が往復する馬車が仲孫家のそれであることを知った陽虎は、襲撃のしくじりがとりかえしのつかないことになると想った。実質的に魯を治めている季孫家の家政を掌握できる地位まで昇ってきた陽虎としては、孔丘ひとりのためにこの地位を失う危険をおかしたくなかった。権力が巨大になれば、その権力によって、孔丘を潰《つぶ》し、その門灯《もんとう》を消してしまえばよいのである。とにかく、いずれ孔丘を始末してやるという意いは以前にも増して強くなった。

当の孔丘は、三か月に二回という割合で、何忌に礼法を教えることになり、年末を迎えた。

それまでに、昭公の遺骸がどのように埋葬されたのかを、何忌の話によって知った。昭公に苦しめられたというおもいが消えない意如は、昭公の墓を先君の墓とはっきり切り離すべく、両所のあいだに大きく深い溝を掘って、意趣返しをしようとした。

この計画を知った大夫《たいふ》の栄駕鵞《えいがが》は、

——幼稚《ようち》な復讎《ふくしゅう》よ。

と、おもい、意如に面会して諫止《かんし》した。

「あなたは生前の昭公に仕えることができず、死後にその墓を切り離せば、あなたの非をみずから旌《あらわ》すことになります。あなたは平気でも、あなたの子孫はそれを恥と感じるでしょう」

しぶしぶこの諫言《かんげん》を容《い》れた意如であるが、それでも胸裡《きょうり》で怨みはくすぶり、けっきょく昭公の墓を墓道《ぼどう》の南に置いて、先君の墓から離した。

じつは薨《こう》じた君主へ奉《たてまつ》る諡号に関しても、意如は、

「君の悪業を後世に知らしめるような諡号を選びたい」

と、いったが、これも栄駕鵞にとめられた。君主の悪業を後世に知らしめることは、輔弼《ほひつ》の臣の無能をさらけだすにひとしい。つまり意如がおのれを卑《いや》しめることにほかならない。

諡号の選定については、周王朝が創立されてからの累代《るいだい》の周王のそれをみるのが、もっともわかりやすい。この王朝は革命直前の君主であった文王《ぶんおう》（昌《しょう》）を最高の君主としている。以後、武王《ぶおう》（発《はつ》）、成王《せいおう》（誦《しょう》）、康王《こうおう》（釗《しょう》）、昭王《しょうおう》（瑕《か》）、穆王《ぼくおう》（満《まん》）とつ

づく。それらの諡号には贈る側の敬意がこめられていて、諡号としては上等である。栄駕鷲に諫《いさ》められた意如が、客死した君主のために選んだ諡号が、

「昭」

であった。この一字を採《と》ったことで、意如の傲侈《ごうし》も後世の目にはやわらいでみえる。それらの話を何忌からきかされた孔丘は、帰宅してからしばらく浮かない顔でいた。年末に仲孫家からもどった孔丘は、閔損をみつけると、

「仲孫家へ往くのは、あと三年であろう」

と、いった。

兄弟問答

孔丘《こうきゅう》の門弟は増えつづけて、教場《きょうじょう》は活況を呈した。

それとは逆に、仲孫《ちゅうそん》家からの迎えの回数は徐々に減り、三年後にはこなくなった。

魯《ろ》の定《てい》公の許可を得て正式に南宮《なんきゅう》家を建てた子説《しえつ》は、兄の家である仲孫家からはすこし離れたが、それでも兄が孔丘から礼法を学ぶことをやめたと知るや、兄の存念を質《ただ》そうとした。

なお、子説は死後に、敬叔《けいしゅく》、とよばれ、兄の何忌《かき》は、孟懿子《もういし》、とよばれる。仲孫家にかぎらず、どの家でも、叔《しゅく》が三男を指すことは命名のきまりである。となれば、子説は仲孫玃《ちゅうそんかく》(孟僖子《もうきし》)の三男であるはずなのだが、かれの上にひとりしか兄がいないのは、どういうことであろうか。仲孫玃が亡《な》くなったとき、嗣子《しし》の何忌が十代のなかばに達していなかったことを想《おも》うと、何忌の上に男子がいたのに仲孫玃が亡くなる以前に死去したと想像したくなる。

それはそれとして、何忌に詰め寄るように坐った子説は、

「孔先生はめったにあらわれない碩師《せきし》です。兄上は、ほかの門弟がいないところで、じかに教えを聴いてきたのに、その貴重な時間を、なにゆえ放擲《ほうてき》なさったのですか」

と、問うた。

何忌はうるさげに、顔をそむけた。

「われは、いそがしい」

「兄上がご多忙なのはわかっています。が、いま魯には、国難はなく、兄上がどれほどいそがしくても、閑日《かんじつ》がないはずはなく、孔先生をお招きになる時間は充分にある、と推察しております」

しばらく横をむいていた何忌は、まなざしをもどした。

「孔先生の講話を聴くのは、われにとって、時間のむだだ」

「無益とおっしゃるのか」

子説は慍《むっ》と兄を直視した。この強いまなざしをはねかえすように、何忌は口調を荒らげた。

「いかにも無益だ。なんじが敬仰《けいぎょう》している孔先生をおとしめたくはないが、弟であるなんじには、はっきりいっておこう」

「どうぞ、なんでもおっしゃってください」

そういいつつ子説は、何忌の弟という立場から、孔丘の弟子という立場へ心を移して、身構えた。

「孔先生には、政治がおわかりにならない。ゆえに、われにとっては無益だ」

礼の基本は飲食にある、と孔丘に説《と》かれて以来、二年余のあいだ、曲礼《きょくれい》（こまかな作法）を教えられたが、何忌はうんざりしてきた。

「孔先生に、政策をお求めになったのですか」

「当然のことではないか。われは君主を奉戴《ほうたい》して国民を守る責務がある。そのためには、国を富ませ、兵を強くせねばならぬ。が、孔先生に政治について問うたところ、いかにもものたりない教示が返ってきた」

「それは――」

子説は政治について孔丘に問うたことがない。兄がうけた教示とは、どのようなものであったのか、大いに興味がある。

「威をもって民に臨《のぞ》み、親に孝行することと、兄弟が睦《むつ》むことを重んずれば、おのずと政治は成る、とのことだ。なんと平凡な教示ではないか。われは内心あきれたわ」

何忌はわずかに鼻哂《びしん》した。

子説は哂《わら》わなかった。孔丘という教師は、教場の外で問われた場合、人をみて、ことばを選び、答える。何忌への教えも、何忌をみて、慎重にことばを選んだにちがいない。

孔丘とともに成周《せいしゅう》へ往った子説は、留学中に間接的に老子《ろうし》の教えを知った。そのひとつが、

——態色《たいしょく》と淫志《いんし》を去るべし。

というものであった。態色は、もったいぶった態度であり、いかにも物識りであるとみせることである。淫志は、踰僭《ゆせん》といいかえてもよく、身分を踰《こ》えた事をする、ということである。それらをなくせ、と老子に教えられたことを孔丘は遵守《じゅんしゅ》しているにちがいない。ただし孔丘はいたって平凡なことを何忌に教えたわけではあるまい。かならずそのことばには深旨《しんし》があるはずである。威をもって民に臨め、とは、民にむかって威張れということではない。人は威張れば威張るほど多くの人にあなどられるものである。孔丘がいった威とは、おのずとある厳正さにちがいなく、そこまで人格と器量が達するためには、そうとうな努力が要《い》る。また、すでに父を喪《うしな》っている何忌に親孝行を説いたということは、父の遺言を忘れぬように、とさとしたことになろう。兄弟の親睦については、いうまでもあるまい。そう考えた子説は、

「孔先生は兄上にむかって私的にお答えになったのであり、朝廷の場でわが君に献策なさったわけではありません」

と、いった。

「すると、なにか、孔先生はわが君のまえなら、真摯《しんし》に政策を献じ、われには平凡な

道徳を説いただけか」

「そんなことを申したのではありません。兄上は誤解なさっています」

孔丘は礼を積み重ねることによって正しい国家体制を作ろうとする思想をもっているので、たとえ定公のまえでも、そこから逸脱した意見を述べるとはおもわれない。

「なんじは斉《せい》の管仲《かんちゅう》を知っているか」

何忌は弟の感情の高ぶりをすこし嗤《わら》うように話題をずらした。

「名は、存じています」

「斉は、管仲というひとりの天才の出現によって、蓋世《がいせい》の大国となったのだ。以来、斉の君臣と官民は、管仲がおこなった興国の内容を知らなくても、その恩恵に浴して今日に至っている。ほんとうの政治とは、百年後の国家と国民を安泰にするものだ。目さきの礼にこだわるしか能のない孔先生は、管仲の足もとにもおよばない」

参政者である何忌が孔丘へむける評価の目とは、これであった。

感情をさかなでされたおもいの子説は、眉宇《びう》にけわしさをみせて、

「兄上が管仲の崇拝者であるのなら、管仲のまねをなされば、富国強兵などたやすく成せましょう」

と、皮肉をこめていった。

このことばの棘《とげ》に刺された何忌は、さすがに慍《むっ》とした。

「師が無能なら、弟子であるなんじも愚かよ。わが国は海に臨んでおらず、ゆえに管仲がおこなったような海産の振興はできず、天下の塩を一手にすることはできない。また斉にあるような広大な平野をわが国はもっておらず、農産物を増大させようがない。ゆえに、管仲がおこなった政策を、われがまねできるはずがない。斉より劣るわが国に適《あ》った独創的な政策が要るということだ」

そんなこともわからぬのか、といわんばかりの目を何忌は弟にむけた。

「兄上――」

子説はなさけなくなり、涙がでそうになった。孔丘を無能ときめつけ、弟を愚者よばわりしている何忌のなんと見識の浅いことか。

――兄の脳裡《のうり》の目には肝心なことがみえていない。

子説はひらきなおって説いた。

「管仲がつぎつぎに新法を立てて国政を改善できたのは、桓《かん》公という君主の威権が絶大であったからです。いまわが国に管仲がいて、その献策がどれほど非凡であっても、それはけっして実施されないでしょう。国政を掌握《しょうあく》しているのは、わが君ではなく、季孫《きそん》氏だからです。季孫氏は自家を太らせつづけ、そのため公室は痩《や》せつづけ、いまやわが国の威権はどこにあるのでしょうか。こういう国が、正しい富国強兵を実現できるとお思いですか。孔先生はこの現実を直視なさり、弱者や貧困者が政府からなにもしてもらえないのなら、物の面ではなく精神へ豊かさを授けようとなさっているのです。孔先生の礼は、目先の作法ばかりではありませんよ」

「無礼者め」

何忌は几《き》をたたいて叱声《しっせい》を放った。弟の意見を正言《せいげん》とは認めたくないし、認める気もない。

「季孫氏を誣《そし》ってはならぬ。季孫家あってのわが家であることを忘れるな。庸劣《ようれつ》で横暴な昭《しょう》公に絶大な力があれば、季孫家だけではなく、わが家と叔孫《しゅくそん》家も滅ぼされていたのだぞ。そうなったら、国民は昭公の悪政にさらされて、のたうちまわったにちがいない。孔先生の思想は、旧態を是《ぜ》とするだけで、現実の変化に対応する柔軟さをそなえていない。ゆえに孔先生には政治がわからぬといったのだ」

真の思想は真の不自由さから生ずるものだ。それがわかるほど何忌は不自由な生活をしたことがない。その点、子説は何忌と生母がおなじでも、養母がちがうため、早くから他人とのつきあいかたを学び、客観が育った。そういう目で、兄の主観を照らせば、一理をみつけることはできる。

無能な君主の下では、有能な大臣が政治の専権を執《と》ってもかまわない。それはたしかに一理であろう。

しかしながら、それを是とすれば、ふたつの危険が生ずる。

無能な君主の嗣子が有能であり、即位した場合がひとつ、いまひとつは、国政を掌握していた大臣が亡くなりその子が無能なため、大臣の下の能臣が政柄《せいへい》に手をかけた場合である。

いずれの場合も、争いが生じ乱となりやすい。法では制御できない事態である。それがくりかえされれば、国家は自滅してしまう。孔丘の思想はそういう秩序の壊乱を未然にふせぐものである。それこそ、百年の計どころか、千年の計にあたる。

子説はそのように内心で反駁《はんばく》したが、ふと、虚しくなった。

――兄は自分の思想のなかで充足《じゅうそく》している。

それは蓋《ふた》がかぶせられた器《うつわ》のようなもので、そこには水を注ぎこめないし、食べ物を盛ることもできない。おのれに欠けたところがあると自覚しつづけないかぎり、人は大きな器量を得られない。

兄が悪い人ではないことはわかっているが、早くに家督を継いだことで、政界の毒に染まるのも早かった、ということであろう。しかし季孫意如《きそんいじょ》は他家を気づかうような人ではないので、いつか兄は痛い目にあわされて、目が醒《さ》めるときがくる、と想うしかない。

兄を説得することをあきらめた子説は、孔丘の教場へゆき、講義を終えた孔丘に、

「折り入ってお話が――」

と、いい、奥にはいってふたりだけになると、孔丘の兄の女《むすめ》を娶《めと》りたい、と頭をさげた。この申し出には、おなじ仲孫家からでながら兄とは思想のちがう子説のさまざまなおもわくが秘められていたであろう。

子説の人格と挙措《きょそ》を熟視してきた孔丘は、

「この人は、邦《くに》に道があるときは廃《す》てられず、邦に道がないときには刑戮《けいりく》をまぬかれる」

と、知力を慎重さでくるんだありようを、かねがね称《ほ》めてきたので、迷うことなく、

「いいでしょう」

と、許可した。孔丘にとって姪《めい》になる女性は、嫂《あによめ》の血を継いでおもいやりがあり、賢くもあるので、子説に嫁いでも不幸にはなるまい、とその将来を明るく予想した。

――この女は貴族の家にはいっても、嫁としての礼に苦しむことがない。

孔丘がそうみていたのでなければ、かならずこの婚姻に難色を示したであろう。ところで孔丘が四十六歳であるこの年に、兄の孔孟皮《こうもうひ》はすでに亡くなって、その家族のめんどうを孔丘がみていたと想像することには、むりがない。むろん実家は孔孟皮の子の孔蔑《こうべつ》が継いだであろうが、孔蔑の妹の婚姻に関しては、身分ちがいを恐れ、盛名《せいめい》のある孔丘にすべてをまかせたにちがいない。

この年の末に納采《のうさい》（ゆいのう）がおこなわれた。

それを知った何忌は、

「弟めは、平民の女を娶るのか」

と、罵《ののし》ったが、これは天に唾《つば》したようなものであろう。何忌の生母は貴門の生まれではない。

婚儀は翌年の春におこなわれた。

孔丘の姪は、おそらく兄の孔蔑よりもはるかに聡《さと》く、南宮家にはいってからは夫と姑《しゅうとめ》（子説の養母）にそつなく仕えたと想われる。その姑が亡くなったとき、姪は孔丘に、

「髽《ざ》をどのようにすればよろしいのでしょうか」

と、きいた。これは、ほかの礼はわかっていますが、喪《も》に際しての髪型がわからないので、おたずねします、という落ち着いた問いである。おそらく姪は、実家から孔丘家へ移って家事をこなしながら、耳を澄まして、礼に関することをことごとく耳で学んだにちがいない。教場に出入りする子説が、そういう姪をみそめたのであろう。

姪から問われた孔丘は、すかさず、

「髪型は高く結んではいけない。笄《こうがい》は榛《はしばみ》で作った物を用い、長さを一尺《せき》とする。また総《そう》（もとゆい）は八寸とするのがよい」

と、誨《おし》えた。総は、糸を束《たば》ねることだが、髪についても用いる。一尺が一寸の十倍

の長さであることはいうまでもない。

孔丘の姻戚《いんせき》となった子説は、朝廷で官職に就《つ》いており、他国の政情についてかなり正確に知っている。もっともおどろくべき情報は、

「大国の楚《そ》が、呉《ご》に大敗して、首都を奪われました」

というものである。

呉は楚の東隣に位置する国で、周《しゅう》や魯とおなじ姫《き》姓を称している。昔の呉は兵術を知らず、兵車を一乗ももっていなかったので、兵それぞれの悍勇《かんゆう》さを集合させただけの戦いかたをしていた。その国に兵車をもちこみ、兵車戦を教えたのは、晋《しん》である。晋は呉をつかって、楚《そ》の威勢を殺ぐという方策をとり、それがまんまとあたった。呉はめきめきと戦術が巧《うま》くなり、楚と互角に戦うことができる軍事大国となった。さらに、楚の傑人である伍子胥《ごししょ》の亡命を容《い》れて重用し、兵法の天才である孫武《そんぶ》（孫子《そんし》）を斉から迎えて軍制を改革したあと、楚を強烈に攻めつづけ、ついに呉軍は常勝軍となった。

その呉軍が楚都にはいったのは、昨年の十一月である。

楚都陥落の直前に城外へのがれた楚の昭王《しょう》（壬《じん》あるいは軫《しん》）が呉軍に殺されたときこえてこないので、重臣たちに護《まも》られて、どこかに潜伏しているのであろう。

「楚は滅亡するのでしょうか」

子説は孔丘に問うた。

「いや、滅亡はしないであろう」

「どうして、そうお想いになるのですか」

「ふむ……、楚王は若いので、王朝の実権は大臣である兄たちがにぎっている。その形態は中原《ちゅうげん》諸国とおなじだが、ひとつ大きなちがいがある」

「それは――」

子説は眉《まゆ》をひそめた。集中力を増したときにそういう表情をする。

「楚には、敬《けい》がある」

「敬とは、尊敬の敬ですね」

「礼には実体があるが、人を尊敬することには実体がない。ゆえに敬を無体《むたい》の礼という。楚の大臣は国政をまかされても、おのれの権力と利益を増大するためにその地位を利用していない。未熟な楚王を真に輔《たす》けようとしている。そこには敬がある。それがあるかぎり、国が滅びそうな大難に遭《あ》っても、楚王と大臣、それに群臣は離別せず、心を合わせて復興の機をうかがっていよう。楚が呉の制圧をまぬかれるのは、一年も待つことはあるまい」

「さようですか」

子説は感心したように頭をふった。

孔丘は楚について語りながら、じつは魯の危うさについて暗に警告している。魯の執政である季孫意如が君主である定公を敬しているとは、とてもおもわれない。定公を君主に擁立《ようりつ》したのはわれだ、という驕《おご》りに満ちている。しかしながら、かつて礼を無視して昭公を立てたのは季孫氏であり、その無礼が季孫氏にはねかえってきたのが、さきの乱である。魯に礼と敬がなければ、おもいがけぬ国難にさらされた場合、君臣は分離して、再起がむずかしくなる。孔丘の思想は不意の災難さえも予防する力があるのに、三桓《かん》にとって不都合であるという理由で、たれも孔丘を推挙して定公に近づけない。

――われ試《ため》されず、ゆえに芸《げい》あり。

とは、孔丘の述懐のなかでも、特に広く知られることになるものだが、試されるとはためしに採用されるということであり、それがなかったから、こまごまとしたことが巧くなった、と嘆きを秘めていっている。ちなみに孔丘がいう、試される、は卑官《ひかん》ではなく顕官《けんかん》に登用されることを指しているであろう。

定公が即位してから、この年まで、魯は平穏であり、学者としての名をますます高めた孔丘が君主から招聘《しょうへい》されやすい状況にあったにもかかわらず、公室からはなんの打診もなかったことに、孔丘は人知れず落胆したかもしれない。

魯を礼の国につくりかえることは、古い秩序にもどすという反動的な試作のようにみえるが、孔丘にとっては新秩序をつくるための大改革であった。それが一朝一夕に成ると想うほど孔丘は楽天家ではないので、魯の制度改革をてがけることができるのなら四十代のうちに、という意望があったにちがいない。が、四十代のなかばをすぎて、五十代に近づいてゆく自身の年齢を、つらさをかくしたままながめるしかなかった。

しかしながら、孔丘のつらさはこの程度のものではなく、かれの運命が酷烈さにさらされるのは、これからである。

その予兆となるのが、季孫意如の死である。

この年の六月に、意如は東野《とうや》を巡行した。季孫氏の本領は費《ひ》なので、その邑《まち》がある方向、すなわち曲阜《きよくふ》をでて東へ行った。巡察を終えて、帰途、曲阜から遠くない防《ぼう》(房《ぼう》)まできたとき、急逝《きゆうせい》した。意如には、

「平子《へいし》」

という諡号《しごう》が与えられた。それゆえ史書では、意如は季平子と記されることが多い。

季孫家の家政をあずかる陽虎《ようこ》が葬儀をとりしきった。陽虎はここまでとりたててくれた意如に感謝したい意《おも》いがあったのだろう、納棺の際に、その遺骸に璵璠《よはん》という美玉《ぎよく》を佩《お》びさせようとした。それを横目でみていた仲梁懐《ちゆうりようかい》という家臣が、いきなり掣《せい》して、

「主は君主ではない。玉を改めるべきだ」

と、忌憚《きたん》せずにいった。璵璠のような美玉は、君主が用いるべきであり、たとえ国内の最高権力者でもそれを佩びれば僭越《せんえつ》になる、と、言外に諫止《かんし》したのである。

——こやつ。

嚇《かっ》とした陽虎はあからさまに仲梁懐を睨《にら》みつけた。が、仲梁懐はわずかに冷笑を浮かべて歩き去った。この場をながめていた公山不狃《こうざんふじゅう》に近寄った陽虎は、腹の虫がおさまらないので、

「あやつを追放してやる」

と、いきまいた。ふたりはほぼ同時に意如に仕え、徐々に重んじられ、ついに陽虎は家宰《かさい》まで昇りつめ、公山不狃は費の邑宰《ゆうさい》となった。あえていえば公山不狃のほうがやや遅れをとったといえる。

「かれは主君のためにそういったのだ。なんじが怨《うら》むことはあるまい」

と、公山不狃は陽虎をなだめた。

「ふん、気にくわぬやつだ」

ようやく怒気を鎮《しず》めた陽虎は、しぶしぶ玉を改めて、葬儀を終えた。

季孫家としては新時代を迎えることになった。

家主の席に就いたのは、意如の嗣子である。

「季孫斯《きそんし》」

と、いう。なお、季孫斯の諡号について、さきに書いておく。桓子《かんし》が諡号なので、かれは、

「季桓子」

と、史書に記されることが多い。

父を亡くしたあとの季孫斯は喪に服さなければならないが、

「そのまえに東野を巡察しておきたい」

と、いって陽虎をおどろかせ、従者をそろえさせた。季孫家の新たな家主の容姿を、各食邑《しょくゆう》の宰に認識させたいのであろう。その巡行の従者に、仲梁懐だけではなく仲由《ちゅうゆう》も選ばれた。その選抜は陽虎がおこなったのではなく、季孫斯がみずからおこなった。

出発の前日に孔丘に面会にきた仲由は、

「主がすぐに服忌《ふくき》にはいらないのは、どうみても非礼です。自邸で静虚《せいきょ》にすごすというのであれば、わからないことはありませんが、食邑をみてまわるのは、奇妙としかいいようがありません。これは、どういうことでしょうか」

と、問うた。

「家主が喪に服せば、その間、家宰に家政のすべてをまかせなければならない。季孫家の新当主は、それに不安をいだいているとみるしかない」

「やはり、そうですか」

仲由は慇懃無礼《いんぎんぶれい》な陽虎を嫌っている。

陽虎《ようこ》の乱

仲由《ちゅうゆう》にとって主君となった季孫斯《きそんし》の馬車が、食邑《しょくゆう》である費《ひ》に近づきつつあった。みじかい休息をとったとき、季孫斯の寵臣《ちょうしん》というべき仲梁懐《ちゅうりょうかい》が、仲由の横まできて、

「われの右に乗ってくれ」

と、ささやくようにいった。仲梁懐の馬車は主君の馬車の直前をすすむ。ちなみに家宰《かさい》である陽虎《ようこ》の馬車は主君の馬車の直後にある。

「承知した」

仲由は物怖《ものお》じしない男である。仲梁懐にはなにやら魂胆《こんたん》があるらしいが、仲由はそれを勘繰《かんぐ》って知りたいとはおもわない。

仲梁懐は季孫意如《きそんいじょ》（季平子《きへいし》）が生きているあいだには重用《ちょうよう》されず、おのずと嗣子《しし》の季孫斯に昵近《じっきん》しはじめたようだが、浮薄《ふはく》の言で主をまどわすような佞臣《ねいしん》ではない。むしろ精神の骨格がしっかりした男で、多少のあくの強さをもっているとはいえ、陽虎のようないやみはない。要するに、仲由は仲梁懐を嫌ってはいない。仲梁懐も仲由を

剣術しか能がない男とはみていないようであった。

「そろそろ、ゆこう」

仲梁懐の声にうながされて、後尾にいた仲由はまえに移動して馬車に乗った。

やがて費邑の影が視界の底に小さく浮上すると、それまで寡黙でいた仲梁懐は、仲由によくきこえる声で、

「季孫家の宗廟《そうびょう》には、二匹の大鼠《ねずみ》が巣くっている。餌《え》を与えられているうちはおとなしいが、餌がなくなれば、柱をかじって、屋根を落とすであろうよ」

と、いった。

その二匹の大鼠がたれとたれを暗に指しているのか、わかった気がした仲由は、

「餌はいつまで与えられるだろうか」

と、いってみた。ふくみ笑いをした仲梁懐は、

「あと三か月だな」

と、ぞんがいはっきりといった。仲由は内心おどろいた。季孫斯がこの巡察を終えて曲阜《きょくふ》の自邸に帰ったら、ほどなくふたりの重臣を罷免《ひめん》するということである。いや、ふたりを貶斥《へんせき》するだけではあるまい。

「柱をかじられるまえに、大鼠を宗廟の外に追い払うのか」

「おう、おう、わかっているではないか。その大掃除を手伝ってもらいたい」

そういった仲梁懐は仲由に鋭いまなざしをむけた。それをかわすように仲由は軽く笑い、

「ここでは諾否《だくひ》をいわぬ。われは主のご命令には従う。勇は正義のためにつかえ、というのが、わが師のご教誨《きょうかい》だ」

と、さらりと答えた。

「ああ、なんじの師は、まれにみる堅物《かたぶつ》らしいな。そうさ、それでいい」

仲梁懐は仲由の笑いをうわまわる哄笑《こうしょう》を放った。

「おや、あれは――」

さきほどまで木立でかくされていた帷幕《いばく》があらわれた。仲由がゆびさすと、仲梁懐は笑いを斂《おさ》め、

「大鼠が殊勝な面《つら》で出迎えにきているわ」

と、いい、表情をけわしくした。むろん季孫斯を郊《こう》で出迎えたのは、費邑の宰《さい》の公《こう》山不狃《ざんふじゅう》である。かれは到着した季孫斯を帷幕のなかにいざない、肴核《こうかく》をもって主人を慰労した。

この気づかいに季孫斯は鄭重《ていちょう》な礼容を示したが、左右の臣のなかで仲梁懐だけが尊大な態度をとりつづけた。かれは費邑のなかにはいると、あれこれ粗《あら》をみつけては、公山不狃の感情をさかなでするようないいかたをした。それを遠目《とおめ》にみていた仲由は、

――挑発しすぎではないか。

と、おもった。どうみても、公山不狃を怒らせようとしている。仲由のみるところ、公山不狃は短気な男ではない。慎重さももちあわせている。それでも、これほど仲梁懐にあなどられると、黙ってはいまい。

仲梁懐の狙いとしては、公山不狃を怒らせて粗暴なふるまいを抽《ひ》きだして、その無礼を主人にとがめてもらうことにあるのか。それなら仲梁懐は季孫斯の内示を承《う》けて傲慢な態度をとりつづけていることになる。だが、公山不狃が家宰の陽虎とひそかにつながっていることを想《おも》うと、仲梁懐の挑発は自分の身がそこなわれる危険をともなっているといってよい。

――陽虎は豺狼《さいろう》のような男だ。

かれには家臣のほかに門弟と食客《しょっかく》がいて、それらをつかえば、仲梁懐ひとりを暗殺することなどたやすいであろう。どうしても想像が暗さのほうにかたむいてしまう仲由は、仲梁懐が嫌いではないだけに、かれの身を心配した。

実際、この夜、恥辱に耐えてきた公山不狃は、自宅の一室に陽虎を招いて、憤懣《ふんまん》をぶちまけた。ついに荒々しい口調で、

「仲梁懐を追い払ってくれ」

と、陽虎にたのんだ。陽虎は皮肉な笑いを浮かべた。

「だから、あのとき、あやつを追放してやるといったのだ」

あのとき、というのは、季平子の葬儀のときを指す。頭を垂れた公山不狃は、

「われが甘かった。あやつは君側《くんそく》の奸《かん》だ」

と、いった。

「なんじがその気なら、話は早い。まあ、まかせておけ。こちらが手を拱《こまぬ》いていれば、あと三か月も経《た》たぬうちに、われもなんじも季孫家から掃《は》きだされる」

「なんだと――」

公山不狃は首をあげた。

「われは家宰だぞ。われの耳目《じもく》になっている者が家中にはいる。密告があった。いまの主君にとって、われらは不要なのだ」

そういった陽虎は目をぎらつかせ、唇《くち》をゆがめた。季平子のために人一倍働いてきたがゆえに、いまの地位があると自負しているのは、陽虎ばかりではなく公山不狃もおなじおもいである。が、あらたな家主《かしゅ》は、その功を認めず、むしろ害とみなして、ふたりを追放しようとしている。実力のある家臣をうまく使えない家主こそ、家臣にとって不要であるとおもい知らせてやる。

この時点で、陽虎は牙をむきはじめたといってよい。

三日後、陽虎と公山不狃は目語《もくご》して別れた。

季孫斯の巡行というのは、気にいった邑あるいは査問《さもん》すべきことが多い邑には、数日間とどまるというもので、かれが曲阜にもどったのは八月である。

自邸に帰着した季孫斯は、翌日、庭内をまわって、立ちどまると、

「ここに井戸を掘れ」

と、側近に命じた。

季孫斯に随《したが》って東野からもどった陽虎は腹心に密命を与えると同時に、主君の挙止《きょし》にさりげなく目を光らせている。この邸内にすでに井戸はあるのに、

――あらたに水を求めるとは、どういうことか。

と、陽虎は考えた。変事が生じた場合、季孫斯は自邸に籠《こ》もることを想定しているのではないか。その変事とはどういうものか、だいたいの想像はつく。

その井戸掘りは数日間つづけられた。すると、井底《せいてい》から奇妙なものがでてきた。土製の缶《かめ》である。なかには羊のようなものがはいっていた。それをのぞいた季孫斯は一考してから、仲由を呼んだ。

「なんじは孔仲尼《こうちゅうじ》に師事しているときいた。孔仲尼は博学のようだな」

「故事典礼に精通しています」

「ふむ、では、孔仲尼に問うて、答えをもらってくるように。わが家の井底から、狗《いぬ》がでてきた。これをなんと解《と》くか、と」

季孫斯は缶のなかを仲由にみせなかった。

「うけたまわりました。さっそくに――」

仲由は颯《さつ》と庭をあとにした。それを遠くからみていた陽虎は、目をかけている家臣のひとりに、

「仲子路《ちゆうしろ》がどこへゆくのか、みとどけよ」

と、いいつけた。仲由のあざなは季路《きろ》のほかに子路ともいう。

仲由はまっすぐに孔丘《こうきゆう》の教場《きようじよう》へゆき、主君の問いをそのまま孔丘につたえた。すこし考えていた孔丘は、

「それは狗ではなく、羊であろう。羊そのものでなければ、土の怪《かい》で、墳羊《ふんよう》という」

と、おしえた。羊は昔から聖獣であり、犠牲に用いられる。かつて季孫邸が建てられる際に地鎮祭があり、そのとき缶にいれられて地中に沈められた獣があったとすれば、それは狗ではなく、羊でなければならない。もしもそれが羊でなければ、羊の形をした、もののけ、である。よくよくその意味を季孫斯は考察すべきであるが、孔丘はそこまでいわなかった。

なにはともあれ、この使いは、季孫斯が孔丘にむかって最初にさしのべた手である。そこに籠められた意図《いと》を孔丘は察しなければならないが、それよりまえに季孫家に不吉が生ずるという予感が濃厚になった。

仲由も鈍感な男ではないので、帰路、

――主は夫子《ふうし》をためしたのだ。

と、勘づいた。さらに、季孫斯は孔丘の学者としての力量を測っただけではあるまい、と考えはじめたが、よけいな詮索《せんさく》を嫌う質《たち》でもあるので、これ以上想いをめぐらせることをやめた。

邸内にもどった仲由は孔丘のことばを正確に季孫斯につたえた。

「さようか……」

季孫斯はわざととぼけてみせたが、内心はおどろきに満ちた。

――孔仲尼の眼力は尋常ではない。

あらゆる誑惑《きょうわく》をはねのける力があるにちがいない。それをいまの魯《ろ》の政治に応用できないか、と季孫斯はおもった。このあたりが季孫斯と仲孫何忌《ちゅうそんかき》の思想のちがいといってよく、季孫斯が行政と法を重んじたことにたいして、仲孫何忌は武を尊《たっと》んだ。それがそのまま為政者としての情の濃淡に反映されているわけではないが、季孫斯のほうにより豊かな情味があることはたしかであった。

とにかく、

――わが家に土の怪が出現した。

という事実を重くうけとめた季孫斯は、仲由をねぎらい、

「また、孔仲尼のもとに、行ってもらうことになるかもしれぬ」

と、いってかれを退室させてから、仲梁懐を呼んで密談した。このあと、室外にでた仲梁懐は、季孫斯の従兄弟《じゅうけいてい》にあたる公父歜《こうほしょく》（文伯《ぶんぱく》）のもとへ行った。

それよりまえに、仲由のあとを蹤《つ》けた家臣の報告を陽虎はうけていた。

「思った通りだ」

陽虎はにがい顔でうなずいた。

仲由が師事している孔丘は、いまや著名人である。実際に教場に通っている者は百人ほどであろうが、卒業した者をふくめた潜在的な弟子は五百人ほどいるであろう。かれらの大半は下層にあって賤業《せんぎょう》に就《つ》いているが、血の気の多い者が多数いる。仲由の存在そのものが、その類《たぐ》いの者たちを精神的に攬《まと》めている。また孔丘と仲孫氏との結びつきはずいぶんゆるくなったようなので、孔丘は季孫斯に招かれればすぐにも顧問になるであろう。それによって季孫斯は、知の力と武の力を外からとりこむことになる。

――ぐずぐずしている場合ではない。

自宅に帰った陽虎は腹心だけを集めて密計を立てた。が、この密計が不完全であることを恐れて、実行の時機を待った。

数日後、あらたな情報が陽虎のもとにとどけられた。

季孫斯と公父歜が密談をかさね、両家のあいだを仲梁懐が往復しているという。その後にはいってきた情報では、

「仲梁懐は助力者を増やすべく、動きまわっています」

ということであった。

「うるさい男だ」

眉《まゆ》をけわしくひそめた陽虎は、

「ほかの助力者が、たれであるか、つきとめよ」

と、左右に命じた。季孫斯を翼輔《よくほ》する者あるいは族の全容を知っておく必要がある。上手の手から水が漏《も》ると、おのれのいのちにかかわる。

情報を蒐《あつ》めるだけ集めて、九月の中旬まで待機していた陽虎は、下旬にはいると、家臣に武器をそろえさせた。

公父歜が季孫邸にはいって季孫斯とふたりだけで話しあう日がわかったので、その前日に、陽虎は、

「明日、決行する」

と、りきみのない声で自家の臣にいった。おそらく明日の一挙は、前代未聞の企図《きと》の実現であり、それによって、やがて魯は陽虎の国となる。愚者による政治に、人民は厭《あ》きているであろう。自分が魯の苔《こけ》むした政治を刷新《さっしん》してみせる。

この夜、めずらしく陽虎の昂奮はしずまらなかった。

——酒でも呑《の》みたい気分だ。

と、おもったが、浮かれるのは事が成ってからだ、と自分にいいきかせて、自重《じちょう》した。とにかくここまでぬけめなくそなえてきたからには、

——われが、しくじるかよ。

と、独嘯《どくしょう》して、目をあえて閉じた。

翌朝、冷静さをとりもどした陽虎は、おもむろに自邸をでた。むろん武装などはしていない。相手の虚《きょ》を衝《つ》くには、ふだん通りを装うのが、最善の方策である。季孫邸にはいると、いつものように政務をおこなった。

ちなみに季孫邸は小型の朝廷といってよく、国事の重要案件はここで討議されて、その議決が君主の定《てい》公のもとにのぼって、国家の正式決定となる。すなわち定公が聴《ちょう》政《せい》の席に就いて臨《のぞ》んでいる朝廷は空洞化していると想ってよい。そういう現状があるからこそ、陪臣《ばいしん》にすぎない陽虎は、そこにつけこみ、ぞんぶんに驥足《きそく》をのばそうとした。

午後、公父歜が季孫邸に到着した。

——ふん、また密談か。

陽虎は鼻で哂《わら》った。ふたりの相談の内容は、おそらく陽虎と公山不狃を罷免したあ

との対処についてである。陽虎が費邑へ奔《はし》って公山不狃とともに叛旗をひるがえすと想定される。あるいは陽虎が曲阜をでても費邑までゆかず、公山不狃が費邑の兵を率いてくるのを待ち、反撃してくるかもしれない。いずれの場合も、陽虎が季孫斯のいい渡しに従って季孫家を去ることが前提になっている。

——だが、この世には、そういう家臣ばかりではないことを、思い知るがいい。

陽虎は起《た》った。

季孫斯は父が亡《な》くなるまえから、家宰である陽虎の権能が大きすぎることを警戒し、やがて陽虎が季孫家を蝕《むしば》むようになると予想した。そのため、自身が家主になるや、陽虎を排除して自家を保全するにふさわしい手段をさぐっていた。しかしながら、陽虎の魂胆が通常の衡《はかり》では計《はか》れないほど大きいことを、季孫斯はみそこなっていたといってよい。

陽虎が起つと、すぐに家中の七、八人が指図を仰ぐべく、かれに従った。

「正門を——」

と、陽虎がいい、ふたりをゆびさすと、そのふたりは走りはじめた。残りの五、六人を率いて奥にすすんだ陽虎は、密談がはじまった一室に、咳払《せきばら》いひとつすることなく、のっそりとはいった。

季孫斯が人払いを命じていたので、この室にはたれも近づくことができず、まして

入室することはもってのほかであった。そこが、陽虎のつけ目であった。この闖入者《ちんにゅう》を上目《うわめ》づかいで視《み》た季孫斯は、眉《まゆ》を逆立て、

「無礼者め。さがれ――」

と、叱呵《しっか》した。直後に、妖気を感じた公父歜は剣をひき寄せた。だが、立ったまま動かない陽虎は、冷ややかに嗤笑《ししょう》し、

「ご歓談なさるのなら、もっと静泰《せいたい》なところへ、席を移してさしあげよう」

と、いった。

公父歜は剣把《けんぱ》に手をかけた。

「おっと、剣をぬかれると、その剣はあなたさまを殺すことになります」

言下に、四人が室内にはいってきて、季孫斯と公父歜の胸もとに剣刃をつきつけた。

「なんじらは――」

季孫斯は嚇《かっ》と四人を睨《にら》んだ。この四人は季孫斯の臣下である。

「さあ、起っていただこう。あなたさまはご先考《せんこう》（亡き父）をお偲《しの》びになるために小屋をお建てになった。にもかかわらず、いちどもおはいりになったことがない。服忌《ふくき》をなさらぬあなたさまこそ、不孝者で無礼者ではありませんか。当分、孝を尽くされませ」

季孫斯にむかってそういった陽虎は、ふたりを服忌の小屋へ移した。体《てい》のよい監禁

である。このとき、陽虎の臣下が正門から邸内にはいり、仲梁懐を捕らえた。仲由は邸内にはいなかった。

報告をうけた陽虎は、小屋の入り口に坐って、ふたつの簡牘《かんとく》をさしだし、

「どうか、ご署名を――。拒《こば》まれますと、血がながれることになります」

と、季孫斯を恫《おど》した。ひとつは仲梁懐への国外退去令であり、いまひとつは仲由への罷免状である。

なかば顔をそむけた季孫斯は、

「廟堂の鼠とは、よくいったものだ」

と、いい、荒々しい手つきで署名した。

これによって仲梁懐は逐臣《ちくしん》となり、魯国をはなれ、仲由は季孫家の臣ではなくなった。季孫斯を人質にとられたかたちでは、ふたりはどうしようもなかったであろう。

自宅で罷免状をうけとった仲由は、使者としてやってきた者たちの顔ぶれをみて、

――ははあ、さからったらわれを斬るつもりだな。

と、感じ、季孫家に生じているにちがいない異常をある程度察した。しかしながら、おとなしく罷免状をうけとったかぎり、季孫斯に忠を尽くす義理は消滅したので、

――詳細はあとで調べればよい。

と、割り切り、使者が引き揚《あ》げると、すぐに孔丘に報《しら》せた。が、孔丘は落ち着いた

もので、まず、

「なんじが墳羊にかかわらなくてよかった」

と、この義俠心の旺盛な弟子がぶじであることを喜んだ。

だが、陽虎の乱は、季孫家の外にいる孔丘さえも、ぶじにはすませない牙爪《がそう》の巨《おお》きさをもっていた。

陽虎はさまざまな事態を想定して、用意は周到であった。監禁された季孫斯を奪回する者がかならずいると想定していた。はたして、十月になって、季孫氏の一門の公《こう》何藐《かばく》が急襲をこころみたが、陽虎の備えは厚く、反撃が敏捷《びんしょう》でしかも強烈であった。

公何藐は斬殺された。

——これで武力をもってわれにさからう者はいない。

あたりを睥睨《へいげい》するおもいの陽虎は、翌日、服忌の小屋へゆき、公何藐の死を告げた。季孫斯がいだいている希望がいかに虚しいものであるかを、知らしめるためである。

すっかり衰弱した季孫斯は、

「なんじの望み通りにしよう。われをここからだしてくれ」

と、細い声でいった。

内心、せせらわらった陽虎は、

「そのおことばに背《そむ》かれますと、死人が増えます」

と、やんわり恫した。

「背きはせぬ……」

「では、明日、われと盟《ちか》っていただく」

そういった陽虎は、季孫斯だけを小屋からだした。公父歜は小屋のなかにとどめたということである。

陽虎が訂盟《ていめい》の場に選んだのは、曲阜にある南門のひとつ、稷《しょく》門（高門）のほとりである。ひときわ高いこの門には、偉容がある。

衆目のまえに季孫斯を立たせて盟いをおこなわせた陽虎の狙いは、むろん、自身の挙《きょ》が叛逆にあたらないことを世間に認知させることにある。しかもこの盟いによって、季孫家は当主と家宰が共同経営することになったと周知させた。

――われに楯《たて》つく者は、当主を害する者だ。

そういう理屈によって、陽虎は小屋にとじこめていた公父歜を追放した。さらに、季孫斯の姑婿《こせい》（父の姉妹の夫）である秦遄《しんせん》を、危険人物とみて、おなじように追放した。ふたりは斉《せい》へ亡命した。

季孫家に出入りし、陽虎とも親しい豪農の丙《へい》のもとで情報を集めた仲由と漆雕啓《しっちょうけい》は、丙の困惑を一瞥《いちべつ》して、

「丙さんの立場は、むずかしくなった」

と、話しあった。

魯の実権

魯《ろ》の君主を無力化したのは、三桓《かん》とよばれる最有力の三家である。これら三家のなかでも、主導的な地位にいる季孫《きそん》氏こそ、魯の陰《かげ》の国主であるといってよい。

特に、魯の昭《しょう》公を逐《お》って客死《かくし》させた季《き》平子《へいし》（意如《いじょ》）の権力は大きかった。官民が昭公の帰国と復位を強く望まなかったのは、季孫氏の政治に慣《な》れ、政体のゆがみに違和感をおぼえなくなっていたからである。

では、その季孫氏を無力にする家臣が出現すれば、かれこそが陰のなかの陰の国主ということになる。

これが、陽虎《ようこ》が考えた支配の原理である。

陽虎はその原理を顕現《けんげん》するために季孫家の当主である季孫斯《きそんし》を無力にした。いまや、季孫斯を扶助《ふじょ》する者は、たれもいない。

――われが魯の国主だ。

陽虎の胸奥《きょうおう》に笑いが盈《み》ちた。

さきの一挙にあたっては、与力《よりき》になるはずの公山不狃《こうざんふじゅう》になんの相談もせず、連絡さえしなかった。

——あやつの心底は、わからぬ。

季平子の臣下としてたがいに親狎《しんこう》しあったが、重要な仕事でいちども助けあったことはない。公山不狃は軍事よりも事務に長じているとみなされていたのか、季孫氏が師旅《しりょ》をだしたときには、陽虎は戦地にいたが、公山不狃は留守《りゅうしゅ》の臣として、曲阜《きょくふ》またはは費邑《ひゆう》にいたことが多かった。つまりふたりがそろって生死の境を踏破《とうは》したことなどはないということである。このたびの企てを、まえもって公山不狃にうちあければ、

「やめておけ」

と、いいそうである。公山不狃は旧《ふる》い権威を尊重する心の癖《へき》をもち、大胆な改革に難色を示すであろう。

「われが魯を変えてやる」

と、陽虎がいっても、おそらく公山不狃はすぐには乗ってこないだろう。そういう男の援助を待つ必要はなく、待っていれば、企てが季孫斯に知られる危険があった。

単独で事を成した陽虎は、いまさら公山不狃のおもわくを忖度《そんたく》してもなんの益《えき》もないと考えてはいるが、

——あやつの望み通りに、仲梁懐《ちゆうりようかい》を追放してやったのに……。

礼のひとつもよこさぬのは、いかなる魂胆であるか。陽虎には、慍《いか》りがある。

公山不狃の費邑はなぜか沈黙したままである。

なにはともあれ、陽虎は魯の最高権力者となって新年を迎えた。

その陽虎に気づかれないように、丙《へい》の家に出入りしている仲由《ちゆうゆう》と漆雕啓《しつちようけい》は、丙の苦悩を察して同情した。もともと丙は季孫家に尽くしてきたが、季孫家内の主権が陽虎に掌握《しようあく》されたとなれば、租税《そぜい》を納めても、陽虎を肥《こ》え太らせるだけで、季孫斯にはとどかない。かといって旧誼《きゆうぎ》のある季孫家から離れるわけにはいかない。

「ご当主が、おかわいそうだ」

と、丙がこぼしたのをきいた漆雕啓は、丙の家の外にでてから、仲由に肩をならべ、

「陽虎の残忍さは想《おも》った以上です。おのれを蔽遮《へいしや》しそうな者を、かたっぱしから追放し斬殺しました。そこで、謎が生じたのです」

と、いった。

「ほう、その謎とは——」

「あなたですよ」

「われが、謎……。それこそ、謎だ」

仲由は軽く笑った。

「いいですか、陽虎はおのれの野望のために有害になりそうな者を容赦なくかたづけていったのですよ。殺害でなければ追放です。ところが、罷免《ひめん》というなまぬるい処置になったのは、あなただけです」

この年、漆雕啓は三十七歳であり、二歳上の仲由には、つねに敬意をもって接している。

「なまぬるい処置とは、おもしろいいいかただ。われは陽虎にとってさほど有害ではなく、まあ、目ざわりといった程度の存在だったのだろう。瞼《まぶた》のほこりをはたいたにすぎまいよ」

仲由としては、そういう認識である。

「そうでしょうか」

陽虎の性質では、目ざわり程度の存在でも、追放するのではないか、と漆雕啓は意《おも》っている。

「腑《ふ》に落ちぬ、という顔だな」

「こうは考えられませんか。あなたが孔《こう》先生の門弟であるから、手心をくわえた、と」

「陽虎がなんでそんなことをする」

「向後《こうご》のためです。陽虎があなたを処罰しないで孔先生のもとにかえしたのは、孔先生に恩を売ったことになりませんか」

「おい、おい――」

仲由はまた笑ったが、目つきを変えた。漆雕啓の推測を笑い飛ばすつもりはない。

「陽虎は孔先生を招き寄せたい下心《したごころ》がある、とみるか」

「おそらく――」

漆雕啓は小さくうなずいた。陽虎はおのれの正当さを国民に知らしめたいはずであり、盛名のある孔丘《こうきゆう》を自身の左右に置くだけで、醜名《しゆうめい》から脱することができる。

「良識のかたまりのような孔先生が、あんな悪人の招きに応ずることはあるまい」

仲由は陽虎を悪人といった。魯は善人ばかりの国ではないが、陽虎ほど質《たち》の悪い権《けん》臣《しん》は、かつてでたことはない。その極悪さを、仲梁懐は早くに気づいていたのに、主君である季孫斯は相応《そうおう》の手を打てなかった。

――井戸の底から出現した土の怪《かい》こそ、陽虎であったのだ。

墳羊《ふんよう》とよばれる土の怪が季孫家に祟《たた》りをなすので、早く祓《はら》い清《きよ》めなさい、と孔丘は季孫斯に助言を与えたのだ、といまごろになって仲由は気づいた。同時に、孔丘の博識のすごみを賛嘆《さんたん》する気分になった。

「ふつうであれば、そうです」

と、漆雕啓はいった。孔丘が陽虎の簒奪《さんだつ》行為を佐《たす》けるはずがない。

「ふつうでないやりかたを、陽虎がとる、というのか」

　仲由の表情がひきしまった。

「たぶん」

「そうか……、否応《いやおう》なく陽虎は孔先生に協力させる、ありうるな。だが、わずかでも孔先生が陽虎に手を貸せば、先生の令名は地に墜《お》ち、永久に誣《そし》られよう」

「そうですとも」

　漆雕啓も仲由とおなじ恐れをいだいている。

「陽虎のことだから、伯魚《はくぎょ》どのを拉致《らち》して人質にしかねない」

「あっ、それはありうる。われらは先生のご家族をお護《まも》りしなければなりません」

　漆雕啓は死んでも孔丘と家族を護りぬいてみせるという覚悟をもっている。その点、仲由もおなじような肚《はら》のすえかたをしているが、すでに実戦の場を踏んできているだけに冷静で、

「わかっている。だが、事が生ずるとすれば、陽虎が先生に使いをよこしてからだ。陽虎の政権が確乎《かっこ》たるものになれば、かれはかならず先生を招聘《しょうへい》する。そのあとに、先生を襲う危難をわれらが扞拒《かんきょ》しなければなるまいよ」

　と、さきを見通したようないいかたをした。

　しかしながら、魯において、陽虎がすべての反勢力を倒して完全に陰の支配者にな

った時点で、孔丘におよぼす力はあらがいがたいほど巨大なはずであり、それを門弟の力ではねかえせるだろうか。陽虎の、力ずく、というのは暴力的であり、それにたちむかう仲由と漆雕啓の剣が孔丘と家族を死守できるのか。

――やがてくる事態は、なまやさしくない。

教場《きょうじょう》に帰った仲由は漆雕啓とともに閔損《びんそん》ら古参の門弟だけを集めて、深刻に話しあった。

かれらにとって情報源となっている丙が、正月末にあわただしい動きをみせた。丙はとうに六十歳をすぎ、信望に篤《あつ》さを増したせいであろう、大人《たいじん》の風格をそなえるようになった。

が、このときは、いつもとちがって家人に荒い口調で指示を与えていた。そのさなかに丙の家にはいった漆雕啓は、

「こりゃ、戦場のようだ」

と、あえて大仰《おおぎょう》におどろいてみせた。人の動きがめまぐるしい。横目で漆雕啓を視《み》た丙は、

「出師《すいし》よ、出師――。輜重《しちょう》の支度《したく》をせねばならぬ。手伝いにきたのでなければ、帰れ」

と、怒鳴《どな》るようにいった。

「やあ、人使いが荒いな。手伝う、手伝う」

片肌《かたはだ》を脱《ぬ》いだ漆雕啓は、家人にまじって、荷を車に積み込んだ。一段落ついたところで、漆雕啓が汗を拭《ふ》き、井戸の水を飲んでいると、丙が趨《はし》ってきた。

「ほんとうに手伝ってくれたのだな」

「世話になりっぱなしなので、ちょっとしたお返しさ。季孫氏が師旅をだすのか」

「遠征だよ。先陣は今朝曲阜を発した。鄭《てい》を攻める」

「へえ、そりゃ、また、遠い」

鄭は周《しゅう》にもっとも近い国であり、かつては魯の友好国であった。

「突然、晋《しん》の命令がきたらしい。昭公と季平子さまのいさかいをまがりなりにも斂《おさ》めてくれた晋の命令をこばむわけにはいかず、魯君をはじめ、季孫氏と仲孫《ちゅうそん》氏が師旅を率いて遠征するというわけさ」

そこには叔孫《しゅくそん》氏の名がない。じつは昨年、季平子が亡《な》くなった翌月に、叔孫不敢《しゅくそんふかん》が卒《しゅっ》した。不敢の年齢はさておき、家主となってからは長くない。諡号《しごう》は、成子《せいし》という。嗣子《しし》の州仇《しゅうきゅう》が家主となったが、当然、まだ喪《も》に服している。といっても、それは形式的なことで、かれが残って曲阜を留守するのであろう。

が、漆雕啓の関心は、それにはない。

「陽虎もゆくのか」

ささやくように問うた。

「陽虎がゆかなければはじまらない。かれが元帥《げんすい》だよ」

丙の声も憂色をふくんで低い。

――なんたることか。

陽虎が外征してくれれば、国内にいないことになるので、漆雕啓としては気がやすまるが、魯軍全体の指麾《しき》を陽虎がとるという実態ほどいまいましいことはない。陽虎の威勢はそれほど大きくなったのか。

「では、これで――」

と、漆雕啓が軽く頭をさげると、

「季路《きろ》さんの家へゆくのか」

と、丙は呼びとめて、菽粟《しゅくぞく》を分けてくれた。菽は豆、粟はもみごめである。季孫家を罷免された仲由が、貧しい生活をしていることを、丙があわれんでくれたのである。すかさず礼をいった漆雕啓は、仲由の家まで、菽粟のはいった袋をかついでいった。

仲由は裏庭を三分し、そのひとつを蔬圃《そほ》に造り変えようとしていた。蔬圃は野菜畑だと想えばよい。漆雕啓の顔をみた仲由は、耒《すき》を指して、

「手伝え」

と、いった。やれ、やれ、ここでもか、と苦笑した漆雕啓だが、また片肌を脱いで

耒をとった。ひと汗をかいて作業を終えた漆雕啓は、はこんできた袋をひらき、

「丙さんは、あなたが好きなようだ」

と、いい、ひたいの汗を拭いた。なかをのぞいた仲由は、

「助かる」

と、いった。たしかに仲由の生活は豊かではないが、困窮しているようではない。

「丙さんは季孫氏のために輜重を送ることになった。出発は明後日だろう」

「魯が鄭を攻めるということだ」

「えっ、知っているのですか」

「ほかからも、多少の情報ははいる。周に王子朝《ちょう》の残党がいて、挙兵した。それを鄭が援助したため、晋が怒ったのさ」

事実であった。

周に儋翩《たんぺん》という者がいて、前年、春に楚《そ》で客死した王子朝を惜愍《せきびん》したのであろう、秋までにひそかに王子朝の残党を攬《まと》め、冬に成周《せいしゅう》を擾《みだ》そうとした。周王室をおびやかすこの企図《きと》に鄭がつらなって、周と鄭の国境に近い六邑の攻撃をはじめた。攻防は年を越えた。成周を守禦《しゅぎょ》している晋としては、少々防衛の手が足りなくなって、魯軍に出動を求めたということになろう。

「魯軍の元帥は、陽虎ですよ」

漆雕啓はあきれ顔を仲由にみせた。

「わかっている。陽虎を嫌忌《けんき》しているのはわれらだけではない。季孫氏の家中にもいる」

専権をにぎろうとした陽虎が、家中で目ざわりになる者をすべて掃《は》きだしたようにみえるが、実態はそうでもない。たとえば苫夷《せんい》という家臣は精神の骨格がたしかで、忠臣といってよいが、ここまではあからさまに陽虎にさからったことがなく、仲梁懐の誘いにも乗らなかったので、陽虎の視界の外にいる。そういう家臣こそ、最後の最後に、主君を守りぬくのではないか、と仲由は予感している。

――われが守りぬかねばならぬのは、孔先生だ。

季孫家をでた仲由は、そういう信念のかたまりになっている。

「季孫氏をあやつっている陽虎が、軍中で、魯君や仲孫氏さえも指図するとなれば、鄭から帰還したあとに、なにか大胆で無礼なことをするにちがいない。おそらくかれは魯国を乗っ取るつもりだ」

仲由の予想は暗さを増してゆく。

「しかし、どう考えても、陪臣《ばいしん》は君主にはなれませんよ。周王と晋君が認めるはずがない」

「周王にしても晋君にしても、いまや実権をもたず、虚名の存在にすぎない。晋の上《じょう》卿《けい》が晋君を実質においてうわまわっている現状に、陽虎はつけこもうとしている」

要するに、晋の上卿が実際には天下を経営しているのであるから、かれらが陽虎の実力を認定すれば、陽虎は三桓の上の位に昇って魯国を支配することができる。仲由は、そんなことがあってはならないが、まったくないとはいい切れぬことが怖い。

「なるほど。孔先生はそういう秩序の紊乱《ぶんらん》を匡《ただ》そうとなさっている。時勢にさからっているともいえる。けっして実現せぬことを冀求《ききゅう》し、努力しつづけている。が、世間はそれを称《ほ》めず、嘲笑している」

「なあに、いまにわかるさ。大いなる時代遅れは、かえって斬新《ざんしん》なものだ」

小利口《こりこう》な生きかたを求めない仲由は、孔丘の思想に遵《したが》ってゆくほうが、気分がよい。

孔丘の門弟のなかにも出征した者がいる。そのすべてが歩兵であったが、貴族である子説《しえつ》だけは兵車に乗り、兄の仲孫何忌《ちゅうそんかき》を佐《たす》けるかたちで、戎衣《じゅうい》をつけて曲阜をでた。

西進した魯軍は、二月のうちに戦場に到った。陽虎の戦いかたはまずくない。魯軍は鄭軍と戦って、あっさり戦果をあげた。

「これでよい」

陽虎はそれ以上の戦果を望まず、すみやかに軍を引き揚《あ》げさせた。兵略の急所を知っている者の進退とは、そういうものであろう。魯は晋のために鄭と戦って勝ったという事実さえあればよい。

帰途、陽虎は衛《えい》の君臣を刺戟《しげき》するようなことをした。なんとかれは季孫斯と仲孫何忌に命じ、魯軍を衛の国都の南門からはいらせて東門にださせた。衛都の大路を無断で魯軍が通ったのである。

このあつかましい行為が衛の霊公《れいこう》（名は元《げん》）を怒らせることは百も承知の陽虎は、むしろ魯の定公《ていこう》、季孫斯、仲孫何忌という軍の統率者が、自分の指示に従うか、どうかをたしかめたといえる。

「無礼な――」

報告をきいた衛の霊公は激怒した。魯軍が国内を通過することに関しては黙認したが、首都を通ってよいと許可したおぼえはない。魯の君臣がやったことは、無礼にもほどがある、といってよい。

東門をでた魯軍が豚沢《とんたく》で宿営すると知った霊公は、大夫《たいふ》の弥子瑕《びしか》を呼び、

「いそぎ兵を集めて、魯軍を追撃せよ」

と、命じた。魯の君臣にあなどられたままでは、霊公の腹の虫がおさまらない。急遽《きゅうきょ》、都内とその周辺の邑で徴兵がおこなわれた。このとき、魯軍の兵力はおそらく二万前後で、その兵力に克《か》つとなれば、衛はそれに比《ちか》い兵力をかき集めなければならない。

都内は騒然とした。

「む……、なんの騒ぎか」

ときならぬ喧騒をいぶかり、自邸で眉《まゆ》をひそめたのは、霊公の従兄弟の公叔発《こうしゅくはつ》である。

かれはすでに政界を引退し、朝廷から遠ざかっていた。しかしながら、賢大夫として他国にきこえた存在であり、孔丘がひそかに尊敬していたひとりである。なおかれの諡号が文子《ぶんし》であることから、後世では、公叔文子と呼ばれたり、記されることが多い。のちに孔丘が衛へ行ったとき、すでに公叔発は亡くなっていたので、かれについてよく知っている公明賈《こうめいか》に、こう問うた。

「公叔文子についておたずねします。あのかたは、ものをいわず、笑いもせず、贈り物もうけとらない、というのはまことでしょうか」

公叔発という人格への関心がなみなみならぬものであったという証左が、この問いであろう。

公明賈は答えた。

「あなたにお伝えした者がまちがっているのです。あのかたは、いうべき時がきてからはじめていいます。それゆえ、たれもあのかたのいうことを厭《いと》わないのです。また、笑いに関しては、心から楽しくなって、それから笑います。それゆえ、その笑いを嫌う者はいません。贈り物については、理義にかなっていれば、うけとります。ゆえに、それを非難されることはありません」

君子とはこういう人のことをいうのだと感動した孔丘は、

「そうでしょうとも、そうでなくてはなりません」

と、大いにうなずいた。

それはさておき、衛の官民までが、魯に侮辱《ぶじょく》されたと怒りはじめたこのときに、

——われが、いうべき時か。

と、腰をあげた公叔発は、さっそく輦《れん》（人力車）に乗り、公宮へ駆けつけた。

公叔発は、卿からもはばかられる貴臣であり、霊公にも尊敬されているがゆえに、やすやすと奥まですすみ、なんなく霊公に謁見《えっけん》できた。

「これは、これは——」

霊公は公叔発の突然の参内《さんだい》におどろきつつも、いやな顔をせず、鄭重《ていちょう》な物腰《ものごし》であった。

「君よ、魯軍を追撃するとは、まことでしょうか」

「まことです」

出撃は明日である。無礼者を懲《こ》らしめるのは当然のことであろう。霊公はそういいたげな顔をした。

「あなたさまは、かつて、魯を逐われた昭公の帰国がかなうように、ひとかたならぬ

尽力をなさった」

「ふむ……」

霊公は小腹が立った。恩を仇《あだ》で返されたようなものである。

「魯の君臣はあなたさまの恩徳を忘れてはおりません。また、魯の先祖の周公と衛の先祖の康叔《こうしゅく》は、周の文王《ぶん》の妃であった太姒《たいじ》から生まれた者たちのなかで、特に仲がよかったのです。魯と衛の友好は古昔《こせき》から特別なのです。魯軍が衛都を通過するという無礼の行為は、魯の小人《しょうじん》が為したことであり、あなたさまがこれから為そうとしていることも、その小人の行為にひとしいのです。あなたさまが小人のまねをしては、せっかくの魯との旧誼を破棄してしまうことになるのです。これは小人である陽虎の誑《きょう》誘《ゆう》なのです。けっして乗ってはなりません」

公叔発は霊公を強く諫《いさ》めた。

衛軍が追撃してくることを陽虎は予想しているであろう。この攻防戦を拡大して、魯と衛の全面戦争にする狙いが陽虎にはある。内憂《ないゆう》のある国家は、外患《がいかん》によってまとまりをとりもどすことができる。魯の国内で批判をうけやすい立場の陽虎は、それくらいは知っており、衛との戦いがはじまれば、官民の意識は外へむかい、それによって軍事に長《た》けた陽虎の権力はまちがいなく増大する。

また、魯は晋の要請で遠征したのであり、その軍を攻撃すれば、衛は晋をも敵にまわしてしまう。すなわち、衛軍の追撃は陽虎の思う壺《つぼ》であろう。衛都からの出撃は、二国の敵を出現させる愚行となる。そのあたりを霊公にわかってもらうために、公叔発は切々《せっせつ》と説《と》いた。

「そういうことか……」

霊公は怒りを斂めた。これで出撃はない、とみさだめた公叔発は、

「天は、陽虎に罪を重ねさせてから、斃《たお》そうとしているのです。しばらくお待ちになったら、いかがですか。やがて、そのことがおわかりになりますよ」

と、語気をやわらげた。

冷静さをとりもどした霊公の判断で、衛は追撃をおこなわなかった。

豚沢を発《た》った陽虎は、ふりかえって、

「ふん、衛の君臣は腰ぬけぞろいか」

と、悪態《あくたい》をついたが、かれの狙いは公叔発にはずされたというのが実情であろう。

なにはともあれ、この遠征の成功によって、陽虎の威権はますます巨《おお》きくなり、帰国後は、季孫斯と仲孫何忌を頤《あご》でつかうようになった。

夏には季孫斯に、

「鄭の捕虜《ほりょ》を晋君に献じてもらいましょう」

と、いい、晋へ往かせた。さらに、晋の定《てい》公夫人からとどけられた礼物《れいぶつ》への返礼を、

仲孫何忌におこなわせた。つまり魯の二卿をべつべつに晋へ遣《や》ったのである。

この往復の道中で、

——陽虎を魯から追い払うにはどうしたらよいか。

と、仲孫何忌が考えたことは、いうまでもない。だが、季孫斯を陽虎ににぎられているかぎり、どうしようもない。

秋、ついに陽虎は魯の支配権を確立すべく、大規模な締盟《ていめい》を挙行する。これが孔丘の思想と行動を刺戟しないはずはなかった。

迫る牙爪《がそう》

秋に、陽虎《ようこ》は魯《ろ》の政体における専権を確立した。

君主である定公《ていこう》だけではなく、三桓《かん》とよばれる仲孫何忌《ちゅうそんかき》、叔孫州仇《しゅくそんしゅうきゅう》、季孫斯《きそんし》を、穀物神が祀《まつ》られている周社《しゅう》にひきだして、盟《ちか》いを交わした。

これはその四貴人を盟友にしたというより、盟下に置いたと想《おも》ったほうがよいであろう。陪臣《ばいしん》にすぎなかった陽虎が、実力で魯国を支配した実例がこれであり、魯はかつてない奇異《きい》な体制となった。

これで安心したわけではない陽虎は、みずから丙《へい》の家へゆき、

「おい、殷人《いんひと》を集めよ」

と、恫《おど》すように命じた。丙は慍《むっ》としたものの、陽虎の残忍さを知りつくしているので、さすがにおびえ、この命令にさからわなかった。都内にいる殷人を、聖地である亳《はく》社に集めた。むろん殷王朝ははるか昔に滅亡しているが、周公旦《たん》の子の伯禽《はくきん》に従ってこの地に移住してきた殷人の子孫は、この時代になってもそれなりのつながりを保

って、隠然たる勢力をもっている。それゆえ、陽虎は用心深くかれらの挙動を封じるために、かれらと盟いを交わした。

亳社からもどってきた丙は不快をあらわにし、

「あんな男は、雷に打たれて死ぬがよい」

と、陽虎を大声で痛詆《つうてい》した。直後に、母家のすみに人影があることに気づいて、ぎょっとしたようだが、それが漆雕啓《しっちょうけい》であるとわかると、つかつかと近寄り、

「陽虎はかならず孔《こう》先生を脅迫《きょうはく》する。さからうと殺される、と想っておくべきだ」

と、低い声でいった。

丙の家を飛びだした漆雕啓は、教場《きょうじょう》へゆき、仲由《ちゅうゆう》に会い、ふたりだけで話しあった。

「とうとう陽虎は、殷人をも扼《おさ》えた。君主きどりの陽虎が、孔先生に恫喝《どうかつ》の使いをよこしたら、われらはどうすべきか」

漆雕啓は仲由の顔色をうかがいながら問うた。

「さて、どうすべきかな……」

魯の為政《いせい》が最悪の事態になったという認識は仲由にもあるが、師である孔丘《こうきゅう》がそれについてなにも語らず、平然としているかぎり、自分からは動けない。仲由と漆雕啓は剣の腕がたしかであるだけに、いかなる艱難《かんなん》に遭《あ》っても師を護《まも》りぬいてみせるという気概《きがい》が強い。魯の国情がこれほど歪《ゆが》んでくると、

——孔先生だけがまっすぐに立っている。

ということは、たれの目にもあきらかである。そのことが、仲由の誇りになってい
る。しかしながら、陽虎という烈風になびかない喬木《きょうぼく》のような存在である孔丘が伐《き》り
倒される危険は大いにある。

「先生はつねづね、危邦《きほう》には入らず、乱邦には居《お》らず、とおっしゃっている。いま魯
は、まさしく乱邦であるのに、先生は動かれない。なぜであろうか」

と、漆雕啓は首をかしげた。

「われに、わかろうか。ただし、先生はなにかをお待ちになっているような気がする。
そのなにかが、どういうものなのか、われには見当もつかぬ」

そういって仲由は苦笑してみせた。

晩秋になった。

「きた——」

仲由、漆雕啓、閔損《びんそん》など、孔丘の近くにいる門弟に緊張が走った。陽虎の使者がき
たのである。その使者は陽虎の家臣で、

「主はあなたと会談したいと切望しています。ご足労をたまわりたい」

と、孔丘にいった。孔丘はあえておだやかな表情で、

「ご存じのように、教場には休みがありません。どうか、ご高察を——」

と、鄭重《ていちょう》にことわった。使者はしぶしぶ帰ったが、

――これであきらめるような陽虎か。

と、仲由と漆雕啓は目語《もくご》しあった。

孔丘の教場が緊張を保っているこのときに、どこかが弛《ゆる》んだような声とともにはいってきたのは、顔無繇《がんむよう》である。かれは古参の弟子であるが、ここ二、三年は、さっぱり教場に顔をださなくなっていた。今日は、子を入門させるためにきたという。かれは子とともに孔丘のまえに坐ると、

「この子は、十八歳になりました。孔先生に就《つ》いて学問がしたいとせがまれていたので、もうすこし早く、つれてきたかったのですが、そうもいかず、今日になってしまいました」

と、ゆっくりといい、軽く頭をさげた。かれの子は、

「顔回《がんかい》」

と、いう。成人になってから、淵《えん》、というあざなをもつので、

「顔淵」

として知られるようになる。後世、亜聖《あせい》とたたえられることになる顔回であるが、十代のころは、特長に欠ける少年であった。ちなみに亜聖とは、聖に亜《つ》ぐ、と訓《よ》める。聖が孔丘を指しているとすれば、孔丘に亜ぐ聖人、と解してよいであろう。ついでに

いえば、亜父《あふ》、という語は頻繁《ひんぱん》に用いられる。父に亜ぐ尊い人をいう。

父とともに頭をさげた顔回を視《み》た孔丘は、

——茫洋《ぼうよう》とした子だな。

と、おもった。少年時代の子説《しえつ》にくらべると、いかにも才気が足りない。閔損のような可憐《かれん》さもない。こういう子は、学問の道においてものみこみが悪く、魯鈍《ろどん》で、教える側からすれば、手こずりそうだ、というのが孔丘の感想であった。

まさかこの子が、門弟のなかでぬきんでて賢くなろうとは予想できず、第一印象のなかに非凡さを予感させるものはまったくなかった。

孔丘は人相を重視している。ただし、この時代、観相《かんそう》学は未熟で、それが発達するのは、いわゆる戦国時代からである。とにかく、孔丘の目には、顔回の人相は平凡に映《うつ》った。

顔氏の父子が帰ったあと、孔丘は独《ひと》りで庭に立った。なにか重大な決断をしなければならない時が自分に近づいてくるような胸ぐるしさがある。

視界のすみに人影が出現した。孔鯉《こうり》が趨《はし》って庭を横切ろうとした。とっさに孔丘は、

「鯉や、礼を学んだか」

と、声をかけた。この年、孔鯉は二十九歳になっている。孔鯉の学問に関しては、孔丘がみずから教えたことはほとんどない。高弟である冉耕《ぜんこう》や閔損にまかせた。それ

ゆえ孔鯉の学問の進捗《しんちょく》状況にはあえて無関心をつらぬいてきたが、たまに、孔鯉を庭でみかけると、

「詩を学んだか」

と、声をかけた。孔鯉が、まだです、と答えると、

「詩を学ばなければ、ものがいえない」

と、孔丘はいった。これが父から子へのみじかい教誨《きょうかい》であった。それからずいぶん歳月が経《た》ったので、もはや詩についてはいわず、礼をおぼえなさい、といったのである。ここでも孔鯉は、かしこまって、

「まだです」

と、答えた。すると孔丘は、

「礼を学ばなければ、人として立つことができない」

と、諭《さと》した。

孔丘が、生涯、自分の子に教えたのは、そのふたつだけであった、といってよい。詩と礼は、精神の自立と正しい秩序との調和をめざす孔丘の思想の根幹をなすものといってよく、詩を諷誦《ふうしょう》することができて、礼法に精通すれば、いかなる人と会い、いかなる場に在《あ》っても、怖《お》じることはない。

――鯉は、それで充分だ。

孔丘は自分の子の才徳をそうみている。それ以上を子に望むと、父子関係にとりかえしのつかないねじれが生ずる。孔丘はそれを恐れている。もともと鯉には、母を敬慕する心があり、その母を家からだして宋《そう》の実家にもどした父を批判する目が心底にあり、その目がいまだにつむられていない。さらにいえば、

――父には女と子どもを軽侮《けいぶ》する癖《へき》がある。

と、孔鯉は孔丘の欠点から目をそらさない。あるとき孔丘は、数人の弟子にむかって、

「女と小人《しょうじん》は養いがたい。近づけると不遜《ふそん》になり、遠ざけると怨《うら》む」

と、嗤《わら》いを哺《ふく》んでいった。その小人とは子どもというより人格の低い者を指していたのであろうが、孔鯉の身には、女と子どもは、といったようにきこえた。

父の声をきいた鯉は内心嚇《かっ》とした。

「あなたは女から生まれたのではなかったのか。あなたには子どものころはなかったのか」

そう父にむかって叫びたくなった。あえていえば、父は母をいたわりもせず、いびりだした。子どもの目には、そうみえた。学問ひとすじの父をたたえる者たちは、そこから目をそむけ、非難の声を揚《あ》げないが、鯉はちがう。

――女と子どもをいたわらない者が説《と》く礼は、本物か。

礼は、非情にならなければ上達しないのなら、自分は礼における向上をめざしたくない。礼は温かい血のかよわない非人情の世界にすぎない。温順な鯉が考える礼は、そういうものではないが、父のように豊富な見聞と知識がないため、形式化できず、場あたり的な礼にすぎなくなってしまう。ただし、それがくやしいわけではない。数人を相手に教えるのではなく、多数を教える場合には、非情さが必要であり、その非情さが教育の場ではかぎりない温情に変わるようでなければ、偉大な教育者ではない、ということがわかる年齢になった。つまり、孔丘は父としては失格者であるが、教師としてはすぐれている。そういう目も鯉はそなえるようになった。

鯉に必要以上に近づかない孔丘は、鯉の内面の成長に気づかないものの、この子には他人を不快にさせる悪癖《あくへき》がなく、おのれの才徳を踰《こ》える欲望がないことはさいわいである、という見守りかたをしていた。

数日後、閔損が困惑の表情をかくさず、孔丘に報告にきた。

「陽虎の使いが、豚をとどけにきました」

孔丘を脅迫するよりも狡猾《こうかつ》な手段で陽虎は孔丘を招こうとしている。貴族社会にあって、上から下へ物が贈られた場合、下の者はみずから答礼にでむかなければならない。

「礼に精通しているあなたが、それくらいのことを知らぬはずはあるまい」

と、孔丘は陽虎にいわれたにひとしい。

「どうなさいますか」

閔損は孔丘の意向をさぐるような目つきをした。孔丘が陽虎の邸《いえ》を訪ねて会談したとなれば、またたくまにうわさは都内にひろがり、孔丘が陽虎の僭縦《せんしょう》に加担したことになり、孔丘の声望は地に墜《お》ちるであろう。

——さて、どうするか。

むこうが策を弄《ろう》したのなら、こちらも策を立てて切り抜けねばならない。孔丘はすぐに、

「由と啓を呼んでくれ」

と、いった。孔丘は仲由と漆雕啓の顔をみるや、

「内密にたのみたいことがある」

と、いい、ちょっとした意想をふたりにだけ語った。

「なるほど、それは妙案です」

と、笑った仲由は退室してから漆雕啓と話しあって、門弟のなかで信用できる五人を選び、指示を与えた。かれらは交替で陽虎邸を見張った。

三日後に、かれらの報告をうけた仲由は、さっそく孔丘に、

「陽虎は、外出しました」

と、伝えた。うなずいた孔丘はすみやかに馬車に乗った。陽虎が邸を空《あ》けたときに返礼にゆく、というのが策で、これなら陽虎との対話を避けられる。

馬車の御《ぎょ》は仲由がおこない、漆雕啓は四、五人の門弟とともに歩いた。現状では、陽虎にとって孔丘が障害になっていないので、陽虎の家臣がいきなり孔丘を襲うことはあるまいが、

——とにかく、用心するにこしたことはない。

と、師の安全を考える仲由と漆雕啓は、門弟のなかで武技《ぶぎ》に長じている者を従者に選んだ。

たしかに陽虎は不在であった。

孔丘は家宰《かさい》に面会すると、礼容を示して、謝辞を述べ、長居をすることなく、邸外にでた。馬車のむきをかえて待っていた仲由は、孔丘が車中の人となるや、

「うまくゆきましたね」

と、会心の笑《え》みを浮かべた。難問をひとつ解いたおもいである。が、孔丘は笑わず、

「陽虎のことだ、つぎの手があろう」

と、浮かない顔をした。

だがこの訪問はうまくいったわけではなかった。

帰路、突然、仲由は顔をしかめた。なんと前方にあらわれた馬車に陽虎が乗ってい

るではないか。その馬車の前後左右に三十人ほどの従者がいる。

——まずい。

とっさに仲由は脇道を目で捜した。回避路がなければ、ここは馬車の速度を上げて駆けぬけるしかない。その意《おも》いで、孔丘を視た。が、孔丘はあわてることなく、

「馬車を駐《と》めなさい」

と、目でいった。仲由は手綱《たづな》を引いた。

このときになって漆雕啓は容易ならざる事態に気づき、

「陽虎がくる」

と、門弟に声をかけた。師弟は緊張につつまれたといってよい。

なにしろ孔丘の冠と衣服が独特なので、陽虎はとうに孔丘の馬車をみつけていたらしく、孔丘を刺戟《しげき》しないためか、ゆっくりと馬車を近づけてきた。笑貌《しょうぼう》さえみせた陽虎は、眼中に仲由はいないようで、まっすぐに孔丘に声をかけた。

この声も、その貌《かお》も、孔丘の心の深いところで消えずにあり、

——われをたたきのめしたのは、この男だ。

と、おもえば、怨憤《えんぷん》が全身を熱くしそうであった。だが、二十数年もまえに少壮の孔丘を侮辱《ぶじょく》したことを、陽虎は憶《おぼ》えていないであろう。それとも、忘れたふりをしているのか。

「ちょうどよい。あなたと話がしたかった。さあ、ごいっしょに、弊宅《へいたく》へ――」

「すでに、御宅におうかがいしたので、帰るところです」

陽虎が不在でもみずから答礼したことを孔丘は強調しておかねばならない。また、路上での誘いに強制力はないので、ことわっても失礼にならない。

「それは、残念――。ゆっくりとご高説を拝聴したかった」

陽虎の実《じつ》のこもらない声をきいた仲由は、なにがご高説だ、と横をむいた。陽虎という男は、自分のほうが孔丘をうわまわって礼法に通じているとうぬぼれており、他人の説述《せつじゅつ》に耳をかたむける図などは、想像できない。陽虎はつねに自説で相手を縛ろうとする。それを嫌ったり、さからったりする者を、つぎつぎに消してきた。

そういう男の笑貌はぶきみである。

「あなたは、どうお考えであろうか」

陽虎の目は孔丘をとらえて、はなさない。

「宝をいだいていながら邦《くに》を迷わせたままにしておくのは、仁《じん》と謂《い》うべきであろうか。もちろん、仁とはいえない。政治に参加したいのに、たびたびその機会を失うのは、知《ち》というべきであろうか。もちろん、知とはいえない。月日は逝《ゆ》き、歳はとどまらない」

あなたがわれを佐《たす》けて魯の政治をおこなうのは、いましかない、ためらっているとその機を逸《いっ》してしまいますぞ、と陽虎は孔丘を勧誘した。

孔丘は衝撃をうけた。ただひとつ、

「仁」

ということばに、である。陽虎はどこでそのことばをみつけたのか。仁は、古いことばではなく、新語といってよい。仁の意味がわからない孔丘は、陽虎におくれをとったおもいで、くやしさがこみあげてきたが、あえて冷静に、

「いつかお仕えするでしょう」

と、答え、仲由の腕を軽くたたいて馬車をださせた。

仲由は不機嫌である。陽虎の馬車から遠ざかってから、孔丘は仲由の感情の所在を察して、

「なにをむくれている」

と、たしなめるようにいった。

「先生は、陽虎にお仕えになるのですか」

「仕えは、せぬ」

「しかし、そうおっしゃったではありませんか」

あれは遁辞《とんじ》にはならない、と仲由はおもっている。

「われがこの国で仕えるとすれば、魯君しかいないではないか」

「それは詭弁《きべん》です」

　と、仲由はいいたくなったが、そこまではいわなかった。とにかく、孔丘のあの返答には機知のきらめきがなく、たれがきいても、やがて孔丘は陽虎に仕える、とうけとらざるをえない。むろん陽虎もそのようにうけとったであろう。

　孔丘も、不機嫌になった。

　——まずい返答をした。

　それもある。が、孔丘の心を暗くしたのは、仁、ということばである。孔丘は脳裡《のうり》で陽虎のことばをくりかえした。

「邦を迷わせたままにしておくのは、仁と謂うべきであろうか……」

　その仁のかわりに、ほかのことばをいれてみれば、

「邦を迷わせたままにしておくのは、人として正しい在りかたと謂うべきであろうか」

　と、なろう。すると、仁、は、人として正しい在りかた、という意味になる。陽虎は学者としての一面をもっていて、かれの思想がそういう形而上《けいじじょう》の語を産んだ。

　——やられた。

　実感であった。またしても侮辱《ぶじょく》されたといってよい。

　孔丘は学問の素地のない庶民を教えるために、抽象的な語を具象的な語になおし、

なるべくわかりやすくしてきた。いわば、すべてを形而下《けいじか》にひきさげた。しかしながら、それによって、孔丘の思想は求心力《きゅうしんりょく》を失った。

——思想にも、君主あるいは天子のような存在が必要だ。

そう自覚しはじめた孔丘は、仁、ということばに出会って、

——これだ。

と、直感した。仁を、陽虎の専用にしておくのは、もったいない。陽虎が考えている仁よりもはるかに抽象度が高いことばとして仁をすえなおすことを考えついた。

そのような孔丘の思考の作業を、仲由はみぬいたわけではないが、

——先生は危機意識が薄い。

ということはわかる。言質《げんち》をとった陽虎は、かならず招聘《しょうへい》の使者をよこす。その際の対応がむずかしい。仲由をはじめ門弟のほうが現実的であった。

陽虎は、ことばだけで、かわしきれる相手ではない。

ここまで孔丘は、陽虎のはなはだしい僭越《せんえつ》を、いっさい非難していないが、世評に影響を与える存在であることはまちがいない。ゆえに陽虎はその存在を援引《えんいん》したがっている。だが、それが不可であるとわかれば、その存在が自身にとって害になりやすいので、消去するにきまっている。そういう酷烈《こくれつ》な事態が迫りつつあることを、仲由らは恐れているが、孔丘だけが恐れていない。

――陽虎になにができようか。

と、孔丘は傲然《ごうぜん》としている。以前、季孫家にいた仲由は、主君の季孫斯も陽虎をみくだしていながら、あっというまに陽虎に制御《せいぎょ》されてしまった状況を知っている。孔丘という在野《ざいや》の思想家を消滅させることくらい、陽虎にとって、蝿《はえ》や蚊《か》を潰《つぶ》すほどたやすいことであろう。

孔丘が殺されることは、仲由らにとって、宇宙を失うことにひとしい。

「これから、先生をどのように護《まも》っていったらよいか、わからない」

と、漆雕啓は嘆いたが、難《なん》を避けるための方途《ほうと》を失いつつあるのは、仲由もおなじであった。

晩冬《ばんとう》、陽虎が季孫斯と仲孫何忌に命じて、鄆《うん》を攻めさせた。鄆はかつて昭《しょう》公が本拠としていた辺境の邑《まち》で、昭公が晋《しん》へ去ったあと、斉《せい》に所有されていた。

「鄆を奪回して、陽虎はどうするつもりでしょうか」

この漆雕啓の問いに、仲由は、

「きまっている、陽虎はおのれの食邑《しょくゆう》とする」

と、唾棄《だき》するようにいった。いま陽虎は季孫家の財を管理し、かってに私用しているが、陽虎の家産を支える本拠地をもっていない。鄆に目をつけたのは、城と民を同時に得るためである。仲由はそうみた。

「戦いは、来春までつづく。それまで先生は、陽虎の視界の外だ」

攻防の結着がつくまで二、三か月かかるとすれば、それまで陽虎のでかたに用心しなくてよい。仲由はほっとした。

——陽虎の目が鄆にむけられている。

このときを、陽虎の目くばりのゆるみとみなした者がほかにもいた。費《ひ》邑をあずかっている邑宰《ゆうさい》の公山不狃《こうざんふじゆう》である。かれの書翰《しょかん》をたずさえた使者が、ひそかに孔丘に面会した。

公山《こうざん》不狃《ふじゅう》の誘い

公山不狃《こうざんふじゅう》の使者が帰った。

この者が、孔丘《こうきゅう》の命運に最初の波瀾《はらん》をもたらした、といってよい。

「しばらく、考えたい」

むずかしい顔をしている閔損《びんそん》にそういった孔丘は、独《ひと》り室《へや》に籠《こ》もって、渡された書《しょ》翰《かん》をくりかえし読んだ。

書面にあるのは、魯《ろ》の政体の理想形である。

君主が親政をおこない、卿《けい》がそれを輔《たす》けるという朝廷のありかたは、往時、どの国にもあったものなのに、いまはどこにもない。それを魯の国で復興したい、と公山不狃はいう。そのためには、まず、魯を支配している陽虎《ようこ》を逐《お》って、正しい秩序を回復しなければならない。そのこともふくめて、どうしても孔丘の助力が要《い》る、と公山不狃は熱心に誘っている。

孔丘の胸は高鳴った。

陽虎の脅威を感じつづけている孔丘は、

——どうすべきか。

と、悩んでいた。陽虎のありようはまれにみる不遜《ふそん》、不敬《ふけい》であり、それを匡《ただ》すような行動をまったく起こさないことは、陽虎の専恣《せんし》を黙認することになり、それはすなわち孔丘の思想の敗北となる。しかしながら、どれほど国家が異状であっても、政治にかかわる地位にいなければ、批判も非難もしない、というのが孔丘の信条である。だが、陽虎が秩序の破壊者であるかぎり、かれと戦わねばならないという気概《きがい》が孔丘にはある。ここで、陽虎と戦う手段が、公山不狃によって提示されたおもいである。孔丘のなかにある武人の血がさわいだ。

孔丘には、公山不狃の策略がわかる。費邑《ひゆう》で叛旗をひるがえせば、かならず鎮討《ちんとう》軍がくる。この鎮討軍の指麾《しき》をとるのは陽虎自身ではあるまい。陽虎は、君主である定《てい》公を監視するためには、曲阜《きょくふ》を空《あ》けるわけにはいかない。すると鎮討軍は季孫《きそん》氏と仲孫《ちゅうそん》氏の兵によって構成されるが、その二軍は、いま北上して鄆《うん》を攻めているので、やってくるのは来春以降であろう。それまでに公山不狃が季孫斯《きそんし》と仲孫何忌《ちゅうそんかき》に密使を送っていたらどうであろう。両氏が軍を率いて費邑を攻撃するふりをしながら、公山不狃と連合してしまえば、寡《すく》ない私兵しかもっていない陽虎を、一挙に圧迫することができる。また、不利になった陽虎が定公を人質とする恐れがあるので、なるべくなら、陽虎を費邑の攻防戦に参入させるほうがよい。費邑を攻めあぐねた二軍を助けるべく、陽虎が曲阜をでたあと、都内に残っている叔孫州仇《しゆくそんしゆうきゆう》に定公を保護させればよい。

これが公山不狃の策略だ、と孔丘は想定した。もしも公山不狃がそこまで考えていないのなら、

――われが献策する。

と、孔丘は意気込んだ。とにかく、公山不狃の挙兵は成功する、とみた。

「よし、費邑へゆく」

孔丘はつぶやいた。正義の行動とは、これである。

翌日、十人の高弟を集めた。この十人のなかには、仲由《ちゆうゆう》、冉耕《ぜんこう》、閔損、漆雕啓《しつちようけい》がいる。この会はいきなり厳粛《げんしゆく》なふんいきになった。

――先生はなにかを決断なさったのだ。

そう感じたのは仲由だけではない。孔丘をみつめる門弟は固唾《かたず》をのんだ。

「われは費邑へゆき、公山氏に仕える」

この孔丘の発言に、仲由はひっくりかえりそうになった。ほかの門弟も、眉《まゆ》をひそめ、唖然《あぜん》とした。先生ほどの人でも血迷うことがあるのか。かれらの胸に去来した念《おも》いとは、それである。

にわかに慍然《うんぜん》とした仲由は、

「公山氏のもとにゆかれるのは、もってのほかです。おやめになるべきです」

と、孔丘の感情の悪化を忌憚《きたん》することなく、諫言《かんげん》を揚《あ》げた。はたして孔丘は嚇《かっ》としたらしく、目もとを赤くして、

「公山氏がわれを召すからには、かならずそこに意義がある。費邑に拠《よ》って立てば、早晩、魯を東方の周《しゅう》にすることができる」

と、烈しくいった。孔丘は激情家の一面をもっている。感情が高ぶると早口になる。

だが、仲由はひきさがらなかった。

「いちどもお会いになったことのない公山不狃を、なにゆえそれほどお信じになるのですか。かつてあの者は陽虎の友人であるといわれていました。たしかに才気があるので、先代の季平子《きへいし》に重用されましたが、栄達の速度においては、陽虎におくれをとりました。かれには陽虎への妬《ねた》みがあるのです。陽虎を逐うために挙兵するのは、自身の威権を増大させたいがためです。たとえその挙兵が成功しても、魯の国は、虎を逐って狼を残したことになるのです」

仲由は孔丘の脳裡《のうり》に画《か》かれた妄想の要図《ようず》を破るべく、声をはげまして説《と》いた。

ほどなく孔丘の顔は、怒りよりも悲しみの色に染まった。

仲由もつらくなった。それでも、孔丘が費邑へゆくことは、死地におもむくことで

あると認識してもらわなければならない。

公山不狃は陽虎のように露骨に専権をふりかざさないにせよ、国政に参与する地位に昇りたいにちがいない。おのれの欲望を実現するための策謀に、孔丘を利用するだけであり、孔丘の思想を尊重して国体の質を改めるような殊勝《しゅしょう》なことをするはずがない。

仲由は公山不狃を公平無私の人であるとはみていない。

——むしろ狡猾《こうかつ》な人だ。

いままでかれが沈黙していたのは、日和見《ひよりみ》をしていた、と想《おも》うべきである。公山不狃が季孫斯に忠肝《ちゅうかん》をささげる臣であれば、今秋、陽虎が季孫斯らを周社にひきずりだして盟《ちか》いをおこなった直後に、その盟いが不当《ふとう》であることを国民に知らせるべく、挙兵すべきであった。が、公山不狃はそうしなかった。しかもかれは、まだはっきりとは叛旗をかかげず、孔丘が費邑に到着したら、陽虎と戦うといっているらしい。それでは、戦いに敗《やぶ》れたら、公山不狃は孔丘にそそのかされたといいのがれ、すべての罪を孔丘に負わせるつもりであろう。

仲由には別の懸念《けねん》もある。

「たとえ公山氏が正義の旗を樹《た》てたにせよ、いま魯君は陽虎の側にいるのです。その挙兵が君主への叛逆にあたることは明白なのです。君主に叛《そむ》いて正しい礼が成り立つのでしょうか。どうか、ご再考ください」

この切諫《せつかん》は、孔丘の胸に滲《し》みた。

――われは自分の不遇に苛立《いらだ》って、大義を見失っていたのか。

孔丘は、仲孫何忌の師となったときに、その権門を足がかりにして、政界へはいることを夢想しなかったわけではない。が、その夢想がついえるのは早かった。それでもめげることなく、魯の国内で碩学《せきがく》の名を高めたつもりではあるが、孔丘を推挙して朝廷に近づけてくれる大夫《たいふ》はひとりもあらわれなかった。季孫氏につながる糸をみつけたつもりであったが、その糸は陽虎によって断ち切られた。このまま野《や》に在《あ》りつづければ、何年経《た》っても、魯を理想の国家に近づけることができない。その焦心《しょうしん》を、公山不狃に利用されそうになったというのが現実であろう。

「わかった、考え直す」

孔丘は、集まった門弟のすべてが公山不狃のもとに趨参《すうさん》することに賛同しないと察して、散会させた。閔損のほっとした顔が印象的であった。

漆雕啓とともに外にでた仲由は、しばらく歩いてから、足を停めた。ここまで考えつづけてきた漆雕啓も、どうやら仲由とおなじ危うさをおぼえていたらしく、うつむきがちであった顔をあげて仲由と目語《もくご》した。

「引き返そう」

ふたりは早足になった。

教場《きょうじょう》に残っていた閔損をみつけたふたりは、

「先生と重要な話をしたい。伯魚《はくぎょ》どのも同席してもらいたい」

と、たのんだ。四半時《しはんとき》も経たないうちに、仲由は漆雕啓と閔損を従えるかたちで、孔丘と孔鯉《こうり》のまえに坐った。この三人の胸裡《きょうり》にあるおもいというのは、

――まだ先生は陽虎を甘く観《み》ている。

という愁思《しゅうし》である。

「ほかの門弟がいるところでは、話せなかったことです」

と、仲由は切りだした。

「ふむ……」

孔丘は仲由の深刻さをまともにうけた。

「先日、先生は陽虎が不在の宅を訪問なさいました。ところが、帰路で、陽虎にお遇《あ》いになった」

「あれは、まずかった」

孔丘はわずかに苦笑した。

「あれは、たまたま陽虎の帰宅が早まったのでしょうか。わたしだけではなく子開《しかい》も、そのとき疑念をもちました」

「どういうことか」

孔丘の眉宇《びう》にけわしさが生じた。

「門弟のなかに、陽虎に通じている者がいる、というより、陽虎が間諜《かんちょう》を入門させている、とみなすべきでしょう」

「まさか――」

と、孔鯉がおどろきの声を揚げた。

「これが邪推《じゃすい》あるいは臆測《おくそく》に終わればよいのですが、そうはなりますまい。先生は、他国で罪を犯して逃亡してきた者、なんらかの事情で田と家を失ってわが国にながれてきた者などにも、入門をおゆるしになっている。陽虎が先生の弘量《こうりょう》につけこむのは、たやすいでしょう」

孔丘は不快さが胸中に盈《み》ちてきた。

たとえ犯罪者でも、その罪が不当であれば、救いの手をさしのべたい。たとえ不幸の淵《ふち》に沈んでも、愉《たの》しみの地にはいあがる術《すべ》のあることを教えたい。これを世間知らずの人のよさ、とみなされては、孔丘の立つ瀬がない。

――つくづく陽虎とはいやな男だ。

と、おもわざるをえない。そんな男が、ぬけぬけと、仁、を説いたのだ。

「由や、存念をまっすぐに述べなさい」

孔丘はもはや諷諫《ふうかん》を嫌った。

「では、はっきりと申します。陽虎は人ではなく、本物の虎であると想っていただきたい。先生のいかなることばも通じないのです。費邑の公山氏の使者がここにきたこと、それに応じて先生が費邑へおもむこうとしたこと、それらは三日以内に陽虎の耳にとどきます。以後も先生が都内にいれば、かならず陽虎の指図に従った捕吏《ほり》に襲われます。それから、ただちに投獄され、拷問《ごうもん》され、生きて獄からでられないでしょう。しかもその遺骸《いがい》には、謀叛《むほん》の罪が衣《き》せられます。また、曲阜をでられて費邑にむかわれれば、陽虎の私兵に追撃され、斬殺されるでしょう」

孔丘は表情を変えなかったが、孔鯉は蒼《あお》くなった。

――仲由の想像は先走りすぎている。

とは、孔丘はおもわなかった。季孫家にいて陽虎の残忍さに接した仲由ならではの進言が、これである。

――われにも迷妄《めいもう》があった。

その苦《にが》さを、いまここで、嚙《か》みしめた。陽虎が定公と三桓《かん》に盟いを強要した時点で、この国をでるべきであった。殿上の政争にかかわりのないところにいるという自覚をもっていた孔丘は、甘い観測をしていたといえる。

「人には過《あやま》ちがある。しかし過ちがありながら改めないこと、これこそ過ちという」

と、孔丘はすべての門弟に教えてきた。いまそのことばが孔丘自身にはねかえってきた。ゆえに、教えることは学ぶことになる。

「よし、国をでる」

孔丘は決断した。陽虎の難を避けるには、それしかない。

この声をきいた三人は、ひとまず安心して頭をさげた。わずかに腰を浮かした孔鯉は父の指図を仰ぐ目つきになった。すかさず孔丘は、

「陽虎の狙いは、われにある。なんじは閔損とともにここに残れ。われが費邑にゆかないかぎり、陽虎はなんじに手をだすまい」

と、いった。

「わかりました」

孔鯉はそう答えたものの、強い不安をおぼえて、心身が定まらない。すると、首をあげた閔損が、

「わたしが伯魚さまと教場をお守りします」

と、語気を強めていった。閔損は逆運《ぎゃくうん》に耐える力をもっており、しかもすぐれた判断力がある。留守《りゅうしゅ》をまかせられる弟子は、孔鯉にもっとも親しい閔損を措《お》いてほかにいない。

「明日は旅行の支度《したく》をし、明後日の早朝に曲阜をでて、斉《せい》へむかう。従者の選抜はな

んじらにまかせよう」

孔丘は仲由と漆雕啓にむかっていった。

「うけたまわりました」

翌日、ふたりは飛び回った。信用できる門弟を集めるために、一日をついやした。かれらには、

「先生のお従《とも》ができるようなら、明朝、東門へ――」

と、仲由はいった。漆雕啓は小首をかしげた。

「斉へゆくなら、北門でしょう」

「子開よ、智慧《ちえ》が足りぬぞ。東門をでておけば、先生が費邑へむかったと陽虎は想う。追跡されぬためよ」

「あ、なるほど――」

どこまでも陽虎を甘く観ないこと、と自分にいいきかせた漆雕啓は、この夜、自分の理解者である兄にだけ、事情を語《つ》げた。

兄はおどろき、そのおどろきに愁いをそえた。

「孔先生は、斉へ亡命なさるのか。ああ、魯はいやな国になったな。孔先生を逐うとは、宝を失うようなものだ。斉は、さまざまな民族が住み、活気に満ちている。それだけに周の礼が通用しにくい。魯と同姓の国である衛《えい》へゆかれたほうがよいのではな

いか」

衛は斉ほど繁栄しているわけではないが、政情は不安定ではない。

「斉往きは、先生のご速断です。衛は、陽虎の無礼を怒り、いま魯人《ろひと》を嫌っている、と判断なさったのかもしれません」

なぜ孔丘が亡命先に、衛ではなく斉を選んだのか、その真意は、漆雕啓にはわからない。だが、想像をひろげてゆけば、衛は魯と同文化の国であり、斉は異文化の国であるところから、孔丘はその異文化の実態を身をもって知るために、斉へ往くのではあるまいか。孔丘はどこにいても学びつづけ、平等に教えつづけ、知ろうとする意欲を失わない。その姿勢は驚異的といってもよい。漆雕啓はそういう師を崇《あが》め、護《まも》りぬきたい。ただし孔丘は学ぶことと教えることに専心するあまり、世情に無関心になり、外敵が生じても無警戒になるので、弟子のなかでも高弟にあたる者が師を防守《ぼうしゅ》してゆく必要がある。

――それが、いまだ。

という確信が漆雕啓にはある。こういう心情を、兄は温かく察してくれている。

「陽虎は無礼のかたまりだ。それがわかっていながら、魯はみずからを匡せない。なさけない国に零《お》ちたものだ」

と、兄は嘆息した。

黎明《れいめい》に起きた漆雕啓は、旅装をととのえ、腹ごしらえをしてから、東門へ行った。

まもなく夜明けである。

鶏鳴《けいめい》とともに、門はひらく。

風はないが、地は冷えきっており、その冷えが足の裏から腰のあたりまで伝わってくる。

門のほとりに集まっていた五、六人の門弟が、漆雕啓に気づいて、

「あっ、子開どの」

と、小さく叫んで、趨《はし》り寄った。

——先生に従う者は、これしかいないのか。

とは、漆雕啓はおもわなかった。急な旅立ちに応《こた》えてくれた者が、五、六人もいた、と感謝するおもいである。

ほどなく門がひらいた。

それから半時《はんとき》も経たないうちに、漆雕啓のもとに集合した門弟が増えた。あらためて目で算《かぞ》えてみると、十三人になった。それに漆雕啓と仲由を加えれば、孔丘の従者は十五人になる。

門弟のなかから声が揚がった。

「あれは、先生の馬車ではありませんか」

「おう、そうだ」

こちらに急速に近づいてくる馬車に朝日があたっている。御者《ぎょしゃ》はまぎれもなく仲由である。面皮を刺すような寒風が吹きはじめた。漆雕啓は手を挙《あ》げた。その手が風の強さを感じた。

門弟のまえで馬車を駐《と》めた仲由は孔丘とともにおりて、従者の顔を確認した。いつまでつづくのかわからない孔丘の亡命の旅に、迷いなく従う者たちは、一家の家業を一身に負う立場にいない身軽な者たちばかりである。とはいえ、かれらは学問と素行《そこう》において軽佻《けいちょう》ではなく、まじめに孔丘に師事している。いや、孔丘を父のように慕《した》っている、といったほうが正しいであろう。

いちどあたりをみまわした仲由は、馬車にもどるまえに、

「陽虎の見張りらしい者はいなかったか」

と、漆雕啓に訊《き》いた。

「怪しい者はいませんでしたが、早晩、陽虎に通報されますよ」

「ちがいない。いそごう」

孔丘を車上へいざなった仲由は、馬車を発進させた。従者も動いて、すみやかに東門をでた。曲阜をあとにした仲由と漆雕啓は、

――ひとまず虎口《ここう》をのがれた。

というおもいで、胸に小さなぬくもりをおぼえた。

この日の午後、陽虎のもとに急報がとどけられた。孔丘が十数人の門弟を従えて東門をでたという。

「東門……」

かれは、解《げ》せぬ、という顔つきをした。孔丘の教場は南門から遠くなく、また、実家にゆく場合も南門を通るはずである。

「孔仲尼《こうちゅうじ》に関するほかの報《しら》せはないか」

陽虎は頤《あご》で側近を動かした。やがてかれらのひとりがもってきた報せが、陽虎を怒らせた。三日まえに孔丘のもとに公山不狃の使者がきて招致《しょうち》をおこなったらしい。

「わかった。仲尼め、東門をでて費邑へむかったのだ。あの腐《くさ》れ儒者《じゅしゃ》は、われに仕えるといっておきながら、不狃に仕える気だ。よくも欺《あざむ》いてくれたな」

そう怒気を放ちながらふりあげた拳《こぶし》は、すぐにおろされて側近にむけられた。

「仲尼を追って、捕斬《ほざん》せよ」

この強い声に弾《はじ》かれたように側近は趨った。直後に、むっくと頭をあげて、上体を起こした男がいる。

従弟《じゅうてい》の陽越《ようえつ》である。

かれは豪胆さをもった武人で、陽虎の荒っぽい兵事を補助している。ここでも、お

もむろに剣を引き寄せ、弓矢をつかむと、

「儒者ひとりを殺すのに、多くの兵は要らぬ。われが仲尼をしとめてこよう」

と、いって、起《た》った。

「仲尼のかたわらにいる季路《きろ》をあなどってはならぬ。季孫家では一、二を争う剣の使い手であった。悪いことはいわぬ、兵を率いてゆけ」

陽虎は従弟の性急さをたしなめた。かねて孔丘に利用価値があるとみて、弟子の仲由の処分に手心をくわえたが、いまやその価値がないどころか、陽虎にとって害になりそうである。それなら、このあたりでその存在を抹消すべきであろう。

二時《ふたとき》後に、三十人が分乗した十乗の馬車が陽虎家をでた。陽越を見送った陽虎は、荒原《こうげん》に屍《しかばね》をさらす孔丘を想い、

――われに従っておけば、死なずにすんだものを。

と、冷笑した。

孔丘の追撃をはじめた陽越は、たとえ一日遅れで発《た》っても、かならず孔丘に追いつけると意《おも》い、車中では軽口《かるくち》をたたいた。ところが、二日経っても、かれは孔丘と門弟の小集団を発見できなかった。

「費邑へゆくには、この道しかないはずだ」

季孫氏の食邑《しょくゆう》のひとつである卞邑《べん》にはいって調べてみても、儒者集団をたれもみか

けなかったという。

「仲尼め、どこへ行った」

配下に間道をさぐらせたが、孔丘の影をとらえることができなかった。念のため、卞邑をでて、東へ、東へと馬車を走らせたが、儒者が通過したという形跡はまったくなかった。

孔丘と門弟は消えた、というしかない。

「ええいっ——」

怒声を寒風にむけて放った陽越は、馬首をめぐらせて帰途につき、むなしく陽虎家に帰着した。

孔丘と門弟は北へ、北へとすすんで、泰《たい》山の麓《ふもと》に到った。

おおまかに泰山より南が魯の国、北が斉の国ということになっている。

孔丘は馬車を駐めさせた。

女が哭《な》いている。その声が孔丘の耳にとどいた。

虎と苛政《かせい》

天空を暗くしていた凍雲《とううん》が去った。

春が近いことを告げるような青天が梢《こずえ》のかなたにあらわれた。

だが、泰山《たいざん》の麓《ふもと》はあいかわらず仄暗《ほのぐら》く、寒気がとどまっている。

馬車を駐《と》めた孔丘《こうきゅう》は、小さな墓のまえに坐っている婦人を視《み》た。冷えた空気を裂くような婦人の声は、きく者の胸に滲《し》みる悲哀に満ちていた。

——よほどつらいことがあったようだ。

そう感じた孔丘は、仲由《ちゅうゆう》から手綱《たづな》をあずかり、

「なにがあったのか、きいてきなさい」

と、いい、この弟子を婦人のもとへやった。

仲由は、多くの姉がいるという家庭で育ったため、武辺者であっても、女性へのあたりがやわらかい。ここでもかれは、墓のまえの婦人をおどろかさないように、おだやかな物腰で近づき、痛切に哭《な》いているわけを問うた。

婦人はこの奇抜な服装の男に、おびえたようであったが、逃げることはせず、問いの鄭重《ていちょう》さに安心したのか、哭くのをやめて答えはじめた。

仲由はなんどもうなずいた。

「よく話してくださった」

一礼した仲由は、孔丘のもとにもどって、婦人の話をつたえた。

こういうことであった。

このあたりには虎が出没する。かつて舅《しゅうと》が虎に殺されただけではなく、夫も虎にやられた。虎の被害はそれで終わらず、ついに自分の子も虎に遭《あ》って死んだ。ゆえに哭《こっ》泣《きゅう》していた。それほど危険な地になおもとどまっているわけを仲由が訊《き》くと、婦人は、苛政《かせい》無ければなり、と答えた。ここにはいたたまれないほど苛《きび》しい政治がないから、転居しない、といったのである。

「おう——」

と、感嘆の声を揚《あ》げた孔丘は、すかさず従者である門弟を集めて、

「よく憶《おぼ》えておきなさい。苛政は虎よりも猛《たけ》し、と」

と、いった。人々が政治にむごさを感じる場合はさまざまあるにせよ、その多くは課税の重さであろう。周《しゅう》王朝の税率は十分の一と定められたが、魯《ろ》の国では、およそ百年まえの君主である宣《せん》公のときに、十分の二に改められた。どれほど虎が恐ろしく

てもこの地を去らないといった婦人が、魯の国民ではなく、斉《せい》の国民であったとすれば、婦人の意思をとりあげた孔丘は、遠回しに魯の政治を批判したことになる。

車上の孔丘をみあげて、その訓喩《くんゆ》をきいた漆雕啓《しっちょうけい》は、

――先生は偉い人だ。

と、感嘆した。そうではないか。かれは、苛政は虎よりも猛し、という教誨《きょうかい》にふくまれる淵旨《えんし》に感心したというよりも、亡命の道すがら教訓を摭《ひろ》う孔丘の心のこまやかさに打たれた。老子《ろうし》であれば、こういう道傍《どうぼう》から教訓を摭うことをけっしてしないであろう。孔丘はこまごまとした政治的手法を弟子に教えたことはないし、これからも教えないだろう。だが、ここではっきりと政治を教えている。教えられた弟子をみればよい。このなかのたれが国政にかかわる席に坐ることができるであろうか。貴族のなかでも最上位にいなければ参政になれないと孔丘は認識していながら、貴族ではない弟子に、

「どこにいても学ぶことはあるものだ」

と、教えている。

大国ではなく、産物も豊かでない魯という国をながめながら育った孔丘は、この国を富ませるためには、人を育てるしかない、と強くおもったことがあるのではないか。人こそ宝である、という信念の上に孔丘の学問がある。ゆえに孔丘の思想は温かい。

　しかしながら、亡命先となる斉の国は、古昔《こせき》、不世出の名相といわれた管仲《かんちゅう》の政策が実施されてから、大国にのしあがり、いまに至っている。そういう富盛《ふせい》の国がいまさら人材を捜し求めるであろうか。

　漆雕啓は斉の国の風あたりの強さを予想しながらも、

　——先生に属《つ》いてゆくしかない。

と、自分にいいきかせた。

　泰山の麓をあとにして、二、三日すすむと、風が新春の温かさをふくむようになった。枯れ色であった野色《やしょく》も、ところどころにある花木《かぼく》が蕾《つぼみ》をふくらましはじめたせいか、寒々しい感じではなくなった。山野だけではなく水も躁《さわ》ぎはじめる春とは佳《よ》いもので、人に活力を与えてくれる。

　斉の首都である臨淄《りんし》に近づくころには、この小集団は、ながれてくる幽《ほの》かな芳香とつれだつようになった。

　——あれが臨淄か。

　大都である。臨淄に集まる人々が増えつづけているせいか、城壁の外まで住居地がひろがっている。すさんだ周都をみてきた漆雕啓にとって、その首都の容体は豊かそのもので、うらやましいものであった。

　手綱をにぎっている仲由も、まぶしげにその威容をながめ、心を落ち着けてから、

「どなたをお訪ねになりますか」

と、孔丘に問うた。孔丘の亡命をうけいれてくれるのであれば、その人物はかならずしも貴族でなくてもよいが、おのれを安売りするはずがない孔丘なら、著名な大夫《たいふ》を指名するであろう。

「高子《こうし》を訪ねる」

孔丘の口調に迷いの色がなかったのは、魯を発《た》つまえに訪問先を決めていたにちがいない。

「高子ですか……」

仲由はなかば納得《なっとく》し、なかば納得しなかった。高子とは、斉の国の執政である、高張《こうちょう》をいう。斉には古昔から宰相《さいしょう》というべき正卿《せいけい》はふたりいて、ひとりは国《こく》氏であり、いまひとりは高氏である。中華の覇者《はしゃ》となった桓《かん》公から絶大に信頼され、一に管仲、二に管仲と国事の大半をまかされた管仲でさえ、その両氏をはばかって次卿の地位にとどまった。いまの斉の上卿《じょうけい》は、

国夏《こくか》

高張

鮑国《ほうこく》

という三人であるが、やはり国夏と高張が正卿である。仲由はそれくらいのことはわかっており、ほかの知識もある。斉では多くの国民に尊崇《そんすう》され、しかも君主の景公《けい》から師と仰がれている貴臣がいる。平仲《へいちゅう》というあざなをもつ、

「晏嬰《あんえい》」

である。かれは十年ほどまえに執政の実務から退いたが、いまだにその存在は大きく、管仲につぐ名臣であると内外からたたえられている。

「晏子をお訪ねにならないのですか」

と、仲由はいってみた。孔丘が晏嬰にどのような応援をされようが、かならず後世への語り種《ぐさ》になる。門前払いにされても、それはそれでかまわない、という意気が仲由にはある。

だが、孔丘は冷淡《りんしょく》ともとれる口調で、

「あの人は、吝嗇である」

と、いい、とりあわなかった。孔丘が晏嬰を吝嗇の一語でかたづけたい意想のなかに、悪意はふくまれていなかったであろう。しかし晏嬰が上卿でいたときも、極端な節約家であったことは、魯にもきこえてきた。

「晏子は粗衣を着て国政に臨《のぞ》み、毎日の食事は、玄米と塩漬けの野菜だけだ」

かつて孔丘はそういう伝聞を耳にしたことがある。たしかに質素《しっそ》倹約《けんやく》は美徳である。

孔丘自身、

「質素倹約につとめて、道をあやまった人など、きいたことがない」

と、門弟に教えてきた。しかしながら、晏嬰の節約は、過度である。寒家《かんか》に住む者がきりつめた生活をするのはわかるが、国政をあずかる大臣がそれでは、仕える者たちが迷惑する。なにごとにおいても、過度は人との関係をそこなう。そう考える孔丘は、適度であること、つまり中庸《ちゅうよう》を説《と》いている。

——晏子に会えば、かならず論争となる。

そのわずらわしさを避けたいことがひとつ、いまひとつは、晏嬰にはおそらく客を養うという思想がないことである。そうおもう孔丘は、

「高子の邸宅は、宮城に近いはずだ」

と、いい、仲由をうながして馬車をすすめさせた。

住まいの点でも、晏嬰はみなが嫌う低湿地に住んでいる。昔、それをみかねた景公が、転居をすすめたが、晏嬰は首をたてにふらず、

「住みやすいというのは、隣近所に住む人とのつきあいが良好であることをいい、土地の良否にはかかわりがありません」

と、答えたという。

——かなわない。

孔丘は晏嬰を恐れている、というのが、ほんとうのところかもしれない。

だが、高張が亡命者にとって依倚《いい》しやすい人物か、といえば、そうではない。かつて魯の昭《しよう》公が出国して斉の景公をたよったとき、景公の使者として昭公を慰問したのが、高張である。その際、高張は昭公を、

「主君」

と、呼んで、賤《いや》しめた。いうまでもなく国主は君主であり、君主に仕える大夫が主君と呼ばれる。もっとも高張にすれば、すでに昭公が景公に臣従したとみなしたので、そう呼んだのであろう。どうやら国夏が軍事担当で、高張が外交担当のようで、高張は、晋《しん》が主導する周都の修築工事に参加した。いや、参加したふりをした。かれは三十日という工事期間が過ぎてから現地に到着した。これは、わざと遅れたのであろう。斉は晋の指図をうけない、と暗に反発したとみてよい。しかしながらその怠慢を憎んだ晋人《しんひと》は、

「高張は、災《わざわ》いからのがれられないであろう。人に背《そむ》けば、人に背かれたとき、為《な》す術《すべ》がなくなる」

と、その没落を予言した。

実際にそうなるのは、孔丘が斉に入国した年からかぞえて十四年後である。

門弟をつかって高張邸を捜しあてた孔丘は、仲由を遣《や》って、高張の反応をさぐった。

仲由は人に媚付《びふ》する型の人間ではなく、修辞《しゅうじ》にすぐれているわけでもないが、渉外《しょうがい》の基本は誠実さであると信じている孔丘は、実直さを体貌からも強く発揮する仲由を肝心な使者に選んだ。

——仲由の無言は、策士の雄弁にまさる。

また仲由が旧主の季平子《きへいし》を守りぬいた剣士であることも、その居ずまい、その容儀によって高張に伝わるであろう。孔丘の高弟である仲由が、儀礼において、過《あやま》つはずがない。孔丘が学問だけではなく、実習を重んじたことは、

——学びて時にこれを習う。

という一文に固定されて後世に伝えられた。からだがおのずと動くようになるまで、くりかえし教習した。この教習を経た門弟は、相手が周王であっても畏縮《いしゅく》することはない。

それはそれとして、高張は諸国の事情に精通しているはずであり、孔丘という名を知らぬということはありえない。すなわち亡命の理由をくどくどと説明しないですむ相手が高張なのである。

はたしてほがらかにもどってきた仲由が、

「高子は、わたしをも、ねぎらってくれました」

と、孔丘に告げた。この時点で、孔丘の亡命は高張に理解され、うけいれられたと

いうことである。

大国の卿の祿《ろく》は、二百八十八人を養う、といわれている。その邸宅は広大で、しかも高楼《こうろう》が設けられている。季平子が昭公の兵に追いつめられても、高楼ひとつでもちこたえたように、兵事にも活《い》かせる高層建築で、二階建ての家屋がほとんどないこの時代では、上級貴族の邸宅に建つ高楼はひときわ目立つ。

高張邸もながながと牆《しょう》を繞《めぐ》らせた造りで、華麗な高楼をもっている。

独《ひと》りでなかにはいった孔丘は、家臣にみちびかれて堂にのぼり、高張に面会した。堂にのぼった段階で、客としてあつかわれたことになる。ちなみに堂上での客席は西で、東に主人が坐る。

高張は、景公の寵《ちょう》を笠に着て、威張っているとうわさされている人物であるが、孔丘にたいしては傲岸《ごうがん》さをみせなかった。意外なのは、それだけではなく、体軀《たいく》が小柄《こがら》であった。人の外貌における重量感では、孔丘がはるかにまさっている。しかしながら、かたや大国の正卿であり、かたや無位無冠の学者である。どれほど孔丘が気張っても、この現実は変えようがない。

仲由が打診にきた時点で、高張は孔丘に利用価値があるとみた。

斉から魯へ礼法を学びにゆく者がある、ときいたのは二、三年まえである。周都に留学して周の正統な礼法を魯にもちかえり、曲阜《きょくふ》でそれを教授しているのが、孔仲尼《こうちゅうじ》という儒者《じゆしや》であるという。

——儒者か。

最初、高張は軽侮《けいぶ》したが、よくきいてみると、孔仲尼は葬儀集団の指導者というわけではなく、詩と音楽も教えるということであった。巨《おお》きい人だ、ときいていたが、なるほど実際に会ってみると、

——武人になったほうがよい。

と、おもわれるほど迫力のある体貌である。こんな男が典雅な礼式を教えるのか、と意外であった。しかしながら、話すうちに孔丘という人格がもつ深趣《しんしゆ》を感じるようになった。

——わが君に推挙しても、まちがいない男だ。

君主が喜ぶ人物を推挙することが、信頼につながる。高張はそういう下心《したごころ》をもった。もっとも孔丘としては、高張に推薦者になってもらうために、この邸の門をたたいた。孔丘に打算があったとすれば、それである。斉にきたかぎり、高張の客で終わるわけにはいかない。

高張は孔丘を優遇してくれたといってよい。賓客《ひんかく》としてあつかい、

「斉の者にも礼法を誨《おし》えてもらいたい」

と、いい、教場《きようじよう》を設けてくれた。これが、斉に儒教がひろまるきっかけになった。

都内での評判が高くなれば、かならずそのことが景公の側近の耳にとどき、おのずと景公が関心をもつ。孔丘を推挙するのはそれからでよい、というのが高張のおもわくである。そのあたりのひそかな意図《いと》がわからぬ孔丘ではないが、さりげなく教場の門戸を開け放った。入門希望者の身分をえりわけないのは、いつものことなので、士だけではなく庶民も異風の学者のありように関心をもった。ただし庶民が礼儀作法を習いおぼえたところで、この貴族全盛の世では、それを活かせる場などないが、あらたに入門した者のなかには、実利とは別なところに孔丘の学問の本質があると気づいた者もいた。その者はこういった。

「壁に囲まれた暗い部屋に、牖《まど》をあけてもらい、はじめて外の景色をみたようだ」

それを仄聞《そくぶん》した漆雕啓は、はじめて孔丘に会って教えをうけはじめた自分を憶《おも》いだした。孔丘のもとで学びつづけると牖はひろがり、やがて屋外にでて豊かな光を浴び、天を仰ぎ瞻《み》ることができる。その天は多くの人々の天でもあるが、漆雕啓だけの天でもある。人が生きてゆくことは根元的に哀しい。その哀しさに籠《こ》もれば、なおさら哀しい。孔丘は魯の庶民をそうみたのであろう。人は感情の動物であるともいえる。が、感情の世界はいかにも蒙《くら》すぎる。知は、感情世界に外光をとりいれる牖である。ゆえに孔丘は、

「まず知りなさい」

と、教える。つぎに、

「好みなさい」

と、勧《すす》める。これは閉塞《へいそく》の外にでることである。さいごに、

「楽しみなさい」

と、いう。これは天の下に立って、人々とともに楽しむと同時に独りでも楽しむことをいうが、それはすなわち生きていることを楽しむことであり、個としての自立と他者との調和をはたさなければ達しえない境地である。一言でいいかえれば、

「和《わ》する」

ということになる。いまの魯は、個としての自立も、他者との調和もはたされず、そういう状態を、孔丘は、

「道行なわれず」

と、いい、魯をでるまえに弟子にむかって、

「桴《いかだ》に乗って海に浮かぼうか。われに従ってくれるのは、まず由だな」

と、いった。それをきいて仲由が喜んだので、孔丘はたしなめるように、

「由よ、なんじが勇を好むのはわれにまさっている。が、桴の材料はまだ得られていない」

と、笑謔《しょうぎゃく》をまじえていった。桴に乗って海に浮かぶ、とは、魯をでて未開の地へゆ

こう、ということであり、その桴にまっさきに乗ってくれるのは仲由であるにちがいない。しかしながら、そうしたくても桴を作る材料をみつけて取ってくることができない、とは、どういうことなのか。謎をかけられたかたちの仲由は、

「勇気だけでは亡命の旅にでられない、才覚が要《い》る、と先生はおっしゃったのだろうよ」

と、あとで漆雕啓にいった。

――そうかもしれないが、そうでないかもしれない。

孔丘がわかりにくいことや不可解なことをいったときには、漆雕啓はそのことばを脳裡《のうり》でくりかえし、歳月をかけて解くことにしている。自分の知力に自信があるわけではない漆雕啓は、師のことばをいそいで解かずに、腑《ふ》に落ちてくるまで待つことにしている。

さて、師弟ともに臨淄での生活に順調さを感じるようになったとき、漆雕啓は孔丘に呼ばれて、

「鯉《り》に会ってきてくれ」

と、いいつけられた。それだけである。父から子への伝言はいっさいなかった。長いあいだ孔丘に師事している漆雕啓は、よけいなことを問わず、

「さっそくに――」

と、答え、門弟のなかで剣の腕の立つ者をひとり選んで、翌日には発《た》った。陽虎《ようこ》の配下にみとがめられることが、ないわけではない。

夏の盛りである。

ぶじに曲阜の教場にはいったふたりは、汗を拭《ふ》くまもなく孔鯉と閔損《びんそん》に会って、臨淄での生活のようすを伝えた。孔丘が出国したあと、教場を襲ってきた者はおらず、残留した者に危害は加えられなかったようなので、漆雕啓は安心した。

「費邑《ひゆう》の公山《こうざん》氏は挙兵したのか」

いまや、公山不狃《こうざんふじゆう》と孔丘は無関係であるが、季孫《きそん》家の家臣のなかで有力であるかれの動静は、今後の魯の政情になんらかの影響をあたえそうなので、漆雕啓は気にかけている。

「それが、よくわからない……」

閔損は困惑ぎみにいった。費邑に叛旗《はんき》が樹《た》ったとはきこえてこない。しかし公山不狃が陽虎に積極的に協力しているようではない。陽虎と公山不狃はたがいに相手のでかたをうかがっているともいえる。

もうすこしくわしい情報が欲しい漆雕啓は、教場をでて、丙《へい》の家へ往った。季孫氏の兵の輜重《しちょう》をあつかっている丙は、三か月ほどまえに戦場から還《かえ》っていた。漆雕啓の顔をみた丙は素直に喜び、

「陽虎が追手《おつて》をだしたようだが、うまくかわして、孔先生はいま斉か」

と、いった。言外には、なんじはよく孔先生を護《まも》って斉まで行ったな、と褒《ほ》めた。

「臨淄で、高張どのの客となり、教場をひらいておられます」

「それは、よかった。魯はますますひどくなった。陽虎が季孫氏と仲孫《ちゆうそん》氏に鄆《うん》を攻めさせたことは知っているだろう。今年の二月に、斉は鄆の保持をあきらめて、その邑に陽関《ようかん》という邑をそえて、魯に返還した」

「そうでしたか」

孔丘が斉へむかうとき、陽関の近くを通った。

「それからが、ひどい。返還された二邑は、公室におさめられるのがすじだが、陽虎はおのれの食邑《しよくゆう》とした」

「ほう――」

漆雕啓はあきれてみせたが、魯で実権をにぎりながらも、食邑のひとつも持たなかった陽虎の焦《あせ》りはよくわかる。食邑をにぎったことで、実権をにぎっていた手がゆるむのではないか。

――欲望も、満ちれば、あとは欠けてゆくだけだ。

季孫家の内情にくわしい丙だが、公山氏についてはまったくわからないようなので、丙家をでた漆雕啓は、実家へ行った。兄の喜笑をみた漆雕啓は、

「もしも陽虎が官民を喜笑させる政治をおこなったら、前代未聞の偉人となり、貴族社会を消滅させる大改革者になりえたのに、かれには徳の力のすごみがわかっていない。その点でも、陽虎はわが師にはるかに劣っている。いまは陽虎に逐《お》われたかたちのわが師だが、いつか、かならず陽虎を逐うことになろう」

と、心のなかでつぶやいた。

天命を知る

寒風が吹きはじめた。

「魯《ろ》の学者である孔丘《こうきゅう》が、卿《けい》を頼って、入国し、教場《きょうじょう》をひらいているというではないか」

鄭《てい》の君主との会合を終えて帰国した斉《せい》の景《けい》公の声をきいた高張《こうちょう》は、足もとに立ったうわさが君主の耳までとどくのに、なんと月日のかかったことよ、と内心苦笑しながら、

「かの者は、周《しゅう》の礼法のみならず、古代の制令にも精通しており、楽《がく》と詩も好む者ゆえ、ご引見は実り多きものとなりましょう」

と、うやうやしく述べた。

「さようか。では、外宮《がいきゅう》に招こう。手配いたせ」

諸外国の君主、卿、正式な使者ではない者に会うときには、城外の宮室をつかう。

「わが君に面謁《めんえつ》できることになった」

高張にそう告げられた孔丘は、多少の喜びをおぼえたが、心のかたすみで、

——この国は、主従ともにぬるい。

と、感じた。大国であるがゆえの鈍さであろう。孔丘はおのれを天下一の学者であるとうぬぼれているわけではなく、また尊大にかまえているつもりもないが、国力の向上をめざし、つねに改善をこころがけている君主と卿が斉にいれば、この面謁はもっと早くに実現していたであろう。

——斉は、老いてきたのか。

老人が好奇心を失い、新奇なものから目をそむけるように、斉という国も、あらたな刺戟《しげき》を求めず、古色の寧謐《ねいひつ》に安住しているとすれば、それは目にみえない危殆《きたい》である。孔丘自身は、学びつづけても、善《ぜん》を求めつづけても、及ばないという自覚をもっている。国家もそうあるべきなのである。

斉への批判を胸に秘めた孔丘は、高張とともに外宮にはいった。

やがて孔丘が謁見《えつけん》した景公は、その容貌にわずかに老いの色がある君主であった。景公は四十五年という在位の年数をもつ。これから十数年、健在でありつづければ、斉の累代《るいだい》の君主のなかでもっとも長寿であるといわれている荘《そう》公（西周末から東周初めにかけての君主）の六十四年に次ぐ在位期間の長さを誇る人となろう。

非凡さから遠いこの君主が、大過なく斉という大国の主でありつづけたのは、ひと

えに晏嬰《あんえい》のそつのない善導《ぜんどう》があったからであろう。景公に美点があるとすれば、自身と室《いえ》を破滅させるほど大きな欲望をもたず、自我も強烈ではなく、晏嬰の善言を聴く耳をもち、悪い点があれば、おくればせながらも反省して改める素直さをもっていたことである。

景公は口をひらいた。どちらかといえば細い声がその口からでてきた。

「わが妣《はは》は、魯の叔孫《しゆくそん》家から嫁《とつ》いできた」

魯には関心があり、親しみをもっている、と景公は暗にいったのであろう。

「存じております」

「いま魯は、難儀《なんぎ》のなかにあり、無礼の国になりはてている」

「わたしは参政の席に坐ったこともなく、まして魯をでた身です。魯の国情のことは、存じません」

「あっ、なるほど」

幽《ほの》かに笑った景公は話題をかえた。

「そなたは礼に詳しいときいた。そもそも礼とはなんであるのか。わかりやすく説《と》いてくれ」

孔丘は相手の知力を量《はか》って説くことに長《た》けている。

「では、申します。礼は事を理《おさ》めるのに不可欠なものです。たとえば夜中、幽室《ゆうしつ》のなかに燭《しょく》がなければどうでしょう。どちらへ行ったらよいのかわかりません。またそのなかで捜しものをする場合、終夜捜しつづけても、求めるものをみつけることはできないでしょう。礼は燭のようなもので、たとえ闇のなかにあっても燭さえあれば、足もとあたりをみることができ、まちがいなく行動できるのです。人に礼がなければ、手足を置くところはなく、耳目《じもく》をむけるところもなく、進退もままならないといってよいでしょう。もしも国を治める君主と卿に礼がなければ、国家は幽室と化し、なかにいる官民がやみくもに動くため、すべてが紊《みだ》れてしまいます」

「なるほどなあ」

景公が無邪気な声を発したとき、入室してきた側近が、

「周の使者が、ご到着です」

と、告げた。景公は眉《まゆ》をひそめた。

「今日が、その日であったか」

「使者は奇妙なことを述べられました。先王の廟《びょう》に災いがある、とか、あったとか」

「ふん、そうか……」

ききながして孔丘に顔をむけた景公は、

「そういうことなので、ご高説は、後日拝聴しよう」

と、いって起《た》とうとした。すかさず孔丘は、

「災いがあったとすれば、かならず僖《き》（釐《き》）王の廟です」

と、いった。

「ほう——」

景公は起つのをやめて、側近に、それについてしっかりと周の使者に質《ただ》してまいれ、といいつけた。この時代、予言を尊ぶ風潮がある。予言を的中させた者を、聖人、と呼んであがめたりもする。

孔丘がいった周の僖王は、諸侯の盟主となって霸者の時代を現出した斉の桓《かん》公と同時代の天子である。在位五年で崩じた。歴史のかたすみに、在るか無いか、というような周王の名を孔丘が知っているだけでも景公にとってはおどろきで、しかもその王の廟に災いがあったと孔丘が特定したことに、大いに興味が湧《わ》いた。

——この者の真価が、これでわかる。

景公は待った。

半時《はんとき》後にもどってきた側近の報告は、近侍《きんじ》の臣をざわつかせ、景公を大いに驚嘆させた。はたして災いのあった廟は僖王のそれであった。すぐさま景公は、解答をせかすように、

「どうしてわかったのか」

と、孔丘に問うた。孔丘は落ち着いたものである。

「皇皇《こうこう》たる上天、その命《めい》たがわず、天は善《ぜん》をもってその徳に報《むく》ゆ、と詩にあります。禍《わざわ》いも、おなじことです。僖王は周の文《ぶん》王と武《ぶ》王が定めた制度を変えて、天地の色である玄黄《げんこう》を用いて華麗な装飾を作り、宮室を高大にし、乗り物を奢侈《しゃし》にして、おもうがままでした。ゆえに天の殃《とが》めが、廟にくだったのです」

「天は、なぜ生きている僖王をとがめず、崩じたあとに罰をその廟に加えたのか」

景公は問いを重ねた。

「文王と武王の徳にめんじてです。生前の僖王をとがめれば、文王と武王の嗣《よつぎ》が殄《た》えてしまいます。ゆえに、その廟に災いをくだして、生前の過《あやま》ちを彰《あきら》かにしたのです」

「そういうことか……」

すっかり感心した景公は、起って、孔丘にむかって再拝した。

「聖人の智慧《ちえ》が、常人をはるかにしのいでいることがよくわかった。つぎは、宮中にお招きしよう」

この声に、相好《そうごう》をくずしたのは、孔丘ではなく、高張であった。孔丘を推挙したことで、大いに面目をほどこしたといえる。

ぞんがい景公は約束を守る人で、この日からひと月も経《た》たないうちに、孔丘を宮中に招いた。このときは高張がつきそっていないので、景公は、

「あなたは斉にきてかなりの月日が経っているのに、いちども晏嬰に会っていないよ

うだ。会わないわけでもあるのだろうか」

と、問うた。耳が痛い問いである。

――晏子の吝嗇《りんしょく》が度を過ぎているからです。

と、答えたいところであるが、それではことばが卑しすぎるので、

「晏子は三君にお仕えして従順であった、ときいています。それは三心があることになります。晏子にお会いしないわけはそれです」

と、いった。やんわりとではあるが、孔丘は晏嬰を批判した。

孔丘のいった三君とは、霊《れい》公、荘《そう》公、景公のことである。晏嬰の父の晏弱《あんじゃく》は、霊公が薨《こう》ずる二年まえに亡《な》くなり、晏嬰はそれから二年余の喪《も》に服したので、霊公に仕えたとはいえない。たとえ霊公に仕えたとしても、わずかな月日であろう。

「さようか」

景公はうなずいてみせたが、どうもそれは真意をかくしたいいわけのように感じられたのであろう、あとで参内《さんだい》した晏嬰に、

「なんじは三君に仕えたので三心がある、と孔丘が申していた」

と、いい、反応をみた。晏嬰は内心慍《むっ》とした。むろんこの時点で、孔丘が何者であるのかを晏嬰は知っている。

忠臣は一君にしか仕えないというのが孔丘の思想であるとすれば、それは人の良否

をうわべで区別しすぎである。

「わたしが三心をもちましょうか。わたしが知っている三君は、ひとつの心をおもちです。三君はみなこの国の安寧《あんねい》を欲していたのです。それゆえわたしは従順にお仕えできたのです。わたしはこうきいています。正しいのにそれをまちがいとすること、まちがっているのにそれを正しいとすること、いずれもそれは誹《そし》っていることになる、と。孔丘は斉の三君の心をみつめなおす目をもち、そこに自身の思想を挹有《きょゆう》すべきです」

晏嬰は孔丘の形式主義を膚浅《ふせん》とみなして酷評した。むろんこの発言を、孔丘は景公からきかされたであろう。孔丘は、こういうときに、感情をあらわにすることはけっしてない。弟子にはよくこういういいかたをする。

「われはしあわせ者だ。われがまちがっていると、かならず人が教えてくれる」

学びつづけ、教えつづけて、倦《う》むことを知らない謙虚な吸収力とはそういうものであろう。人から悪口を浴びせられれば嚇《かっ》となる質《たち》の漆雕啓《しっちょうけい》は、そういう師を瞻《み》て、

——偉いものだな。

と、つくづく感心する。怒ってしまえば反発するだけで、なにも吸収できない。

秋風が立つまでに臨淄《りんし》と曲阜《きょくふ》のあいだを一往復した漆雕啓は、以後の連絡の手段をととのえた。秋になると、斉の上卿《じょうけい》である国夏《こくか》に率いられた軍が魯の西部を攻めたた

め、両国は戦争状態となり、とくに国境の緊張が高まったので、交通がとだえがちになった。

しかし冬の臨淄には交戟《こうげき》の音はとどかず、どこに戦いがあるのかといわんばかりの静穏《せいおん》さがあった。

新年になると、すぐに孔丘は宮中に招かれて、景公とともに舞楽を観《み》た。

これが孔丘にとって大事件になったといってよい。

演奏されたのは、

「韶《しょう》」

という舞曲である。韶は古代の聖王であった帝舜《しゅん》の音楽である。この曲について孔丘は、

――美を尽くし、また善を尽くせり。

と、あとで感想を述べたが、最初に聴いたこの時点で、魂が飛ぶほどに感動した。もともと音楽好きである孔丘の感性が、この舞曲につつまれて、とろけたといってよい。

――楽は韶舞に尽きる。

音楽の最高傑作は韶である、とたれにはばかることなくいえる。孔丘は陶然《とうぜん》としつづけ、この日から三か月間、肉を食べてもその味がわからなかった。

もっとも斉の宮廷管弦楽団は、この時代の最高峰にあった。周の王子朝《ちょう》の大乱をのがれて、諸国に亡命した文化人はすくなくなく、王室所属の楽師が斉まで奔《はし》って、楽団に加わり、その音楽と演奏の質を高めたと想《おも》ってよいであろう。

孔丘の学ぼうとする意欲は尋常ではない。音楽においてもそうで、景公に請願して、楽師に接触した孔丘は、師襄子《しじょうし》と呼ばれる楽師に就《つ》いて琴を習った。師襄子は打楽器の磬《けい》を担当しているが、琴もうまい。練習のために一曲を与えた師襄子は、孔丘ののみこみの早さにおどろき、

「つぎに進まれたらよい」

と、いった。だが孔丘は喜ばず、

「この曲にある志《こころざし》がわかりません」

と、いい、曲から離れなかった。師襄子はころあいをみて、

「志はおわかりになったようですな。つぎに進まれよ」

と、うながした。が、孔丘は、

「この曲を作った人がみえてこない」

と、応《こた》え、さらに弾《ひ》きつづけた。やがて孔丘はようやく納得《なっとく》したという表情で、目を高くあげて、

「作曲者がどういう人であるか、わかりましたよ。色はどこまでも黒く、そうとうな

長身で、志は広遠であり、そのまなざしは遠くをみるようであり、天下四方を掩有《えんゆう》している。これが周の文王でなければ、たれがこの曲を作れましょうか」

と、いった。とたんに師襄子は席をおりて、

「あなたは聖人です。この曲は、伝承によりますと、文王操《ぶんのうそう》というのです」

と、感嘆を籠《こ》めてうやうやしくいった。

周の文王が長身であったことは、『荀子《じゅんし》』にも、

——文王は長し。

と、あるので、信じてよさそうである。遠くをみるようなまなざし、というのは、気宇《きう》の大きさを表現していることのほかに、もしかしたら、近視であったのではないかと想像させられる。文王の子の周公旦《たん》を尊崇《そんすう》している孔丘は、韶だけではなくこの曲も好んだであろう。

このように音楽に心酔している孔丘の姿勢も、景公に好感を与えたようで、孔丘を自身の客としてもてなし、ついに顧問《こもん》の席に坐らせた。このなんでもよく知っている学者は、とにかく行儀がよい。景公が問わないかぎり静黙しつづけ、問えば、かならず淵旨《えんし》のある答えがかえってくる。

あるとき景公は、

「政治とはなんであるか」

と、問うた。孔丘の答えはこうである。

「君主が君主としてあり、臣下が臣下としてあること、父が父としてあり、子が子としてあることです」

孔丘の思想の基本にあるのは、人にとって父母こそが至尊であるというもので、一国の君主はそれにまさるものではない。しかしながら、政治は——、と問われたので、君主をさきにいい、父をあとにした。この機微《きび》を察するほど景公の心機《しんき》は繊細さをそなえていないが、それでも胸を打たれたように大きくうなずいた。

「善言である。ほんとうに、もしも君主が君主でなく、臣下が臣下でなければ、また、父が父でなく、子が子でなければ、たとえ粟《ぞく》（穀物）があったところで、われはどうしてそれを食べられようか」

斉の国が正しい秩序をもち、君臣と父子の関係がそのように整厳《せいげん》としていれば、君主としてなにも憂えることはない。しかしながら景公は自身の年齢を考え、後継者の不安定さを想うと、ときどき不安に襲われる。

秋が深まるころ、

——孔丘を政界の重鎮《じゅうちん》としたらどうであろうか。

と、意《おも》うようになった。孔丘は利害では揺れ動かず、倫理《りんり》をつらぬいてくれるのではないか。景公はそれほど孔丘を信用するようになったということである。が、孔丘

を大夫《たいふ》にひきあげ、参政の席に就かせることにすれば、重臣の反発は必至で、

——とくに晏嬰は難物《なんぶつ》である。

と、おもった景公は、この老貴臣だけをさきに招いた。

参内する際の晏嬰の馬車は、

「弊車駑馬《へいしゃどば》」

と、いわれ、ぼろぼろにやぶれた車が駄馬に牽《ひ》かれてゆく光景をみた都民は、

「あっ、晏子だ」

と、すぐにわかる。そのように大衆に人気があり、世論に支えられている晏嬰の同意を得られれば、景公はほかの重臣を押し切るつもりである。

「卿よ」

と、ねんごろに晏嬰に声をかけた景公は、

「孔丘の処遇を決めたいとおもう。魯の季《き》（季孫《きそん》）氏と同等というわけにはいかないので、季氏と孟《もう》（仲孫《ちゅうそん》）氏のあいだでは、どうであろうか」

と、いった。が、景公が孔丘を昵近《じっきん》させている現状をにがにがしく視《み》ていた晏嬰は、

「なりませぬ」

と、即座にいった。

「ならぬか……」

晏嬰の諫言《かんげん》はつねに正しい。いくたびもそのことを痛感してきた景公は、多少の落胆をおぼえながらも、晏嬰の説明を待った。

「孔丘は傲慢であり、おのれの主義をつらぬこうとするだけであり、多くの民を教化することはできません。音楽を好んで、民に寛大さをみせるだけでは、みずから治めることはできないのです。天命をいいわけにつかって、仕事を怠《おこた》るでしょうから、職務をまかせることはできません。葬儀集団からでてきた男ですから、葬式を重厚にします。わが国の上下がすべてそのようになれば、その費用は民の家計をそこない、国を貧しくするでしょう。孔丘の衣服をごらんになっておわかりになるように、儒者《じゅしゃ》は外見を飾っています。外見にこだわっている者が、衆人を導くことができましょうか」

晏嬰は孔丘を痛罵《つうば》しつづけた。

ただしそれは偏見とはいえないであろう。後世の儒教批判に通う指摘がそろっている。しかしながら晏嬰は、僭越《せんえつ》や下剋上《げこくじょう》を未然にふせぐ力のあるのは、法ではなく礼である、という認識をもち、斉国の将来を憂慮する景公に礼の重要性を説いたことがあるので、孔丘の思想を全面的に否定したわけではない。

だが、孔丘が定める礼は細かすぎる。朝廷に出入りする際の礼儀作法ひとつをとっても、かれの門弟にならないかぎり、おぼえられない。ほかの礼儀作法にも同様のむずかしさがあり、大夫と官吏は寿命を倍にしても、学び尽くせない。上がそのありさまとなれば、それが世の手本となるはずがない。すなわち儒教は君臣と官民を惑わすだけである。

要するに、いま景公にとりいっている孔丘という思想家は、うわついた助言者にすぎず、質実な実務者になれない、と晏嬰はみた。

「さようか」

かつては晏嬰の箴言《しんげん》に耳を貸さず、幾多《いくた》の失敗をした景公は、いまや晏嬰を先生と呼ぶほど尊敬している。けっきょく孔丘は君主を惑わし、民を愚かにするだけだ、といわれると、わかった、というしかなかった。

孔丘に封土《ほうど》がさずけられることが、晏嬰の反対でとりやめられた、と伝え聞いた孔丘と門弟は、いちように失望した。斉を整然たる文化国家に作り変える意欲が殺《そ》がれた孔丘は、都外にでて、冷えきった川のほとりに坐り、水のながれを視ることが多くなった。従《とも》をする漆雕啓は、孔丘の心情を察して、

――おつらいであろう。

と、心を暗くした。晏嬰に怨《うら》みをむける気はないが、

「晏子は国家を救うことができても、個人を救うことはできまい」

と、いいたかった。漆雕啓は孔丘に遇《あ》ったことによって、うす暗い過去から脱し、

おのれを改良するきっかけを与えられ、無為《むい》になるかもしれない日々に充実感をおぼえるようになった。ひとことでいえば、孔丘に救われた。つまり、孔丘の思想は、個人から国家まで、効能を発揮できる、と漆雕啓は信じるようになった。晏嬰こそ、孔丘のうわべしか観ていないのではないか。

孔丘を大夫にすることをあきらめた景公であるが、その優遇を打ち切ったわけではない。だが、景公の客でありつづけることが、孔丘の本意にそぐわないことはあきらかなので、

――これから先生はどうなさるのか。

と、漆雕啓は不安をおぼえた。おそらくおなじような不安を孔丘がかかえているがゆえに、それが弟子につたわってくる、ともいえる。

厳冬である。寒気が骨までふるわせるような日に、いそぎ足で孔丘の室《へや》にはいった仲由《ちゅうゆう》が、

「高子の家宰《かさい》からおしえられたのですが、陽虎《ようこ》が内戦に敗れて、陽関《ようかん》の邑《まち》に逃避しました。孤立して戦えるはずがないので、斉に亡命してくるかもしれません」

と、報《しら》せた。

――ああ、天命とは、そういうことか。

このとき五十歳の孔丘は、天に想像を絶する力があることを実感した。かれは晩年

に、五十歳で天命を知った、と述懐することになるが、そのことばには、失望の淵《ふち》から生じた希望の光がかくされている。

――斉を去り、魯に帰るべし。

天が孔丘にそう命じている。

中都《ちゆうと》の宰《さい》

天文《てんもん》には、ふしぎな巡《めぐ》りがある。

冬の星が現れれば、夏の星は去り、夏の星が現れれば、冬の星は去る。

そのようにけっしてめぐりあわないさまを、

「参《しん》（冬の星）」

と、

「商《しよう》（夏の星）」

という二星をつかって表現することがある。孔丘《こうきゆう》が生きている時代よりおよそ千二百年あとの詩人である杜甫《とほ》は、

人生相見《あいみ》ず　動《やや》もすれば参と商の如《ごと》し

と、詩《うた》った。なお、参はサンとも発音し、三に通ずるため、冬の星座のオリオン座

のなかの三星を指す。さらにいえば、シンという発音は、晋《しん》に通じて、国名の晋は参からきている。また、商は大火《たいか》とも呼ばれ、アンタレスを想《おも》えばよいであろう。

孔丘と陽虎《ようこ》は、その動きに関していえば、参と商のごとし、といえるのではあるまいか。次の年の晩夏に、陽虎が斉《せい》へ亡命すると、それ以前に、孔丘は弟子を率いて斉を去っていた。

陽虎の力政《りよくせい》からのがれた魯《ろ》の国へ、孔丘は帰ってきたのである。

孔丘の帰着を賀《いわ》って、多くの門弟が教場《きようじよう》に集まった。

そこには門弟以外の顔もあった。季孫《きそん》氏とのつながりを保ちつづけている豪農の丙《へい》が、長男の乙《いつ》をともなって、孔丘に賀辞《がじ》を献じにきた。丙は六十代のなかばにさしかかったが、矍鑠《かくしやく》としており、家業を長男にゆずる気はないものの、あとつぎの顔を孔丘に憶《おぼ》えてもらうためにつれてきた。

祝賀会が終わり、門弟が引き揚《あ》げたあと、孔丘は教場を留守《りゆうしゆ》した孔鯉《こうり》と閔損《びんそん》をあらためてねぎらった。そのあと、陰《かげ》の支援者である丙と乙を別室にいざない、ふたりに親しい仲由《ちゆうゆう》と漆雕啓《しつちようけい》をも入室させた。

丙はくつろいだ表情で、

「先生は斉君に厚遇され、大夫《たいふ》に任ぜられて、参政の席を与えられるところであった、と魯ではもっぱらのうわさです。それはまことであったのですかな」

と、ゆるやかな口調で問うた。

孔丘は目で笑った。

「なかば正しく、なかば正しくない。うわさとは、つねにそういうものです。われは斉に在《あ》って、陽虎についてのうわさを耳にしていましたが、それはあくまでうわさです。陽虎が魯を出国するまでのいきさつを、あなたほど正確に知っている者はいないでしょう。話してくれますか」

「なんで否《いな》と申しましょうか。痛快なことです。陽虎を逐《お》うきっかけをつくったのは、季孫氏の家臣で、苫夷《せんい》という者です。子路《しろ》(仲由)どのは季孫家にいたので、かれを知っているでしょう。魯君をはじめ士までもが恐れに恐れた陽虎を、かれだけが、逆に、恫《おど》したのです」

いちど軽く笑声を立てた丙は話をつづけた。

そのきっかけとは、一昨年秋の戦場にあった。

南下してきた斉軍を魯軍が迎撃《げいげき》した際、戦況をながめていた苫夷は、斉軍に伏兵の策があると想い、指麾《しき》をとっている陽虎に近寄り、

「虎よ、この戦いで季孫氏と仲孫《ちゆうそん》氏を苦難におとしいれたら、軍法にかけるまでもなく、われがなんじを殺してやる」

と、恫喝《どうかつ》して、軍を引き揚げさせた。脇腹《わきばら》に匕首《ひしゆ》をあてられたおもいの陽虎は、

——こやつをみそこなっていた。

と、はじめておびえた。　恐怖をおぼえた陽虎は、こうなったら三桓《かん》の家をことごとく変改するしかないと意《おも》い、三家の当主をすべて廃替《はいたい》させるべく、密計を立てた。むろんこの密計を実行するためには協力者が要《い》る。陽虎は内々《ないない》に協力者を集め、密計の大要をかれらにうちあけた。

季孫家の当主である季孫斯《きそんし》には季寤《きご》（子言《しげん》）という弟がいる。この弟を当主にすればよい。つぎに、仲孫家の当主である仲孫何忌《ちゅうそんかき》を追放して、陽虎自身が家主になる。さいごの叔孫《しゅくそん》家には叔孫輒《しゅくそんちょう》という庶子《しょし》がいるので、当主の叔孫州仇《しゅくそんしゅうきゅう》を斃《たお》して、かれを家主とする。そういう計画である。

決行日は、昨年十月の禘《てい》祭の翌日となった。禘祭の翌日に、季孫斯を饗応《きょうおう》して、そこで殺すのである。

ところで禘は上帝を祭ることではあるが、ここでは祖先を合祀《ごうし》する大祭をいう。五年にいちどおこなわれたようである。

さて、魯におけるこの大祭は僖《き》公の廟《びょう》でおこなわれ、翌日に饗宴が催される。

——季孫斯を殺すのはたやすいが、その後の抵抗と混乱を鎮圧するのに時がかかる。

そう予想した陽虎は、季孫氏の命令として、各食邑《しょくゆう》から兵車をださせることにした。季孫斯を殺したあと、集合した兵車を一手に握って、反勢力を潰滅《かいめつ》するというのが陽虎のおもわくである。

が、この命令を仄聞《そくぶん》して大いにいぶかったのは、仲孫家の食邑である成《せい》邑をあずかっている公斂処父《こうれんしょほ》(名は陽《よう》)である。かれは仲孫家随一の猛将であるといってよい。疑念をもったかれはさっそく使いを曲阜《きょくふ》へ遣《や》り、

「季孫氏は各邑に命じて兵車を出動させようとしていますが、なにゆえですか」

と、主君の仲孫何忌に問うた。

「われはなにも聞いていない」

この返辞を承《う》けた公斂処父は、

「そうであれば、それは謀叛《むほん》です。あなたさまにも災いが及びます。先手を打って備えましょう」

と、伝え、饗宴がおこなわれる日に駆けつけると約束した。

当日、季孫斯は邸宅をでた。

宴会場へむかうこの行列を先導するかたちで陽虎が前駆《ぜんく》した。季孫斯の馬車の左右には長剣と楯をもった虞人《ぐじん》がすすんだ。虞人は山沢《さんたく》を管理する役人である。この行列の殿《しんがり》には、陽虎の従弟《じゅうてい》の陽越《ようえつ》がいる。つまりかれらは季孫斯の前後左右をふさいで、恣行《しこう》をゆるさず、会場まで運ぼうとした。ただし、この厳重すぎる護送が季孫斯を大いに不安がらせた。

——陽虎はわれを殺すのではないか。

陽虎は季孫斯をあやつることで、政権を掌握してきたが、すでに食邑をもち、大夫となったかれにとって季孫斯は不必要になりつつある。車中で陽虎の悪計に勘《かん》づいた季孫斯は、御者《ぎょしゃ》の林楚《りんそ》に、

「なんじの先祖はわが家の良臣であった。なんじもそれを継ぐように」

と、語りかけた。手綱《たづな》をにぎっている林楚の手がふるえた。

「遅すぎる仰《おお》せです。陽虎が政治をおこなうようになってから、魯は国中がかれに服しています。陽虎にそむけば、死を招きます。死ねば、主のお役には立ちません」

陽虎がおこなっている恐怖政治がどれほどすさまじいかは、林楚の返答のしかたでわかる。むろん季孫斯もその恐怖に耐えてきたひとりであるが、饗宴の席がおのれの墓の門につながりそうな予感を払い除けるためには、勇気をだして行動しなければならない。

「どうして遅すぎることがあるか。なんじはわれを仲孫家へ運んでくれぬか」

季孫斯の脳裡《のうり》に浮かんだのは、仲孫氏の武力である。叔孫州仇は胆力が乏しく、器量が小さいので、恃《たの》みにならない。

「死を厭《いと》うわけではありませんが、うまく主を逃《のが》すことができないのではないかと懼《おそ》れています」

「かまわぬ、往《ゆ》け──」

言下に、林楚は馬首を転じた。

この決断と行動が季孫斯の一命を救った。

季孫斯の馬車の逸走《いっそう》に、虞人が立ち噪《さわ》ぎ、その異状に気づいてすばやく反応したのが、最後尾にいた陽越である。

──季孫斯め、逃げやがったのか。

眉《まゆ》を逆立てた陽越は、

「逃がさぬ──」

と、叫んで、猛追した。追う馬車と追われる馬車が疾走した。仲孫家から遠くないところに十字路がある。そこで方向を変えるために季孫斯の馬車の速度が落ちた。

──しめた。

陽越は林楚を射殺するために矢を放った。勁矢《けいし》である。骨をも砕《くだ》くその矢は林楚の頭上を通過した。

この日、仲孫何忌は公斂処父の到着を待つあいだに、圉人《ぎょじん》の三百人を門の外にだして、工事をおこなわせた。圉人はもともと馬飼いをいうが、ここでは奴隷《どれい》であると想ったほうがよい。工事というのは、自分の子の室《へや》が足りなくなったので、門外に建てるためであるが、それは口実で、万一の戦闘にそなえて防衛力を増そうとしていた。

この工事のさなかに、季孫斯の馬車が門内に飛び込んだ。

圉人は工事を中止していっせいに引き揚げ、門を閉じた。直後に、陽越の馬車が門前に到った。かれは門扉を睨《にら》み、

「季孫斯を差し出せ。差し出さぬと、仲孫氏は君にさからう賊とみなされ、討伐されるぞ」

と、怒鳴った。

門内には、いつでも戦闘を開始できるように、弓矢と戈矛《かぼう》がそろえられており、その弓矢をつかんだ男が、

「やかましい」

と、いい、門に近づき、すきまに弓を近づけた。弓は強弓であったのだろう、弦からはなれた矢はまっすぐに飛び、陽越を殪《たお》した。獰猛《どうもう》といってよい陽越の死は、あっけなかった。

この従弟を失ったことが陽虎の軍事的な痛手になったことはまちがいない。

季孫斯が仲孫邸へ逃げ込んだこと、追走した従弟が仲孫何忌の家人に射殺されたことを知って、陽虎は嚇怒《かくど》し、すぐさま定《てい》公と叔孫州仇を恫喝し、

「仲孫氏は君に叛逆したのですぞ」

と、いい、強引に兵を合わせて、仲孫家を攻撃した。君主を擁《よう》しているかぎり、陽

虎の指麾下にある兵に正義がある。とはいえ、公室に所属する兵はきわめて寡《すく》なく、叔孫州仇には兵略の才はなく、しかも長年の通家《つうか》である仲孫家を攻めるとあっては、戦意が湧《わ》いてこなかった。陽虎が躍起《やっき》になっただけである。各邑からでる兵車の到着は今日ではなく明日にしたことも、陽虎に不利をもたらした。

すでに防備をととのえた仲孫家は、頑強《がんきょう》に抗戦した。

——主を頤《あご》で使いやがって。

この家の家人はいちように陽虎に怨《うら》みをもっている。この忿怒《ふんど》が気となって邸宅をおおっている。さすがの陽虎も攻めあぐねた。

こういうときに、曲阜の上東《じょうとう》門から公斂処父に率いられた成邑の兵がはいってきた。それを知った陽虎はすばやく陣を払い、公斂処父の隊を襲うべく、急行した。上東門は東の城壁にある門のなかで北に位置している。そこから城内にはいった公斂処父は、仲孫家が攻撃にさらされていると報《しら》されたのであろう、隊を敵の目のとどかぬ迂《う》路をすすませるべく、南下した。だが、陽虎はその隠微《いんび》な動きを見抜いて、急襲した。

南門から遠くないところが戦場となった。いわば市街戦である。

不意を衝《つ》かれた公斂処父の隊は、最初から不利だが、この隊は敗色に染《そ》まっても四分五裂しなかった。公斂処父が兵を掌握する力は尋常ではなく、敗退しても、傷は浅かった。

——陽虎の兵に増援はない。

そう冷静に視《み》た公斂処父は仲孫家に到着するや、

「兵をお借りしますぞ」

と、仲孫何忌にいい、休むひまなく出撃した。これが良将の呼吸というものであろう。再戦を明日にもちこせば、戦況はがらりと変わってしまう。こんどは公斂処父が急襲する側に立った。

うぬぼれの強さが陽虎の欠点である。

公斂処父の隊をあれほどいためつけておけば、われを恐れて、立ち向かってはこないだろう。明日、集合する兵車を駆使して、三桓をことごとくたたき潰《つぶ》してやる。今日の戦いはこれまでとして、兵を休ませよう。そう考えはじめた陽虎は、思考力と体力を弛緩《しかん》させた。

ここを公斂処父の隊に急襲された。

城内の棘下《きょくか》とよばれる地で激闘がおこなわれた。ついに陽虎の兵は潰走《かいそう》した。散卒《さんそつ》をさびしげに見送った陽虎は、ふりかえりもせず、甲《よろい》をぬいで、公宮に悠々《ゆうゆう》とはいった。

宮室には定公はいない。おそらく定公は叔孫州仇とともに仲孫氏の側に趨《はし》ったのであろう。

宝器がおさめられている府庫にはいった陽虎は、

「われが君主の席に即《つ》き、これをわれがうけつげば、魯は栄えたであろうに――」

と、つぶやき、宝玉と大弓《たいきゅう》をつかんで、外にでた。もはや寡兵《かへい》しか配下にいない。それでもあわてることなく城外にでて、五父《ごほ》の衢《く》まで行って、夜営した。ひとねむりしたあと、食事を作らせた。配下のひとりが、

「追手がまもなくやってきます」

と、腰を浮かせた。陽虎は嗤《わら》った。

「魯の者どもは、われが国をでたときけば、殺されずにすんだと喜ぶだけであろう。われを追いかけるゆとりなどあろうか」

それでも従者のひとりは、

「どうか、早く馬車に乗ってください。むこうには、公斂処父がいますよ」

と、せかした。いちど仲孫邸に引き揚げていた公斂処父は、たしかに追撃の準備をはじめた。が、仲孫何忌が、

「追うことは、ならぬ」

と、許さなかった。兵の疲労を想ってのことであろう。すると公斂処父は、

「それでは、季孫斯を殺すのがよいでしょう」

と、いった。陽虎の台頭をゆるし、国内の紊乱《ぶんらん》を匡《ただ》すことができず、ただ手をこま

ぬいていただけの季孫斯に罪がある。

が、仲孫何忌はとっさに利害を量《はか》って、

「待て、待て」

と、いい、あわてて季孫斯を帰宅させた。もしも公斂処父に季孫斯を始末させれば、

「仲孫氏は陽虎にかわって擅朝《せんちょう》したいだけだ」

と、みなされ、この内戦の勝利がけがれてしまう。季孫斯を救い、陽虎を逐ったというかたちにとどめておけば、この戦いは義戦であるとたたえられる。季孫斯を殺すよりも、かれに恩を売っておいたほうが、上卿《じょうけい》としての地位ははるかに安泰となる。仲孫何忌にある政治感覚がとっさにそう予断した。

ところで、曲阜をあとにした陽虎は北へ北へとすすんで、斉との国境に近い食邑にはいった。そこで魯に反撃する道をさぐったが、むりだ、と判断したため、斉へ亡命する道をえらんだ。

これが内乱の全容である。

「よく話してくださった」

頭上の暗雲が去って晴天を仰ぎみたおもいの孔丘の表情は明るい。

「先生は斉君をよくご存じです。陽虎をうけいれるでしょうか」

斉の景《けい》公が陽虎の亡命を容認して厚遇すれば、軍事に非凡さのある陽虎は斉軍の先

頭に立って、魯を攻撃するにちがいない。そうなると、魯軍の苦戦がつづくことになる。丙はそれを心配した。

「斉君はかならず晏子《あんし》に諮問《しもん》します。晏子が陽虎のような悪人を容《い》れるはずがありません」

孔丘は晏嬰《あんえい》によって斉における飛躍をさまたげられた。斉という国家にとって異物《いぶつ》になりうるものを頑として排除してゆく晏嬰の信念の堅さは、敵視すべきではなく、みあげたものだと称《ほ》めなければなるまい。

「もはや陽虎には安住の地がないというわけですか」

「いや……」

ころんでもただでは起きない陽虎が、むざむざと斉で困窮するとは想われない。魯で国柄《こくへい》をにぎっていたころの陽虎は、晋に媚付《びふ》するような軍事をおこなってきた。その事実が、亡命への別の道をひそかに敷設《ふせつ》していたことにならないか。

「晋へ逃げるでしょう」

「まさか――」

丙はうなずかなかった。いま天下は四つの勢力に分かれている。盟主の国は、晋、楚《そ》、斉、呉《ご》である。晋が陽虎の亡命を容認すると、同盟国である魯を手離すことになる。国益を損することを晋の首脳が断行するとはおもわれない。

「いや、陽虎の逃亡先が晋しかないのなら、そこへゆく男ですよ」

孔丘はそう予言した。

この年の六月に、陽虎は魯軍に攻められると、籠城《ろうじょう》していた陽関《ようかん》の門に火を放って、斉へ逃げた。臨淄《りんし》に到った陽虎は、

「魯など、三度伐《う》てば、取れます」

と、景公に甘い話をもちかけた。そのとき景公を諫《いさ》めたのは、晏嬰ではなく鮑国《ほうこく》であった。陽虎の悪謀は魯では潰《つい》えた、そこで、こんどは斉を乗っ取ろうとしている、陽虎の亡命を認めれば、疾《やまい》をひきうけるようなもので、無害ですむはずがない、と説《と》いた。

「なるほど、陽虎はそれほど危険な男か」

陽虎の口車に乗って斉軍を貸せば、魯を取るどころか、斉の国を失ってしまう。景公は自身の誤判《ごはん》を訂正するのが早いという美点をもった君主である。ここでも鮑国の諫言《かんげん》を容れて、すみやかに陽虎を逮捕させ、魯へ送り返そうとした。そのまま送還されれば、陽虎が魯で極刑に処せられることは火をみるよりもあきらかである。ところが陽虎はうれしげに、

「望むところです」

と、あまりにもはっきりいったので、

——たくらみがあるかもしれぬ。

と、疑った景公は、送る方向を変えて西郊の鄙《むら》にかれを閉じ込めた。

——これこそ望むところだ。

ほくそえんだ陽虎は、ことば巧《たく》みに鄙人《ひじん》の車を借りて脱走した。が、追走してきた者に捕らえられて、国都につれもどされた。しかし詐術《さじゅつ》に長《た》けた陽虎は、こんどは荷車をつかって脱出し、宋《そう》まで逃げた。宋で厚遇されるはずのない陽虎はすぐに晋をめざした。このしたたかな亡命者をうけいれたのは、晋の上卿のひとりである趙鞅《ちょうおう》である。

趙鞅という実力者は、家臣の心配をよそに、陽虎を臣従させて、その悪を封《ふう》じ、かれを能臣に変えてしまった。趙鞅の欲望の巨《おお》きさが陽虎の悪などを超越していたといったほうがよいかもしれない。ちなみに趙鞅は趙家における中興の祖といってよく、史書にはその諡号《しごう》で趙簡子《ちょうかんし》と記《しる》される。さらにいえば、趙鞅の子の趙毋卹《ちょうぶじゅつ》（趙襄子《ちょうじょうし》）のときに、その支配地は独立国となり、趙、とよばれることになる。

さて、陽虎が闇のなかを奔《はし》っているあいだに、孔丘にきらめく陽がふりそそいだ。

朝廷に召致《しょうち》された孔丘は、定公から、

「中都《ちゅうと》の宰《さい》に任ずる」

と、命じられた。唐突《とうとつ》な登用である。この朗報に接した門弟は、わっ、と噪《さわ》いだ。

公室の直轄地《ちょっかつち》を治めることは、じかに吏民《りみん》にふれるわけで、孔丘の行政手腕が問われることになる。

前後して、仲由は季孫斯に辟《まね》かれた。

「なんじに、わが家の宰をやってもらう」

大胆な擢用《てきよう》である。まえの家宰《かさい》は、陽虎の獰悪《どうあく》な威に屈して季孫斯を助けられなかった。正義のためならいかなる凶暴な敵も恐れず、また礼を知って貴族社会に順応できる逸材といえば、仲由しかない、と判断したのは季孫斯自身である。

感動に染まった仲由は、退室したあと、おもわず剣をたたいた。はじめて孔丘に会ったときの対話を憶《おも》いだしたからである。

「南《なん》山の竹は、ここまで飛びましたよ」

季孫斯の輔弼《ほひつ》といえば、実質的に魯国を治める正卿《せいけい》の助力者になるということである。一介の剣士が昇れる地位ではない。

報告のために孔丘に面会した仲由は、

「政治とはなんでしょうか」

と、まっすぐに問うた。孔丘の教えも、まっすぐである。

「先《さき》んずること、労《ろう》することである」

これは、率先《そっせん》しておこなうこと、また、ねぎらうこと、をいう。

「ほかには——」

「倦《う》むことなかれ」

倦むは、あきていやになることである。孔丘はしばしば、

——学びて厭《いと》わず、人を誨《おし》えて倦まず。

と、いう。学ぶことも、教えることも、あきていやになることはけっしてない。この心身の姿勢を政治にも応用できるということであろう。

——すべては季孫斯の意向であろう。

定公が朝廷の人事を独裁できるはずがない。定公のうしろにいる季孫斯が厚意をむけてくれていると感じた孔丘は、心強さをおぼえながら、中都に赴任《ふにん》するために従者を選んだ。あわただしい作業である。それを遠目でみた仲由は、漆雕啓の肩を軽くたたき、

「先生をたのんだぞ」

と、いった。

孔丘はひとりの若い弟子に嘱目《しょくもく》していた。

「冉求《ぜんきゅう》」

と、いう。あざながが子有《しゆう》なので、冉有《ぜんゆう》ともよばれる。孔丘ははじめて観《み》る入門希望者の容貌から、みどころがある、なし、を予断した。冉求はおとなしくみえるが、内

に秘めたひたむきさが尋常ではなく、しかもかたくなでなく素直である。

——冉求はものになる。

そう観た孔丘は冉求を従者に加えた。

そこに顔無繇《がんむよう》が趨り込んできた。

「せがれを従者に加えてもらいたい」

顔無繇に押しだされたのは、顔回《がんかい》である。かれは冉求のひとつ下で二十一歳である。あいかわらず茫洋《ぼうよう》としている。冉求にくらべていかにも将来性がないが、顔無繇はむかしなじみなので、その願いをことわれなかった。

司寇《しこう》

孔丘《こうきゅう》の門弟は概《がい》して貧しい。

門弟としては古参の顔無繇《がんむよう》が貧困のなかにあることを知らぬ孔丘ではないので、かれの子を養ってやりたいとおもい、顔回《がんかい》を従者に加えた。

が、顔無繇の家よりはるかに貧しい家がある。それが原憲《げんけん》の家である。原憲はのちに子思《しし》というあざなをもつが、このとき十五歳の少年である。

――われが学《がく》に志《こころざ》した歳だ。

孔丘は往時の自分を原憲にかさねてみざるをえない。原憲は入門したばかりだが、中都《ちゅうと》へつれてゆくことにした。

この中都往きの門弟をまとめたのが冉耕《ぜんこう》である。かれがのちに中都の宰《さい》に任命されるのは、このときの経験が活《い》きたのであろう。ちなみに、はるかのちの漢《かん》の時代に『史記《しき》』を書いた司馬遷《しばせん》は、孔丘の弟子をまとめるかたちで「列伝《れつでん》」を立て、弟子のなかでとくにすぐれた十人を特記した。かれらは、

「孔門十哲《こうもんじってつ》」

と、称されることになるが、冉耕は閔損《びんそん》らとならんで、徳行《とっこう》の人として顕揚《けんよう》されている。冉耕は、いわゆる人格者なのである。

さて、孔丘が赴任《ふにん》した中都という邑《まち》は、国都である曲阜《きょくふ》の西にある。曲阜をでてから、いそがなければ四日で着く、という行程を想《おも》えばよいであろう。中都の西南には、大野沢《たいやたく》という巨大な沢があり、そのほとりは絶好の狩猟場《しゅりょうば》であるが、鳥獣のほかに魚も多く獲《と》れるので、法の外で暮らす者たち、とくに盗賊団の巣になりやすい。

そう考えると、中都は西から曲阜を襲おうとする敵を防ぐためにあり、また盗賊などを監視する任務も負っていることになろう。

中都の長官となった孔丘は善政をめざした。

善政の基本形はわかりきっている。司法が公平であること、課税が苛酷《かこく》でないこと、このふたつである。さきに高弟の仲由《ちゅうゆう》に、政治とは率先《そっせん》すること、ねぎらうことである、と教えたかぎり、孔丘もそれを実践した。思想家としての孔丘は、周《しゅう》文化の根元を作った周公旦《たん》を至上の人として尊敬しているが、いざ行政をてがけてみると、鄭《てい》の子産《しさん》を師表《しひょう》とせざるをえなかった。

――子産の政治が理想である。

孔丘は実感した。子産は中華ではじめて成文法《せいぶんぽう》を発布して天下をおどろかせた。が、それは国民を法で縛るというよりも、むしろ貴族の恣意《しい》的な法から国民を守るために作られたといってよい。子産ほど国民のことを考えた為政者《いせい》はいない。子産本人はいたって情の篤《あつ》い、なさけ深い人であった。そのありようが孔丘に通ってくる。

着任してから三か月間は、孔丘は政務に明け暮れた。ふだんの貌《かお》を弟子にむけるようになったのは、秋になってからである。その貌をみた漆雕啓《しっちょうけい》は、

――やれ、やれ……。

と、胸をなでおろした。

曲阜をでるまえに、仲由から、

「これはわれの当《あ》て推量《ずいりょう》だが、先生が中都の宰に任命されたのは、行政手腕がためされるわけではない。宰としてなにもしなくても、たぶん、中央に辟《まね》かれて、重職がさずけられる。先生に参政の席を与えたい季孫《きそん》氏が、世間体《せけんてい》をおもんばかって、そういう段階をしつらえたのだ。ゆえに、われが心配するのは、先生がはりきりすぎて、為《な》さなくてもよいことを為して、失敗することだ。地方での失敗は、季孫氏のひそかな意図をくじく。無難にすごしてもらいたい、と季孫氏はお考えであろう」

と、いわれた。

――なるほど、そういうしかけか。

漆雕啓はうなずいたものの、中都にきて、師である孔丘に、よけいなことをしなく

てもよいですよ、とはいえない。その種のことをあけすけに孔丘にいうことができるのは、仲由だけであるといってよい。おもいあまって、仲由の忠告を、兄弟子というべき冉耕に伝えた。

「ははあ、子路《しろ》どのは、血のめぐりがよい。が、子路どのにわかることが、先生にわからないであろうか。先生はひごろ中庸《ちゅうよう》を説《と》いておられる。過《す》ぎたるは猶《な》お及《およ》ばざるがごとし、です。やりすぎることも、やらなすぎることも、よくない。つねに適度をこころがけておられるかぎり、やりすぎることはないでしょう」

冉耕はその温顔《おんがん》を微笑でくるんだ。

――伯牛《はくぎゅう》どののいう通りだ。

冉耕の落ち着きぶりをみた漆雕啓は、ようやく心にやすらぎをおぼえた。が、仲由のよけいな心配は、孔丘へのひとかたならぬ敬慕のあらわれであろう。漆雕啓の真情も仲由と似ている。孔丘は人から怨《うら》まれることをなにひとつしていないが、それでも、

――なにがあるか、わからぬ。

と、孔丘の身辺を警備するのが自分の役目である、と漆雕啓はおもっている。

孔丘が多忙のあいだは、冉耕が若い門弟を指導した。高弟のひとりである漆雕啓も、冉耕を補翼《ほよく》するかたちで、教諭《きょうゆ》をおこなった。

ところで中都につれてこられた少壮の冉求《ぜんきゅう》は、冉耕の子、という年齢ではあるが、

両者が父子である、とは断定できない。そういう場合にはしばしば、族父《ぞくふ》、族子《ぞくし》という語が用いられるが、ここでもそういうことにしておきたい。

冉求の有能さを実感としてとらえたのは漆雕啓である。冉求の呑《の》み込《こ》みの早さに、感心した。孔門では、礼法のほかに「詩」と「書《しょ》（尚書《しょうしょ》）」を学び、音楽、弓術、御《ぎょ》法《ほう》も習う。冉求は学習能力が高いのであろう、どの教習もそつなく吸収した。それでいて、つねにひかえ目である。のちに孔門十哲のひとりに挙《あ》げられ、

——政事《せいじ》には冉有《ぜんゆう》、季路《きろ》あり。

と、仲由と併称《へいしょう》されることになる冉求は、早くから注目される秀才であった。

御《ぎょ》も巧《うま》い。

「どこで習ったのか」

と、漆雕啓は問うた。が、冉求はことばをにごして、

「ええ、まあ、ちょっと」

と、答えただけであった。いいたくないような仕事に就《つ》いていたことがあるのだろう。

——それだけ苦労が多かったということだ。

仕事の選《え》り好《ごの》みをしているわけにはいかなかった孔丘は、なんでも巧くこなす自分について、多芸、といったが、冉求もそうであろう。

冬に、孔丘のわずかな閑暇《かんか》をみつけて、漆雕啓は、

「冉求を御者《ぎょしゃ》になさったらいかがですか」

と、いってみた。孔丘はその推挙のわけを問うことなく、

「そうか、では、そうしよう」

と、いった。そのあと、

「原憲をみてくれているか」

と、問うた。

「物覚えのよい少年です。なにごとも、ひとつとしてなおざりにしたことはありません。それに、数字に明るい……」

計算が達者《たっしゃ》であることが原憲の特徴であるといってよい。

「顔回は、どうか」

「屈託《くったく》がなく、いつでも、どこにいても、朗らかです」

体貌から貧しさをただよわせない顔回を称《ほ》めるには、そういうしかない。

「それだけか」

「それだけです」

聴講《ちょうこう》のさなかでもぼんやりしている顔回について、あえて悪くいいたくない漆雕啓は、口をつぐんだ。

仲冬になって、ようやく孔丘はみずから若い門弟を教えた。年末近くになったとき、孔丘は漆雕啓を呼んで、問うた。

「顔回が詩を暗誦《あんしょう》しているところをみたか」

「いえ、まったく――」

「書物を読んでいるところは、どうか」

「みかけません」

「そうか……」

孔丘は小首をかしげた。
二、三日まえに、若い門弟と語るうちに、話に詩句をしのばせた。その諷意《ふうい》がわかるには、この者たちは学歴がとぼしすぎる、とおもいつつも、ことばに雅味《がみ》をくわえてみた。ところが、ひとりだけ、それに反応して、詩句をふくんだ応答をした者がいた。顔回である。
――まさか。

と、孔丘はおどろいた。たまたま顔回が、深い趣意《しゅい》はなく、そういう語句をもちいたにすぎず、孔丘の深意を汲《く》んだのではない、とおもったが、たまたまにしてはできすぎていた、と考え直したので、漆雕啓に問うたのである。が、漆雕啓の感想にあったのは、学問に熱心な顔回像ではなかった。

——われの勘《かん》ちがいか。

孔丘は苦《にが》く笑った。

新春を迎えた。やがて中都は花ざかりとなったが、孔丘も生涯のなかでもっとも華やかな時期にさしかかろうとしていた。

春風に袂《たもと》をひるがえしながら朝廷の使者がきた。

孔丘は昇進の内定を伝えられた。

「司寇《しこう》に任ずる」

異例の擢用《てきよう》といってよい。司寇は、司法と警察の長官といってよく、権能は巨《おお》きい。むろんこの朝廷人事を陰《かげ》で決定しているのは季孫斯《きそんし》であり、孔丘の存在意義とその影響力をはっきりと認識しているのは季孫斯である。

「うけたまわりました」

孔丘はすみやかに中都を発《た》った。その馬車の御者は冉求であった。

——先生が司寇か。

門弟はいちように喜躍《きやく》し、曲阜に帰着するまでその面貌から晴れやかさが消えなかった。漆雕啓も心身で感動が鳴りつづけた。

都内にはいってからまっすぐに参内《さんだい》した孔丘は、定《てい》公から正式に司寇に任ぜられた。

帰宅したのは、そのあとであるが、すでに教場《きようじよう》には門弟がつめかけていて、かれらの熱い賀辞《がじ》をうけた。

孔丘が参政に準ずる席に就くことは、門弟にとって喜びが爆発するほどの大事件であるが、魯《ろ》の国民にとっても、あるいは他国の君臣にとっても、すくなからぬ関心事となった。

「孔丘とは何者であるか」

と、まともに考えるようになった人が増えたのは、ここからである。

帰宅してから三日後に、ようやく家内に目をむけるようになった孔丘は、書庫にはいった。書物の位置が微妙にずれていた。外にでた孔丘は、

「たれが、このなかにはいったか」

と、孔鯉《こうり》に問うた。

「わたしが掃除のためにはいりました」

「なんじのほかには――」

「父上が斉《せい》におられる間、顔回がきては、清掃を手伝ってくれました。書庫の掃除もかれがしました」

「そうか……」

一瞬、昔の光景がよみがえった。公宮の図書室で読書にふけった自分が脳裡《のうり》に浮かび、それと顔回がかさなった。もしかしたら、顔回は書庫のなかで詩を暗記していた

のではないか。

——であるとすれば……。

顔回を見直す必要がある。顔回が冉求をうわまわる異才である可能性さえある。

司寇となった孔丘に、さっそく親しげに声をかけてきたのは、季孫斯である。この人物が魯の首相であるとすれば、仲孫何忌《ちゆうそんかき》は副首相で、軍事を統轄《とうかつ》している。かつて孔丘に師事したことがある仲孫何忌は、孔丘を視《み》て気まずげな顔をしたが、季孫斯は孔丘と初対面でありながら、既知《きち》のふんいきで語りかけた。

——なるほど、この人は器量が大きい。

孔丘はことばが通ずる相手を発見したおもいで、ひそかに安心した。

季孫斯はすこし低い声で、

「先日、斉の使者がきた。夏に祝其《しゆくき》で会合がおこなわれる。あなたは斉君の知遇《ちぐう》をうけたときく。その会合に出席してもらうことになる」

と、いった。

「承知しました」

孔丘に政治感覚がないわけではない。なぜ、このときに、斉が魯に友好の手をさしのべてきたかは、すぐにわかった。

会合の地となる祝其は夾谷《きようこく》と呼ぶほうが一般的である。その位置は曲阜の東北で、斉と魯の国境にある。そこまでは、曲阜をでて六日ほどかかる。なお、より正確にいえば、夾谷は斉の国に属する景勝地である。

夏になると、定公は兵を従えて夾谷へむかった。

「われは往かぬ。あなたが往ってくれれば、充分だ」

と、季孫斯は孔丘に定公の輔佐《ほさ》をまかせた。孔丘にとってそれはむずかしい輔佐ではなかった。

会合には、斉の景《けい》公がみずから出席して、定公と盟約をおこなった。会盟の場は、ときとして、出席した君主の優位を争う場になるが、孔丘は定公の礼をたすけて手順をあやまらず、会を無難に進行させた。さらに、陽虎《ようこ》の支配地であった讙《かん》、亀陰《きいん》などの田土《でんど》を返還させたのであるから、外交面でも上首尾であった。

ところで、『春秋左氏《しゅんじゅうさし》伝《でん》』は、その会合の序章として、孔丘の武勇伝を差し込んだ。景公の側近が、孔丘は礼には明るいが勇気に欠けているので、夷虜《いりょ》（えびす）である萊人《らいひと》をけしかけて、魯君を恫《おど》してやりましょう、とそそのかした。この悪意のある謀《はかりごと》を採《と》った景公が、萊人を会場に乱入させた。すると孔丘はうろたえず、定公を護《まも》りながらしりぞき、自国の兵士を呼び、武器を執《と》って撃退せよ、こんな無礼を斉君がゆるすはずがない、と大声を放った。それをきいて愧《は》じた景公があわてて萊人を退去させた。そういう譚《はなし》である。

が、それは妄誕《ぼうたん》にすぎるであろう。

なぜなら、魯の君臣から嫌厭《けんえん》された陽虎の亡命を晋《しん》が容認したことを知った景公と重臣は、

――これで魯は晋との同盟を破棄する。

と、予想し、魯を斉との同盟に誘おうとしたからである。軍事同盟をおこなうという大事な会場で、景公が定公の神経をさかなでするような乱暴をもくろみ、実行するであろうか。両君主の会見は終始なごやかであったにちがいない。

とにかく孔丘は国家の威信をまもり、定公の輔佐をみごとにやってのけて、帰朝した。

「よくやってくれた」

この季孫斯の褒詞《ほうし》にかつてない晴れがましさをおぼえた孔丘は、

――われは魯君と季孫氏の信頼を得つつある。

と、自信を深めた。そのふたりの信頼を楯《たて》に、実行してみたい大改革が胸中にある。意気揚々と帰宅した孔丘は、哭泣《こっきゅう》の声をきいて、眉《まゆ》をひそめた。家のなかが暗い。その暗さのなかで、孔鯉が声を揚《あ》げて哭《な》いていた。さすがにいやな顔をした孔丘は、

「いかがした」

と、訊《き》いた。目を腫《はら》した孔鯉は、

「母さまが――」

と、嗄《か》れぎみの声で答えた。

離別した孔丘の妻が死去したという。

――こういうときに訃報《ふほう》か。

孔丘は幽《くら》い息を吐いた。妻は孔丘のしつこい批判者であったといってよい。顕位《けんい》に昇った孔丘を、妻はみずからの死をもって冷評《れいひょう》した。

離婚した妻のために孔丘は喪《も》に服すことはしないが、孔鯉は母を偲《しの》んで喪服に着替えた。その後、一年を経ても、かれは哭泣をつづけた。それがあまりにしつこいので、孔鯉には母ゆずりの性向《せいこう》があると認めつつも、孔丘は、

「たれかな、哭いているのは」

と、あえて門人に問うた。

「伯魚《はくぎょ》さまです」

「ああ、それは度を越えている」

と、孔丘はいった。孔丘は自分の子に気をつかい、叱《しか》るときも婉曲《えんきょく》にした。ここでも門人を介して、孔鯉をたしなめたのである。肉親の死は悲しい。それはわかるが、嘆きすぎるのはよくない。それを門人に教え、孔鯉にも教えた。

ちょっとしたことでも、孔丘の人柄がわかる逸話がある。

自家の廏舎《きゅうしゃ》が焚《や》けた。朝廷からさがってきた孔丘は、

「人にけがはなかったか」

と、問うた。問うたのはそれだけで、馬については問わなかったという。

さて、魯は、陽虎の亡命先をみさだめると、外交を転換し、晋との同盟から離脱する準備として、斉と結び、一年後に鄭と講和した。かつて魯軍は、晋の指令を承《う》け、陽虎の指麾《しき》に従って鄭を攻めた。それによって鄭に生じた魯への悪感情を改良する手を魯が打ったことになる。これで斉、魯、鄭という三国は反晋勢力を形成した。

こういう魯の外交策を推進したのは季孫斯と孔丘であろう。とくに季孫斯は陽虎に脅迫されつづけたすえに暗殺されかけたので、陽虎を敵視するまなざしは勁《つよ》く、孔丘もつねに陽虎とは反対側に立つ宿命を自覚しはじめていた。

——晋はまずい外交をおこなっている。

海内《かいだい》で最強の軍事力をもっている晋の動向を、魯としては注目しつづけなければならないが、晋が衛《えい》の霊《れい》公を侮辱《ぶじょく》したことで、霊公が怒り、両国は交戦状態にはいった。その後、戦闘は熄《や》んだが、霊公が晋との和睦を望まない以上、衛が斉と同盟するのは時間の問題である。つまり晋は衛をも敵にまわしたことになるので、晋軍が衛を越えて魯を攻めることは当分ない。そう予想した孔丘は、

——大改革を実行するのは、いましかない。

と、感じ、翌年の春に、ひそかに仲由を招いた。

ふたりだけの長い密談である。

「そんなことができましょうか。むりです」

最初、一驚した仲由は、最後には、

「わかりました。やってみます」

と、いい、目をすえた。

季孫邸にもどった仲由は、主君である季孫斯の閑日《かんじつ》をえらんで、

「折り入って、お話が――」

と、切りだした。その話の内容はすさまじい。首都である曲阜の城だけを残して、国内にある城をすべて消す、という壮大な計画である。たしかに、

「一国に一城」

というのは、平和の象徴的風景である。しかしこの乱世にそれはあまりに非現実的ではあるまいか。

季孫斯は失笑し、

――気はたしかか。

と、いわんばかりの目で、仲由を視た。

仲由は弁が立つ。胆力もあるので、この嘲笑《ちょうしょう》されそうな計画を、気おくれせずに冷

静に説いた。

「わたしは理想を申し上げたのです。善を積み、徳を積みつづけてゆけば、万人どころか天をも撼《うご》かすことができるでしょう。ただしそこまでゆくには長い歳月が必要となります。そのための第一歩を、主に踏みだしていただきたいのです」

「われに、どうせよ、というのか」

季孫斯は仲由の説述《せつじゅつ》をききながら、仲由のうしろにいる孔丘をみている。すべては孔丘の発想であろう。仲由はその伝達者にすぎない。

「先年、叔孫《しゅくそん》家に内訌《ないこう》があり、臣下の侯犯《こうはん》が郈《こう》に拠《よ》って叛《そむ》きました。郈は叔孫家の本拠の邑《まち》なので、けっして失ってはなりません。そこで叔孫氏は仲孫氏に助力を乞《こ》うて、郈を攻めました。が、攻め取れず、季節が変わって、再度攻めましたがうまくいきませんでした。けっきょく叔孫氏は武力での奪回をあきらめ、策略をもって侯犯を邑の外にだし、郈をとりもどしました。そのまえに叔孫氏は、郈は自家の憂《うれ》いとなっただけでなく、魯の国にとって患《うれ》いとなった、といった。そう仄聞《そくぶん》しております」

「ふむ、たしかに——」

「では憂患《ゆうかん》を取り除きましょう。それが叔孫氏と魯のためになるのです。ついで費邑《ひゆう》の城壁を取り壊しましょう。主は費邑を公山不狃《こうざんふじゅう》におまかせになっていますが、かれは陽虎に通じていたふしがあり、第二の侯犯になりかねません。城を謀叛《むほん》人の拠りどころにしてはならないのです」

季孫斯がこの計画に馮《の》ってくれなければ、孔丘が考えている大改革は始動しない。

仲由はそれを充分に承知している。

——魯を文化国家にする。

その体裁《ていさい》をさきに作ってしまって、魯の国民だけではなく、天下の人々にみせる。

儒教《じゅきょう》がなんであるか、わからない人へ、さきにはでな冠と儒服をみせるのとおなじやりかたである。

「中華諸国がこぞって魯をみならうことになるための千年の計がこれです」

仲由はねばりづよく説いた。

兵術くらべ

夏に、郈邑《こうゆう》の取《と》り壊《こわ》しがおこなわれた。

兵を率《ひき》いて曲阜《きよくふ》をでた叔孫州仇《しゆくそんしゆうきゆう》が、自邑の城壁の取り壊しをみずから指示して、工事をおこなわせた。

その監視を季孫斯《きそんし》から命じられた仲由《ちゆうゆう》も、兵をもたされた。仲由を送りだした季孫斯は、

「住民が騒いで、暴挙にでるかもしれぬ」

と、いった。

——その恐れは充分にある。

仲由は用心をおこたらないつもりでいる。どれほど小さな聚落《しゆうらく》でも牆壁《しようへき》をめぐらして外敵の侵入を防ぐつくりになっている。まして郈邑のように人口の多い邑《まち》が防禦壁をとり去るとなると、盗賊に狙われやすくなる。

——住民は不安であろう。

城壁がなくなることに不安をおぼえた邑民が、実際に取り壊しがはじまると恐怖をおぼえ、その恐怖に耐えかねて暴発する場合がある。兵はその暴発を鎮綏《ちんすい》するために必要であり、工事の進捗《しんちょく》ぶりと、住民の動静の両方を観《み》なければならない仲由の任は重かった。

が、郈の民はおとなしかった。わずかな騒ぎさえ起こさなかった。

工事が竣《お》わって、城壁が消えた邑をながめた仲由は、

――夫子《ふうし》が理想とする風景が、これか。

と、しばし感慨《かんがい》にふけった。現今、海内《かいだい》にいくつの邑があるのかわからないものの、みずから牆壁を取り去った邑はここだけであろう。

いつの日か、牆壁がないほうが住みやすいと人民に実感してもらいたい。そう願い、そう信じて、孔丘《こうきゅう》は高弟の仲由をつかって季孫斯を動かし、計画の一端を実現した。叔孫州仇を説得できるのは、季孫斯を措《お》いてほかにはいない。

が、そういう計画を国家事業にすえると、食邑《しょくゆう》をもつ諸大夫《たいふ》の猛反発をくらいそうなので、最初の段階では、私的な事業にしている。まず三桓《かん》の家が手本をみせるというかたちである。

曲阜に引き揚《あ》げた仲由は、季孫家にもどり、

「郈邑の牆壁の取り壊しは、ぶじに完了しました」

と、主君に復命した。

「ほう、終わったか。よくやってくれた」

つぎはわが食邑だな、という顔をした季孫斯は、すぐに使いをだして仲孫何忌《ちゅうそんかき》に助力を求めた。費邑《ひゆう》には、公山不狃《こうざんふじゅう》がいる。かれを難物《なんぶつ》とみて、仲孫《ちゅうそん》氏の兵も出動してもらうことにしたのである。こういうことは間髪《かんはつ》を入れずに実行したほうがよい、という政治的呼吸をこころえている季孫斯は、朝廷で孔丘をみかけると、

「明日、仲孫氏とともに費へむかうので、あとはよろしく――。なお、家には仲由を残しておきます」

と、告げた。

「こころえました」

季孫斯が視界から消えたあとも、朝廷に残った孔丘は沈思をつづけたが、意を決して、

「内密に申し上げたいことがございます」

と、定《てい》公に内謁《ないえつ》した。万一にそなえて、定公を掩護《えんご》する方策を説《と》いたのである。

「そういうことなら、そなたの指図に従うであろう」

「恐れいります」

自宅にもどった孔丘は、朝になると、漆雕啓《しっちょうけい》を呼び、

「すでに季孫氏と仲孫氏は出発した。が、このたびは叔孫《しゆくそん》氏のようにたやすくはいくまい。費の邑宰《ゆうさい》である公山不狃は策士ゆえ、奇手《きしゆ》を打ってくるとみた。そこでなんじは丙《へい》家へゆき、食客《しよつかく》を動かしてもらえるように頼んでもらいたい」

と、こまかく指示した。

家の外にでて走りはじめた漆雕啓は、内心賛嘆《さんたん》していた。

孔丘は兵事についてはほとんど語らないが、おもいがけなく兵術にくわしいことにおどろいた。ちなみに孔丘とおなじ時代を南方の呉《ご》で生きた天才兵法家の孫武《そんぶ》（孫《そん》子《し》）がはじめて国家の意志としての戦略を樹立した。それはのちに、

「孫子の兵法」

と、よばれる。それまでは大夫の私兵の集合体が軍であり、戦いをはじめるまえの外交と諜報《ちようほう》活動をひっくるめて戦略とする思想はなかった。むろん魯《ろ》軍もそういう旧態にある。

が、孔丘は個人的発想で情報蒐集を重視し、東から曲阜に通ずる大小の道に偵諜《ていちよう》を配そうとした。

丙の家に飛び込んだ漆雕啓は、

「たのむ、丙さん、力を貸してくれ」

と、孔丘の考えをこの豪農に伝えた。

「へえ、孔先生は剣にも触れたことのない優雅な人だとおもっていたが、なかなかの軍師ではないか」

七十歳に近づきつつある丙は、さすがに足腰に衰えを感じているらしく、季孫氏の輜重《しちょう》の一部を自分の長男にまかせた。が、頭脳に衰えはない。費の邑宰である公山不狃が主君の説得に応じず、邑に籠《こ》もって抗戦することは充分に予想できた。しかしながら不狃が、費邑に近づいてくる師旅《しりょ》とは戦わず、ひそかに間道に兵をすすめて、曲阜を急襲することまでは予想していなかった。孔丘の予想するところでは、不狃は主家に弓を引くことを正義の行為としたいために、定公を掠奪《りゃくだつ》するという。

漆雕啓は丙にむかって低頭した。

「この家の食客を道にばら撒《ま》いてくれませんか。後手を引いて、敵に魯君を奪われると、先生は季孫氏ともども賊の立場に追いやられてしまうのです」

「よく、わかった。おまえさんは今日からここに泊まり込むといい。急報はここにとどく。それから先生に報《しら》せるといい。季孫家を留守《りゅうしゅ》している子路《しろ》さんへは、家の者を趨《はし》らせよう」

「ありがたい」

一時《いっとき》後に、母家《おもや》に集まった食客たちは、連絡の方法をうちあわせた。かれらは身なりをやつして邸外へでると、曲阜の東門をあとにした。食客のなかには馬にじかに乗ることができる者がいる。鐙《あぶみ》も鞍《くら》も置かない馬を乗りこなす術が上達するのは戦国時代であり、それよりまえのこの時代では、乗馬の特殊技能であるとおもってよい。

情報蒐集に鈍感でないのは、費邑にいる公山不狃もおなじであり、かれのもとに曲阜から急報がとどけられていた。不狃に与《くみ》する者は曲阜にいて、季孫氏の家中にもわずかにいる。

「いよいよ季孫氏の師旅がくる。さて、どうするか」

不狃は相談相手の叔孫輒《しゆくそんちよう》に意見を求めた。

叔孫輒は、先代の叔孫氏の庶子《しよし》で、本家から冷遇されていたため、憤懣《ふんまん》のかたまりになっていた。そこで、陽虎《ようこ》が季孫斯を暗殺して三桓の家をことごとく換骨奪胎《かんこつだったい》するという計画に加担した。叔孫輒自身は当主の叔孫州仇にかわって、本家を支配し、一門を統制するつもりでいた。もっとも、そのほとんどすべてを陽虎にやってもらうという虫のよさが叔孫輒にあったことはいなめない。ところが、ぬけめのない陽虎が、なぜか季孫斯の殺害に失敗した。そのあと、はやばやと敗退して国外にでてしまったので、叔孫輒は起《た》って戦う機会を失った。ただし陽虎の与党となったかぎり、たとえ挙兵しなくても、残党狩りの手がおよんでくるにちがいなく、そういう後難《こうなん》を恐れて、曲阜を去ると、不狃のもとに身を寄せていたのである。

叔孫輒はすでに剣をつかんでいた。

「城壁の取り壊しと同時になんじは罷免《ひめん》される。いや、追放されるかもしれぬ」

「わかっているさ」

不狃は自嘲するように鼻を鳴らした。

「すると、われも居場所を失う。なんじもわれも、坐して滅びを待つつもりはない。当然、戦わねばなるまい。まさか、籠城を考えているのではあるまいな」

「それは、ない。ここで百日耐えたところで、どこからも援兵はこない」

斉《せい》に援助を依頼しても、斉の首脳はそれに応《こた》えてはくれまい。いまや斉と魯は同盟国である。

「それなら出撃しよう。なんじはいつ挙兵してもよいように兵を養ってきたのであろう。季孫氏がみずから兵を率いてくるのなら、われらは途中に兵を伏せて急撃し、その師旅を大破して、季孫氏の首をもらおうではないか。勝った勢いでそのまま曲阜につき進んで、季孫家だけではなく、ほかの二家も滅ぼしてしまえばよい」

「ふむ……」

不狃はすこしまなざしをさげた。

「どうした。なにを考えているのか」

苛立《いらだ》った叔孫輒は剣を立てた。

「こちらにむかってくるのは、季孫氏の師旅だけではない。仲孫氏もいる」

仲孫氏の師旅が魯軍のなかでは最強であることを叔孫輒も知っている。その師旅を奇襲しても、たやすく勝利は得られまい。いやそれどころか仲孫氏を怒らせて強烈に逆襲されるであろう。

「えっ、そうなのか」

「それでも、やるしかあるまい」

籠城が愚策であるとわかっているかぎり、野天《のてん》で戦うしかない。叔孫輒は腹をくくった。強兵が相手でも、負けると決まったわけではない。

「そうだ……、やるしかない。が、やるかぎりは、勝ちたい。ひとつ、奇策がある」

「ほう、どのような――」

「いきなり、曲阜を衝《つ》くのよ」

不狃にそういわれて、叔孫輒は瞠目《どうもく》した。その奇策の内容をすばやく想像できない。

まなざしをもどした不狃は、

「季孫氏と仲孫氏の師旅がこちらにむかっているということは、曲阜が空《から》になっている。叔孫氏は郈邑からもどったばかりで、兵を解散させて、休ませている。公宮にあって魯君を守っている衛兵はたいした数ではない。おそらく曲阜の留守をまかされたのは、司寇《しこう》の孔丘であろうが、かれは私兵をもっていない。しかもかれは礼楽には精通しているが、兵術にはうとい。となれば、われらの兵で曲阜を制圧できる」

と、いった。

「なるほど」

叔孫輒は剣把《けんぱ》をたたいた。

「われらの挙兵が叛逆ではない、と国民に知らしめるためには、魯君に三桓の討伐命令をくだしてもらう必要がある。そのためには、魯君をわれらが擁《よう》した上で、まず季孫家を潰《つぶ》す」

「わかった」

叔孫輒はちょっとした身ぶるいとともに起った。不狃の奇策が成功しようと失敗しようと、今日までの鬱屈《うっくつ》を晴らすには、それを敢行《かんこう》するしかない。

「わかってくれたなら、すぐに出発だ。間道をすみやかにすすみ、曲阜を襲う」

不狃も起った。

急襲のためには、速さが不可欠なので、重厚な輜重は不要である。

未明のころに費邑をでた師旅は、間道をえらんで急速に西進した。この師旅は、夜間もわずかな休息をとっただけで、すすみつづけた。あと半日で曲阜に到る地点まできたとき、不狃は兵の疲れをとるために牛肉と酒をふるまった。すでにこの時点で、

——うまくいった。

という実感が不狃にはある。この師旅のすすみに不審をいだいた野人《やじん》が途中にいた

としても、かれらの通報を超《こ》える速さでここまできた。

明日、曲阜に突入するまで、たとえ衆目《しゅうもく》にさらされても、かれらの狼狽《ろうばい》を睥睨《へいげい》するかたちで、公宮の門を破り、定公を掌中《しょうちゅう》におさめることができるであろう。朝廷に孔丘がいれば、ついでに始末できる。

不狃は自信をもって夜明けを迎えた。

それよりは遅く、日が昇ったあとに、丙の家に飛び込んだ食客がいた。

――きたか。

丙とともに朝食を摂《と》っていた漆雕啓は、剣を引き寄せて起った。が、丙は食事をやめず、わずかに顔をあげただけで、

「さすがに孔先生だ。魯軍を率いさせたいくらいだ」

と、いい、目で笑った。

「馬車をお借りする」

屋外に趨りでた漆雕啓は、馬に車をつけると、急発進した。

公宮の近くに多くの馬車が停まっている。そのなかの一乗が孔丘の馬車である。その近くに冉求《ぜんきゅう》がいた。馬車をおりた漆雕啓は全力で走り、

「おおい、冉求、費の兵が寄せてくる。先生にお報せせよ。門のほとりにいる衛兵にも告げよ」

と、大声を放った。この声に、ほかの馬車の御者《ぎょしゃ》が反応した。かれらは右往左往しはじめた。冉求が弾《はじ》かれたように宮門にむかうのをみた漆雕啓は馬車にもどって馬首をめぐらせた。季孫氏の邸へ急行したのである。

邸の門はひらかれ、門前に仲由が立っていた。そのまえに馬車を着けた漆雕啓は、

「丙家からの報せがとどいたかどうか確認にきただけです。まもなく君と先生が到着します。わたしは伯魚《はくぎょ》どのにお報せします」

と、車上からいった。

「ここへの報せはとうにとどいている。費の兵ごときに負けはせぬ。なんじは伯魚どのをお衛《まも》りしていればよい」

仲由は落ち着きはらっている。

「そうはいきませんよ」

一笑した漆雕啓は、顔にあたる風が多少ぬるくなったように感じ、日の高さを目でたしかめると、焦《あせ》りをおぼえた。費の兵が曲阜の近くまできているにちがいない。

――もしかしたら、丙さんは先生の家へも急報をとどけてくれたのではないか。

そう願いつつ漆雕啓は馬車を疾走させた。

はたして教場《きょうじょう》のまえに五十人ほどの門弟が立っていた。かれらがなんらかのかたちで急報に接したあかしである。閔損《びんそん》の顔をみた漆雕啓は、

「子騫《しけん》よ、ここをたのむ、われは季孫邸へ往って先生をお衛りする」

と、声をかけた。閔損の返答をきくまもなく、馬車のむきをかえた漆雕啓が左右をみると、三十数人が武器をもって従っていた。

この小集団を季孫邸が吸収したころ、不狃と叔孫輒に率いられた兵が東門から曲阜に侵入した。

直後に、不狃は公宮に定公がいないことを知った。都内にいる与党からの報せである。朝廷にいた孔丘は、異変を知るや、定公をいざなって馬車に乗せ、季孫邸へ直行したという。もっとも孔丘がみずから手綱《たづな》を執《と》って御者となり、定公がその御の巧《うま》さに驚嘆したことまでは知らない。

「仲尼《ちゅうじ》め——」

天を仰いで咆《ほ》えた不狃は、こうなったら季孫邸を攻めてあとかたもなくなるまで潰《かい》滅《めつ》させてやる、と烈しく意気込んだ。

費の兵は季孫邸にむかって猛進した。

貴族の邸宅は小城といってよい造りで、牆壁をめぐらせ、楼台《ろうだい》をそなえている。季孫氏の邸宅はそのなかでも規模が大きい。このとき邸内には援兵として仲孫氏と叔孫氏の臣がいた。ほかにも、公宮から定公に追随《ついずい》してきた衛兵、大夫、士、官吏などがいた。いちど自邸にもどって私兵を率いてきた大夫は、あらかじめ孔丘の要請をうけてこの日にそなえていた。

邸内での総指麾《しき》は孔丘がとった。

季孫家の家宰《かさい》である仲由は、家臣をふりわけた。邸内での戦闘に参加させる臣と季孫斯の嫡子である季孫肥《きそんひ》を護《まも》る臣を分けたのである。

地がふるえた。

「きた——」

漆雕啓は全身で叫んだつもりだが、息を呑んだだけであった。

いきなり熾烈《しれつ》な矢合戦となった。

邸内に矢の雨がふってきた。矢をふせぐ楯《たて》が鳴りつづけた。楯を割るほどの勁矢《けいし》もあった。漆雕啓にとってははじめての実戦である。天空を暗くするほどの矢の雨を実見《じっけん》して、ひるむどころか、嚇《かっ》と熱くなった。

「射返してやれ」

漆雕啓は敵の矢を摧《くだ》くほどの励声《れいせい》を放った。孔門の子弟は射術に長じている。弓矢を渡された二十数人は、牆壁を越えてくる敵兵をつぎつぎに殪《たお》した。漆雕啓自身は仲由から甲《よろい》と矛《ほこ》を借り、弓矢をもたぬ十人の門弟をまとめ、なるべく孔丘から離れないようにして、あたりに目をくばった。

ついに正門が破られた。

それを知った孔丘は、定公をしりぞかせて、ともに楼台に昇り、そこから指麾をつづけた。ちなみにこの楼台は、

「武子《ぶし》の台」

と、よばれる。武子とは、季孫斯の曾祖父（季孫宿《きそんしゆく》）の諡号《しごう》である。季孫氏を富強にした季武子の盛業をたたえて名づけたのであろう。

敵の矢が楼台にとどくようになり、定公をかすめることもあった。あきらかに劣勢である。楼下にいる漆雕啓はようやく仲由をみつけて、

「日没まで、もつかな」

と、いった。師のためにここで死ぬのはいとわないが、それは次善といってよく、最善は孔丘を護りぬいて生き延びさせることである。

だが、仲由には不安の色がない。もちまえの快活さをここでも失わず、

「そう深刻になるな。負けはせぬよ」

と、ぞんがいやわらかくいった。心にゆとりがあるせいであろう。

「昔、ここが似たような戦況になった。昭公《しょう》の兵が楼台近くまで迫ったが、季孫家の兵はけっきょく負けなかった。この台には祖先の霊が憑《つ》いているのかもしれぬ。先例を、先生はよくご存じよ。燃えさかる火も、衰えるときがくる。堅く守っていれば、敵は攻め疲れる。そこを衝く。故《ふる》きを温《あたた》めて新しきを知る、とは、このことだ」

「あなたが、それをいうか」

仲由の心のゆとりが漆雕啓につたわってきた。

なるほど人は数時間も全力をだしきれるわけではない。邸内に侵入した費の兵の熾烈さも、日が中天をすぎるころには、衰勢《すいせい》をみせるようになった。堅守を徹底させた孔丘の指麾が活気を帯びるのは、これからであった。

日のかたむきを瞻《み》た孔丘は、私兵をかかえている申句須《しんくしゅ》と楽頎《がくき》に反撃を命じ、自身も楼下におりて、

「突き破れ――」

と、号令した。おう、と応えた仲由と漆雕啓は、われを忘れて、突進した。遮二無二《しゃにむに》すすむしかない。眼前の敵を倒すことだけに意識を集中したため、しばらく孔丘がどこにいるのか、わからなかった。

敵兵の背がみえるようになったとおもったときが、この反撃が確実に勝機をつかんだときといってよく、漆雕啓の矛から手応えが消えた。費の兵が潰走《かいそう》しはじめたのである。敵兵が遠ざかるのをみて、われにかえった漆雕啓は、ひとり足を停めた。孔丘の近くにもどろうとした。このとき、

「追え――」

という大声をきいた。孔丘の声である。その声がおもいがけず苛烈《かれつ》であったので、

漆雕啓はおどろいた。

——師は戦場の機微《きび》がわかっている。

そう感心した。が、別のみかたもできる。かつて不狃は自身のたくらみに孔丘をひきいれて利用しようとした。その誠実さのない巧言《こうげん》の主に報復しようとしている。

仲由が走ってきて、

「われはしばらく追撃する。なんじは先生のもとに残れ」

と、早口でいい、家臣を率いて走り去った。

ここでの孔丘の指麾はみごとであるというしかない。追撃の師旅はすぐにふくらんだ。遠くから戦いをながめていた諸大夫は、両者の優劣を知って、追撃に加わった。

そうなるであろうと予想した孔丘は、兵術の巧者であった。

敗退した不狃と叔孫輒は、洙水《しゆすい》にそって東行し、姑蔑《こべつ》において、陣を立て直そうとした。が、追撃が急で、息を入れるまもなく撃破された。戦場を脱したふたりは、兵を棄《す》てて、北へ逃げた。姑蔑から東へむかえば季孫斯と仲孫何忌の師旅にぶつかってしまうので、ふたりにとっての逃走路はそれしかなかった。斉へ亡命したのである。

だが、斉は往時のように魯の敵国ではなくなったので、ふたりは逮捕されて魯へ送還されることを恐れ、やがて南方の呉へ去った。ちなみにこのころの呉は、闔廬《こうりよ》という英主のもとで栄耀《えいよう》のさなかにあった。

さて、費邑にあって、曲阜での攻防を知った仲孫何忌は顔色を変えて、

「もどられては、いかが」

と、季孫斯にいった。が、季孫斯はあわてることなく、

「孔丘がいます」

と、いい、ゆったり構えて、城壁の取り壊しを命じた。

道の興亡

晩秋の風が冷気をふくむようになった。

——つぎは、わが食邑《しょくゆう》か。

曲阜《きょくふ》の門を観《み》た仲孫何忌《ちゅうそんかき》は胸が重くなった。

ぶじに費邑《ひゆう》の取《と》り壊《こわ》しを終えてここまで同行してきた正卿《せいけい》の季孫斯《きそんし》にねぎらわれた仲孫何忌の表情は冴《さ》えなかった。その季孫斯と別れて、鬱々《うつうつ》と帰宅した仲孫何忌が、門内で礼容を示しているひとりを視《み》て、

「やっ、きていたのか」

と、軽いおどろきをみせた。この声に応《こた》えるように顔をあげたのは、成邑《せいゆう》の宰《さい》の公斂処父《こうれんしょほ》である。かれは都内での騒擾《そうじょう》をきくや、兵を率いて駆けつけ、公山不狃《こうざんふじゅう》と叔孫輒《しゅくそんちょう》が国外にでたあとも、主君不在の仲孫家を守るために逗留《とうりゅう》していた。

仲孫何忌としては、こういう忠心《ちゅうしん》からでた気配りがうれしい。ただしその気配りには、つぎの取り壊しの対象とされる成邑をいまあずかっている者のけわしい感情がひ

そんでいるにちがいない。

憂鬱を共有しているふたりはさっそく奥の室《へや》にはいって、密談をはじめた。

公斂処父の目に慍色《うんしょく》がでた。

「わが成邑の取り壊しの予定をご存じですか」

仲孫何忌はゆるやかに首を横にふった。

「正卿はなぜか明確な指示をなさらなかった。優先の予定があるのかもしれない。年内に終わらせようと仰《おお》せになっただけだ」

公斂処父は膝《ひざ》をすすめた。

「正卿は、孔丘《こうきゅう》にたぶらかされているのです。叔孫氏の郈邑《こうゆう》は西からくる敵を防ぐ城であったのに、いまや防衛力を失っています。魯《ろ》は晋《しん》と敵対するようになったのですから、晋軍が西からきたら、どのように防ぐのですか。また費邑は東からくる敵を止める城であったのです。それがいまや城ではないとなれば、莒《きょ》の国の兵に急襲されるとひとたまりもありません。わが邑は北への備えです。城壁を失えば、南下してくる斉《せい》軍に蹂躙《じゅうりん》されます。障害のなくなった斉軍はやすやすと曲阜を攻略できるのです」

「わかっている」

と、苦《にが》くいった仲孫何忌は憂愁《ゆうしゅう》の色を濃くした。

「わかっておられるなら、なにゆえ、正卿に献言《けんげん》なさらぬのか」

「わが城だけを残したい、とどうしていえようか」

さらに膝をすすめた公斂処父は、

「斉との戦いはいくたびあったでしょうか。戦っては和睦《わぼく》し、和睦しては戦うということをくりかえしてきたのです。今日の盟約は、明日には破棄されるということを、古記録は教えています。たとえ魯君のご命令でも、わたしは取り壊しには応じませんん」

仲孫何忌は黙った。よくぞいってくれた、と褒《ほ》めるわけにはいかない。定《てい》公の命令にさからえば、叛逆とみなされてしまう。

「成邑は仲孫家の堡《とりで》であり、成邑が消えれば、仲孫家も消えます。あなたさまは知らぬふりをなさればよい。わたしが成邑を守りぬきます」

公斂処父はそういって起《た》ち、早足で仲孫家をあとにした。

——さて、困った。

独《ひと》り室内に残った仲孫何忌は黙考しつづけた。剛毅《ごうき》な公斂処父は仲孫家にとってかけがえのない忠臣である。その者にだけ叛逆の罪を衣《き》せるのはしのびない。が、仲孫何忌があからさまに公斂処父に同調すれば、君主と季孫氏を敵にまわすという最悪の事態になりかねない。

——なんとか公斂処父を救う手だてはないものか。

考えに考えて、わかったことはふたつある。

よからぬ智慧《ちえ》をだしている孔丘を季孫斯から離すこと、城壁の取り壊しがいかに愚策であるかを季孫斯に知ってもらうこと、このふたつである。このふたつを遂行《すいこう》できれば、公斂処父をつらい立場に置かなくてすむ。そのためには、まず、

——孔丘の手足となっている仲由《ちゅうゆう》をかたづけたい。

と、おもった仲孫何忌は、孔丘を嫌っているらしい叔孫州仇《しゅくそんしゅうきゅう》をひそかに訪ねることにした。

冬になった。

が、成邑の城壁の取り壊しはあとまわしにされた。斉の景《けい》公との会合が、河水《かすい》に近い黄《こう》でおこなわれ、仲孫何忌が兵を率いて定公に従ったためである。むろん定公の輔《ほ》佐《さ》は孔丘がおこなった。

すでに景公は衛《えい》の霊《れい》公および鄭《てい》の上卿《じょうけい》である游速《ゆうそく》と会盟をおこなって、反晋連合を形成した。斉はそれとは別に魯と会盟をおこなっているので、黄における会合は、既《き》成《せい》の盟約の確認にすぎない。魯は魯で、独自に鄭との関係を修復したので、要するに、斉、魯、衛、鄭という四国は、晋にも楚《そ》にも属さない勢力圏をつくったことになる。

十一月に、定公が曲阜に帰ってきた。随従《ずいじゅう》した仲孫何忌は、帰宅すると、そのまま邸に籠《こ》もって外出しなくなった。参内《さんだい》もしなくなったので、

「疾《やまい》であろうよ」

という声があちこちで揚《あ》がった。やむなく季孫斯は定公に謁見《えつけん》して、

「成邑の城壁を取り壊さなければなりませんが、仲孫何忌が出向けないようなので、君にお出ましを願いたく存じます」

と、懇請《こんせい》した。

定公が肯首《こうしゅ》した時点で、その種の工事が私事から公事へ遷《うつ》ったといえる。これは孔丘の狙い通りになったのかもしれない。

正卿のあと押しがあるので定公はまったく不安をおぼえることなく、諸大夫《たいふ》の兵を率いて成邑へ行った。

が、城門は閉じられ、城壁の上には弓矢をもった甲兵がならんでいた。定公は、

「開門せよ」

と、いい、城内に使者を遣《や》った。が、定公の命令は拒絶された。定公のもとにきた公斂処父の使者は、

「成邑が城壁を失うことは、曲阜の消滅につながる重大事なのです。城門を開かないのは、君と魯という国を守るためであることを、どうかお察しくださいますように」

と、切々と述べた。

――さて、困ったことよ。

成邑を攻めるということは、定公の予定になかったことである。仲孫何忌の重臣を叛逆者とみなして戦闘をおこなえば、かならず公室と仲孫家のあいだに隙《げき》が生じ、それがこじれると内乱にふくれあがる。だが、定公に従ってきた大夫と士のなかには、

「わが君のご命令をこばむとは、けしからぬ」

と、激昂《げっこう》する者がいたので、いちおう成邑を攻めるというかたちを示すために、定公は包囲陣をつくった。それでも、成邑を攻撃することがいかにむだであるか、とわかっている定公は、公斂処父を説得するという姿勢を保ち、年があらたまるまえに陣を解いて引き揚げてしまった。

成邑の城壁の取り壊しは、仲孫何忌にまかせるのが、最善の処方であるとおもった定公は、手を引いた。

それまでの孔丘の所在が不明であるが、定公の輔佐をつづけていたのであれば、成邑を包囲する陣中にいて、成果をみずに帰途についたはずである。帰宅した孔丘は、

——季孫氏に動いてもらわなければ、事は成らぬ。

と、痛感し、季孫家の家宰《かさい》である仲由の手腕に期待した。

たしかに仲由は季孫斯に信用されている。なにしろ決断が早い。その美点について孔丘は、

「ちょっときいただけで、むずかしい訴訟《そしょう》を判定できるのは、由だけであろうよ」

と、称《ほ》めたことがある。

むろん季孫斯は、孔丘の教育があって、いまの仲由がある、とみている。仲由という原石を孔丘が研磨《けんま》して光らせたのである。

さて、費の邑宰《ゆうさい》であった公山不狃が反抗して逃亡したので、つくづく邑宰えらびのむずかしさを感じた季孫斯は、仲由を呼んだ。

「孔丘の門下生で、費の邑宰にふさわしい人物を推挙してくれ」

季孫家の本拠地には重臣をすえるのが慣例であるのに、季孫斯はそれをしないという。

「あっ」

と、悦《よろこ》んだ仲由は、ここでも逡巡《しゅんじゅん》しなかった。

「高柴《こうさい》がよろしいでしょう。あざなを子羔《しこう》といいます」

高氏は斉の名家として知られる。おそらく高柴の先祖は高氏一門にありながら、魯に移って、魯の文公《ぶん》に仕えた人である。その人の官職は下執事《かしつじ》であったというから侍《じ》者《しゃ》としては賤臣《せんしん》であった。ちなみに文公は定公からかぞえて五代まえの君主である。

それはそれとして、高柴の年齢は二十四歳である。

「では、高柴に会ってみよう」

季孫斯が高柴を採用して費邑を治めさせるらしいと知った孔丘は、仲由を呼びだして、いきなり叱《しか》った。

「あの者を、だめにしてしまう」

が、仲由は平然と抗弁した。

「邑には、人民がいて、社稷《しゃしょく》もあります。書物を読むことだけが学問であるとはいえないでしょう」

高柴は気心《きごころ》のよい男で、仲由は入門した高柴をみるや、

――ものになる男だ。

と、感じた。その好意を察した高柴は、以来、仲由を特別に敬慕した。ところで、邑には人民がいて社稷もある、というのは、実際に政治をおこない、実際に祭祀《さいし》もおこなう、ということであろう。書物から離れた実学《じつがく》がそこにはある、と仲由はいったのである。

孔丘は眉《まゆ》をひそめた。高柴については、

「愚直だ」

と、孔丘は評したことがある。五尺《せき》（百十二・五センチメートル）に満たない身長の高柴は容姿がすぐれているわけでもないので、容貌を重視する孔丘には低くみられた。高柴の真価は自分のほうがよくわかっているといわんばかりの仲由にむかって、

「これだから口の巧《うま》いやつは嫌いだ」

と、孔丘はいった。むろんこのいいかたには、季孫斯が自分にむけてくれているひそかな厚意に感謝する心がかくされている。季孫斯が正卿であるかぎり、向後《こうご》も、孔丘の門弟はさまざまなかたちで擢用《てきよう》されるであろう。孔丘はそういう希望をもった。

だが、正月になっても、成邑のあつかいが難件として残ったままという状況にあって、孔丘の存在を危険視する者が増えた。

「孔丘はわが君に諛佞《ゆねい》し、朝廷を擅断《せんだん》しようとしている」

そういう悪評が、季孫斯の耳にとどくころ、季孫家を訪ねた貴族がいる。

「公伯寮《こうはくりょう》」

と、いい、魯の公室から岐出《きしゅつ》したという血胤《けついん》をもつ、季孫斯に親しい大夫である。かれは、

「これから耳ざわりなことを申しますが、貴家をおもえばこそ、とご理解いただきたい」

そう切りだした公伯寮は、徐々に語気を強めた。

「はっきり申して、孔丘は第二の陽虎《ようこ》です。あの者は狡猾《こうかつ》なので、暴力といったみえすいた力を用いず、貴家だけでなく、桓《かん》氏のほかの二家をも、内から弱めようと画策しています。それに気づいた成邑の宰は、城壁の取り壊しの君命に従わず、桓氏三家へ箴誡《しんかい》を声高《こわだか》に説《と》いているのです」

「孔丘が、第二の陽虎ですか……」

季孫斯は孔丘とともに魯に新秩序を立てようとしている。その孔丘に三桓を衰弱させるような毒刺《どくし》があるとはおもわれない。

公伯寮は季孫斯の顔色をうかがいつつ説述《せつじゅつ》をつづけた。

「最初に郈邑の城壁を失った叔孫家の家中には、孔丘に騙《だま》されたと憤激《ふんげき》する者がおり、また、仲孫家の家中にも孔丘を排斥《はいせき》せんとする者がおります。両家はまもなくなんらかの行動をおこすでしょう。両家の憎悪の目が孔丘にむけられているいま、孔丘の後《うし》ろ楯《だて》になっておられる卿も敵視されかねない。あえて申しますが、卿の評判は落ちているのです。このままでは朝廷の運営にもさしつかえましょう。評判を回復なさるためにに、まず、家宰である仲由を罷免《ひめん》なさって、孔丘との紐帯《ちゅうたい》を断ったことを国内にお示しになるべきです。これは讒言《ざんげん》でも誣告《ぶこく》でもありません。卿へのいつわりのない忠告です」

季孫斯は黙然とした。

魯の上卿が食邑の城壁を壊したことは、天下に衝撃を与えたはずである。魯はなにをするつもりか、と諸侯は関心をもって見守っているにちがいない。それは、魯が武《ぶ》の国ではなく、文《ぶん》の国になることを表明したことになり、そのように改良された国家が、武で支えるよりもはるかに堅牢《けんろう》であることを、魯が先駆的に実現してみせようとするものである。季孫斯は自国の乱だけではなく、他国の乱も想《おも》い、

——武力を武力でおさえようとすれば、争いは永遠に終わらない。

と、考えるようになり、常識を超えて和協《わきよう》を実現しようとする孔丘の思想とその実践に理解を示した。が、改革はかならず反動を招《こ》く。その反動が激烈であれば、孔丘だけでなく季孫斯自身のいのちにかかわる。

公伯寮が帰ったあと、季孫斯は腹心の臣を呼び、

「孔丘への風当たりが強まっているようだ。他家のようすをさぐってくるように」

と、いいつけた。

仲孫家と叔孫家の激昂ぶりにおどろいたその臣は、五日後に報告をおこなった。

「風は旋風《せんぷう》になりそうです。孔丘はその風に巻きあげられて、天空で四分五裂するでしょう」

「それほどまでになっているのか」

季孫斯は表情を暗くした。仲孫氏と叔孫氏が結託して孔丘を襲ったあと、その暗殺行為が私行《しこう》であるにもかかわらず、君命にすりかえることはたやすくできるであろう。さらに二家は、季孫家を脅迫してくるにちがいない。

——さて、どうするか。

季孫斯は仲由という家宰が気にいっているだけに、苦悩した。

孔丘がめざしている改革に賛同している大夫は、いることはいる。子服何《しふくか》（景伯《けいはく》）

がそのひとりで、かれは孔丘に近づき、

「すでにご存じでしょうが、季孫氏が公伯寮のことばに、心を惑わしているようです。わたしの力で、公伯寮を捕らえて殺し、市朝《しちよう》にさらすことができますよ」

と、ささやいた。が、孔丘は毅然《きぜん》として、

「道がおこなわれようとするのは天命ですし、道がすたれようとするのも天命です。公伯寮ごときが、天命をどうすることもできますまい」

と、答えた。自分には人の力よりももっと大きな天の力がついている、と孔丘は信じている。これから魯は、天の庇護《ひご》のもとで、中華で最上級の礼楽の国になってゆくはずである。自分はいまその端緒《たんしよ》についている。

だが、この自信はまもなくうちくだかれることになる。

仲由が季孫斯に罷免されたからである。その際、仲由はこうさとされた。

「わが手で孔丘をかばいきれなくなった。なんじは孔丘を護《まも》って、五日以内に、魯を出なければならぬ。われがいえるのは、それだけだ」

仲由は、一瞬、顔色を変えた。が、季孫斯の眉宇《びう》に愁色《しゆうしよく》がただよっているとみた仲由は、

——この人に悪意はない。

と、速断し、

「ご厚情は、忘れません。さっそく仰せに従います」

と、拝礼した。季孫邸をでた仲由は孔丘のもとに急行した。五日以内に魯を出よ、ということは、五日間は暴発する力をおさえて孔丘に危害がおよばないように手を打っておいた、という季孫斯のひそかな努力と好意がふくまれているであろう。弟子が師を得心《とくしん》させるのはむずかしい。

とくに孔丘は、天命を遂行しているかぎり、かならず天の祐助《ゆうじょ》があり、いかなる危難もしのぐことができると考える自信家である。政界の利害に血まなこになっている者たちにとって、利害を超越してゆく理想主義が憎悪のまとになることを、孔丘はいささかも顧慮《こりょ》しないであろう。だが、五日後には凶刃《きょうじん》が孔丘に殺到する。それが現実であり、その凶刃を、季孫斯が五日間止めてくれている。それも現実である。孔丘がよけいな自信をみなぎらせて、その現実を無視すれば、どうなるか。

仲由は戦慄《せんりつ》をおぼえながら、孔丘のまえに坐り、自身が罷免されたことと季孫斯のことばをつたえた。

孔丘は烈しく几《き》(脇息)をたたいた。

「われがどうして魯を逐《お》われなければならないのか」

このときの顔ほど恐ろしく、また、悲しいものはなかった。孔丘に、なぜ、と問われても、仲由は答えようがない。この場合、饒舌《じょうぜつ》は無用であった。仲由は沈黙した。

「われはけっして曲阜をでぬ」

そう孔丘にいわれることを仲由はひたすら恐れた。孔丘も黙った。長い沈思《ちんし》である。その無言の時間を仲由は耐えた。そのまま小半時《こはんとき》が経《た》ち、孔丘は身じろぎをして、

「明日、門人にはわれが話す。明後日には曲阜をでる」

と、いった。

——吁々《ああ》、これで先生を失わずにすむ。

ほっとした仲由は、

「承知しました。ただいまから、旅行の支度《したく》にとりかかります」

と、すみやかに起《た》った。いそいで閔損《びんそん》に事情を告げ、冉求《ぜんきゅう》、顔回《がんかい》などを連絡のために趨《はし》らせ、漆雕啓《しっちょうけい》を誘って旅食《りょしょく》に必要な物を集めた。

はじめは唖然《あぜん》とした漆雕啓だが、すこし落ち着くと、

「このたびも先生は伯魚《はくぎょ》どのを連れてゆかれないだろうか」

と、いった。

「むこうにとって、伯魚どのは無害な人だ。はっきりいえば、むこうは先生だけを排斥すればよい。先生が出国なさったことを、むこうに知らしめるために、明後日は、白昼堂々と曲阜の門をでてやろう」

「なるほど、それがいい」

漆雕啓は途中で仲由と別れて、いちど自宅に帰り、兄のもとへ行った。

「明後日、孔先生に従って魯をでます。二度と魯の土を踏めないかもしれません」

語《つ》げるうちに漆雕啓は胸が痛くなった。生きて兄とは再会できないかもしれないというおもいが悲嘆に染められそうになった。

物事の理解が早く、情に篤《あつ》い兄は、しんみりとした。

「孔先生は三桓を無力にしたかったわけではあるまい。君主と卿、大夫と士などの順位を正そうとなさったのではないか。それを正したあとに、礼によって、それを堅固《けんご》にしようとした。上下が乖隔《かいかく》しなければ、強い国になれる」

君主を飾り物として三桓とよばれる大臣が政治の実権をにぎっている国政の形態は、どうみても、ゆがんでいる。三桓のなかで最上位にいる季孫斯は、そのゆがみを家宰の陽虎に利用されて殺されそうになったという苦い体験をもとに、孔丘を後押《あとお》しして、礼法を徹底させ、精神的にも制度の改正をおこなおうとした。しかしながら、抵抗勢力をおさえきれず、挫折したかたちで孔丘を貶黜《へんちゅつ》せざるをえなくなった。

いまひとつ不得要領《ふとくようりょう》であった漆雕啓は、兄と話すうちに、そういう情勢がわかってきた。

――先生を逐えば、魯は旧態のまま、朽《く》ちてゆくだけだ。

あえていえば、魯は国として生まれ変わる千載一遇《せんざいいちぐう》の好機を逸することになる。漆雕啓はそうおもった。三桓の家は孔丘を活用すれば、永々と自家を保全できることに気づいていないのではないか。季孫斯は別として、ほかの二家の当主は、目先の利害しか視ておらず、視界が狭《せま》すぎるというしかない。

「兄さんには、ご迷惑をかけつづけたうえに、ご恩返しもできないまま、国をでます。お宥《ゆる》しください」

漆雕啓は兄にむかって深々と頭をさげた。

「なにをいうか、啓よ、無頼《ぶらい》の徒《と》であったなんじが、書物を読み、詩を吟《ぎん》ずるようになったことを、われは喜び、なんじを変えてくれた孔先生に感謝している。孔門の高弟であるなんじは、わが家族だけでなく、一門の誇りだ。孔先生は五十代のなかばであろう。その先生をお護りするのがなんじの生きがいであるなら、死ぬまでそれをつらぬけ」

兄のはげましは漆雕啓の心の深奥《しんおう》に滲《し》みた。

翌々日、孔丘の教場《きょうじょう》に集合した門弟は五十余人であり、そのなかに、費の邑宰になったはずの高柴がいた。かれらをみわたした孔丘は、旅装の原憲《げんけん》だけを呼び、

「なんじは未成年である。われに随行せず、曲阜に残って、鯉《り》を助けよ。よいな」

と、厳然といった。

原憲はまばたきもせず、静かに涙をながした。

衛国の事情

高柴《こうさい》の顔をみた仲由《ちゅうゆう》は、

「子羔《しこう》よ、なんじは費《ひ》の邑宰《ゆうさい》を罷免《ひめん》されたわけではないのに、先生についてゆくのか」

と、からかいぎみにいった。

「あなたが先生に随従《ずいじゅう》するのに、わたしが残れましょうや」

と、高柴は口をとがらせた。仲由が季孫《きそん》家の家宰《かさい》であれば、安心して費の邑宰を務めることができるが、仲由のいない季孫家にとどまる気はない。

「季孫氏はわれの顔を立ててなんじを採用したわけではない。みずからなんじを観《み》て、費邑をまかせようとしたのだ」

「わかっています。季孫氏は、魯《ろ》のなかで、ただひとりの人物です。先代（季平子《きへいし》）よりも、おもいやりがあります。しかし正義のための強圧《きょうあつ》に欠けます。先見《せんけん》の明《めい》のない仲孫《ちゅうそん》氏と叔孫《しゅくそん》氏との和合をはかる必要などなかったのです」

「ほほう、なにごとも強行をいやがるなんじにしては、めずらしいことをいう」

そんな話をしながら、ふたりは教場《きょうじょう》をでた。門前に三乗の馬車が停《と》まっている。集団を先導する仲由は先頭の馬車に乗り、孔丘《こうきゅう》が乗る二番目の馬車の手綱《たづな》は冉求《ぜんきゅう》が執《と》った。三番目の馬車は荷馬車といってよく、漆雕啓《しっちょうけい》がそれを動かした。

白昼堂々と曲阜《きょくふ》の門をでてやろう、と仲由がいったように、孔丘は日が高くなってから出発した。

ゆく先は決まっている。

衛《えい》である。

そこに仲由の妻の兄である顔濁鄒《がんだくすう》という大夫《たいふ》がいる。

ちなみに戦国時代の思想家である孟子《もうし》は、仲由の妻が、衛の弥子瑕《びしか》の妻と姉妹の関係であったことから、孔丘がたよったのは弥子瑕であるとしている。弥子瑕は衛の霊《れい》公（名は元《げん》）の嬖臣《へいしん》である。さらにいえば、若いころに男色を好んだ霊公の愛人が弥子瑕であった。

孔丘は、斉《せい》へ亡命したときに、賢相《けんしょう》の晏嬰《あんえい》を避けて、寵臣《ちょうしん》というべき高張《こうちょう》（高昭子《こうしょうし》）をたよったように、意外な功利主義がある。その主義が頭をもたげたとすれば、この亡命でたよったのは、賢大夫といわれる顔濁鄒ではなく、霊公の近くにいる弥子瑕ではあるまいか。ただし孔丘はつねづね、

「利にもたれて行動していると、多くの怨《うら》みを買うようになる」

と、門弟に教え、また、

「君子は義にさといが、小人《しょうじん》は利にさといものだ」

ともいっている。それと自身の行動は矛盾するが、その矛盾も孔丘の人間性といってよい。

さて、曲阜の門のほとりで孔丘を待ち、郊外の鄙《むら》まで同行するかたちで見送りにきたのは、宮廷楽師の師己《しき》である。音楽好きの孔丘は、宮廷楽師と親しくなったが、そのなかで師己が特別に親しいというわけではない。

師己の顔をみたとたん、孔丘は、この人は自発的に見送りにきたのではなく、定公《ていこう》あるいは季孫斯《きそんし》にいいつけられてきたのであろう、とおもった。だが、定公は大臣が国を去ることを惜しんで人をつかわすような厚情をもっていない。であれば、師己のうしろには季孫斯がいるとみざるをえない。

別れ際に、師己は、

「あなたに罪はないのに――」

と、いった。これは師己の真情の声であろう。それにたいして孔丘は、

「歌ってみましょう。よろしいか」

と、おもしろい返答をした。

婦《ふ》の口ありて
われは国をでてゆく
婦の謁《えつ》ありて
わが身は死して　国は敗《やぶ》れる
おもうにわれは　ゆらゆらと
さまよいつづける生涯か

即興の歌である。

孔丘を見送った師己は、曲阜にもどると、まっすぐに季孫斯のもとにいった。

「孔丘はなにかいっていたか」

この季孫斯の問いに、師己は孔丘が作った歌をそのまま告げた。

「婦とは……」

季孫斯は首をかしげた。孔丘がいやがった婦など、どこにもいない。婦はおもに貴人の妻をいう。その婦が口をひらき、身分の高い人に面会したがゆえに、孔丘は国を逐《お》われたと嘆いている。

しばらく考えていた季孫斯は、やがて、

「そういうことか……」

と、つぶやいた。周王室では、昔から、

――牝鶏の晨するは惟れ家の索くるなり。

と、いわれている。めんどりがときをつくるのは、家が滅ぶまえぶれである。ゆえに、婦が政治に口出ししてはならない。

周王室の分家である魯の公室にもそのいましめはつたえられており、当然、季孫斯もそれを知っている。ただし孔丘がいう婦とは、定公や季孫斯の夫人のことではなく、政治に口出ししてはならない者を指しているであろう。このたびは、そういう者が魯の国柄《こくへい》をにぎっている季孫斯に面会して国家を害するつげ口をした。孔丘の歌の主旨はそういうことであろう。

――われは公伯寮《こうはくりょう》にたばかられたのか。

そうであれば、公伯寮を使嗾《しそう》したのは、仲孫何忌《ちゆうそんかき》と叔孫州仇《しゆくそんしゆうきゆう》ということになる。

長大息《ちょうたいそく》した季孫斯は、

「魯は惜しい人を失ったことになるかもしれぬ。それも、これも、われの罪だ」

と、師己にむかって慙愧《ざんき》をあらわにした。

孔丘は出国した。

これが十四年にわたる亡命生活のはじまりである。

このとき孔丘は五十五歳であり、帰国がかなうのは六十八歳である。もしも孔丘が魯の大臣でありつづけたら、かれは思想における妥協《だきょう》を余儀なくされ、国政においては鄭《てい》の子産《しさん》の模倣《もほう》者で終わったかもしれない。

が、天は孔丘をそうさせなかった。

魯をでて、ほぼまっすぐに西進すると、衛の国都に到る。ただし途中に大野沢《たいやたく》という巨大な湿地帯があるので、当然、迂回しなければならない。

魯と衛は兄弟の国であるという認識を孔丘はもっている。

古昔《こせき》、衛は、滅亡した殷《いん》王朝の本拠地あたりに建国された。衛公室の初代は、周の武《ぶ》王や周公旦《たん》の弟の康叔封《こうしゅくほう》である。かれは最初に、河水《かすい》の西岸域にある朝歌《ちょうか》に首都を定めた。その後、この国は北狄《ほくてき》（北方の異民族）の侵略をうけたため、遷都《せんと》せざるをえなくなり、河水を東へ渡って、楚丘《そきゅう》を国都とした。が、この国は異民族の攻撃をうけやすく、またしても首都を遷《うつ》した。楚丘から東遷《とうせん》して、帝丘《ていきゅう》を国都としたのである。なお、この帝丘は戦国時代になると、濮陽《ぼくよう》と名を更《か》える。

大野沢をあとにすると、急に、邑《まち》が多くなる。衛国にはいったのである。

ほどなくこの集団は、

「儀《ぎ》の封人《ほうじん》」

と、称する役人に停止させられた。封人は国境を守備する者である。

なお、儀という邑はどこにもない。邑より小さな聚落《しゅうらく》の名か、そうでなければ、夷《い》儀《ぎ》のことである。ただし夷儀はかなり北にあり、大野沢の北をまわって衛にはいる道を選んだにせよ、夷儀は北にありすぎる。孔丘と門弟が夷儀の近くを通らなければならないわけは、不明としかいいようがない。

足をとめた門弟は緊張した。

——入国の際に、尋問《じんもん》されるのか。

門弟が愁顔《しゅうがん》をみせるなかで、平然と馬車をおりた仲由がその封人に近づいて、

「なにか、ご不審でもありますか」

と、訊《き》いた。封人は温顔《おんがん》をもった人物である。

「いや、いや、そうではない。あなたのご主人にお目にかかりたいだけです」

仲由は季孫家の家政をあずかっていただけに威風がある。尋常ならざる者が仕えている主人が俗人であるはずがない、と封人はみたようである。

「面会をご希望ですか」

「わたしは、ここにきた君子に、お目にかかれなかったことはないのです」

と、封人はおだやかな口調でいった。

君子は、最高の人格者という意味であるが、それは孔丘が意味を高めたといってよく、儒教を知るはずのない封人がいった君子は、りっぱな人、という程度の意味であ

ろう。あるいは、封人は別のことばをつかったのに、のちに門弟が、孔丘を尊崇《そんすう》するあまり、君子ということばに置き換えてしまったのかもしれない。

封人を冷静に観察した仲由は、

「そうですか、では、どうぞ」

と、いい、孔丘の馬車まで封人をみちびいた。すでに馬車をおりていた孔丘は、仲由のみじかい報告をうけてうなずくと、封人とふたりだけで話しあった。

やがて、先頭の馬車の近くにもどってきた封人は、数人の門弟にむかって、

「みなさんは祖国を喪《うしな》ったといっても愁えることはありません。天下から道がなくなって久しいことです。天はまさに夫子《ふうし》をもって木鐸《ぼくたく》にしようとしているのです」

と、いった。これは励声《れいせい》である。

孔丘の話をきいた封人は、

——この人は警世《けいせい》家だ。

と、感じた。いや、世に警告を発するだけの人というわけではない。木鐸は、法令を人民に示すときに鳴らす木製の鈴である。それによって人民を教え導くという意味もこめられている。つまり孔丘は人民の指導者になれる、と称《ほ》めたのである。それほどの見識をもちながら、中央の政治にかかわりのない辺境を守っているこの人は、不遇であるとともに風変わりであるともいえる。

封人が去ったあと、仲由はすぐには車上にもどらず、しばらく沈思していた。

――ふしぎな出現だ。

突然あらわれた封人が、この世の者とはおもわれなくなった。

「どうなさったのです」

近くにいた高柴が、仲由の顔をのぞきこんだ。

「あの人は、天の使いかもしれぬ」

「まさか――」

「先生に話をきく、といいながら、先生にいろいろなことを教えにきたのだ」

「たとえば――」

「まず、先生がすすむべき道がまちがっていないことを教えた」

「そうですね」

高柴は小さくうなずいた。

「いつか、先生の教えが、天下に広まることを予言した」

「うれしいことです」

「先生は、かつて不遇であったが、いちおう司寇《しこう》の位まで昇った。が、あの封人は不遇のままだ。あれほどの人物が上司になれない衛という国には、人材が盈《み》ちていて、文化程度が高い、ともいえる。あるいは、逆に、あれほどの人物を辺陲《へんすい》に置いたまま、活用せず腐らせてしまう、衛の政治が昏《くら》いともいえる」

「そういうことですか……」

明るい予感を得られなくなった高柴は嘆息した。

「だが、なあ、子羔よ、いま、突然、われは先生の偉さがわかった」

「はあ……」

「われは季孫家の家宰を罷免され、なんじは費の邑宰の職を投《す》げ棄ててきた。しかも家族や友人から離れて祖国をでた。それでも悲しみは深くなく、腐りもしない。先生がいればこそだ。先生の教えがあればこそだ。われらはどこにいても、どんな境遇になっても、楽しむ、ということを先生から教えられた。そこまでゆくには、どうしても学問が必要なのだ」

「さすがですね、子路《しろ》どのは」

古参の弟子である仲由は、孔丘との親密度がちがう。高柴はそれをうらやむ顔つきをした。

「はは、われは古いだけで先生から称められることはすくない。それでも先生の思想のなにがしかはわかっている。先生は外の不幸を内の不幸にしない。個人から国家までもだ。あえていえば、先生には海内《かいだい》をおおうほどの愛があるのさ」

「そりゃ、また――」

きく者が赤面するほどの大言壮語《たいげんそうご》だが、高柴は笑いかけて、すぐにその笑いをひっこめた。あながち仲由の大仰《おおぎょう》な表現がまちがっているわけではないとおもいはじめたからである。なぜ孔丘という師は、どんな卑賤《ひせん》な者にも、あれほどの情熱《おも》をもって教えようとするのか。その一点を考えても、人にたいする超人的な愛を想わずにはいられない。

「そういえば、先生はこうおっしゃったことがあります。君子は道を謀《はか》りて、食《しょく》を謀らず、と」

高柴は記憶をさぐりつついった。

「食禄《しょくろく》をそっちのけにして、先生に従ったわれとなんじがそれなら、ふたりとも君子だ」

「まだ、つづきがあります。耕《たがや》せど餒《う》えそのうちに在《あ》り、学べば禄《ろく》そのうちに在り」

「田畝《でんぼ》で働きつづけても、なかなか貧しさから脱することができないからなあ」

たとえ農民の子に生まれても、学問をすることができる世を到来させることが孔丘の企望《きぼう》なのであろう。仲由にはそれがわかっているが、さすがにその実現は、夢のまた夢のようにおもわれた。

「君子は道を憂《うれ》えて、貧しさを憂えず、と先生はおっしゃいました」

「ふむ、よく憶《おぼ》えていたな。なんじは物覚えが悪いので、魯鈍《ろどん》であるとみられているが、われからみれば、すぐにわかったという顔をしないのがよい。呑《の》み込みの早いやつは、吐き出すのも早い。多分に、それが、われだ」

天を仰いで哄笑《こうしょう》を放った仲由は、馬車に乗った。

短い休憩を終えたこの集団はわずかにほがらかさをとりもどして、動きはじめた。

少壮の門弟のなかで孔丘が特に熱いまなざしをむけて嘱目《しょくもく》しているのが、冉求である。かれほど誠実に学んでいる者はいない、と孔丘はみて、つねに近くに置いている。馬車の御《ぎょ》もかれにまかせている。

帝丘に近づくころ、孔丘は逐臣《ちくしん》である悲哀を忘れたような表情で、

「衛は庶《ゆた》かだね」

と、冉求にきこえるようにいった。

庶《しょ》は、もろもろ、と訓《よ》むのがふつうだが、多い、とも訓める。この場合の庶は、人口が多い、という意味に、国が富んでいる、という意味が添《そ》えられているであろう。

孔丘は自身の志望を衛で実現させたいという意欲をもちはじめている、と感じた冉求は、師の明るさをうけとめて、

「すでに庶かなところに、なにを加えましょうか」

と、いった。この問いが気にいった孔丘は、

「富ませよう」

と、多少わかりにくいことをいった。

「すでに富んでいるのです。それをさらに富ませて、加えるものがありましょうか」

孔丘は一考することなく、

「教えよう」

と、いった。むろん、それは教育を指す。ただし、その発言をふりかえってみると、国をいっそう富ますためには、亡命者でありながら参政の席に坐らなければならず、そういう状態になったら、君主から庶民まで、すべての国民を教育しなおしたいが、もしも高位につけない場合は、在野《ざいや》の教育者になろう、といったように解せる。

ついに孔丘は帝丘に到着した。

魯の司寇が衛に亡命したことが、朝廷のとりざたにならないはずがない。衛は魯と敵対しているわけではないので、もしも魯の司寇が魯の定公あるいは正卿《せいけい》の季孫斯の政敵となり、争いに敗れて逃亡してきたのであれば、この亡命を認めるわけにはいかない。

「どうやら城壁の取り壊しの件で、孔丘が対立したのは、仲孫氏のようです。ただし仲孫氏とは戦闘におよんでおらず、危険を予知して、出国したようです」

この報告が左右の近臣から霊公にとどけられたため、引見してもさしつかえないという判断がくだされた。ちなみに霊公は斉の景《けい》公との会合を終えて帰国したばかりである。

「孔丘は、礼楽に関して、天下一といわれております」

それをきいた霊公は、ますます孔丘に興味をもったが、実際に孔丘をみて、すぐに興冷《きょうざ》めした。どれほど優雅な男かと期待していたのに、眼下に坐っている五十代の大男は武骨そのものではないか。

――この男のどこから歌や管弦の音が発せられようか。

なにごとにも美麗さを嗜《この》む霊公は、なかば目をそむけて、

「魯ではどれほどの俸祿《ほうろく》を得ていたか」

と、問い、孔丘の返答をきくや、

「では、それだけ、そなたにさずけよう」

と、いっただけで、席を立った。ほかになんの質問もしなかった。

――これが衛君の正体か。

孔丘は失望した。君主にまみえるときは、直視するのは非礼であるので、まなざしをさげていたが、それでも、在位三十八年の霊公が聴政《ちょうせい》に飽き飽きしている老君主であるとわかった。とても孔丘のことばを傾心《けいしん》して享《う》けてくれる人ではない。まだ斉の景公のほうがましである。

――衛は、国も人も熟しすぎて、廃頽《はいたい》にむかっているのか。

衛を富ませて広く教育をおこないたいと意気込んできた孔丘にとっては、つらい認識であり予感であった。他国からきた才能をいきなり活用するのはむりであるにせよ、試してみることさえしない衛の朝廷は、柔軟性を失っているのであろう。ちなみに、

「楚材晋用《そざいしんよう》」

ということばがある。かつて晋は対立していた楚から亡命してきた人材を用いて国を強化した。晋全体に楚をしのごうとする意欲があったのである。

が、衛には危機意識も競争心も、好奇心もない。魯も似たようなものである。

――それでも国は存続するものなのか。

これが、孔丘に与えられた課題のひとつであったといえる。とにかく、このときから衛に住むこととなった孔丘は、二、三年が経《た》ったころに、

「われに一国の政治をまかせてくれたら、一年で可能にし、三年で成功させてみせる」

と、いった。これは豪語ではない。愚痴《ぐち》である。

この発言のなかには、斉の管仲《かんちゅう》や鄭の子産への羨望《せんぼう》がふくまれているであろう。しかしながら、新規の政治を断行するには、強大な支援者が要《い》る。その意識が、自信過《か》剰《じょう》の孔丘には、多少欠けている。たしかに管仲はよそ者ではあったが、君主である桓《かん》公に絶大に信頼されて、新法を制定し、施行《しこう》した。また子産は、正卿の子皮《しひ》に保庇《ほひ》さ

れるかたちで改革を推進した。魯の正卿である季孫斯は、孔丘のために万難を排せば、子皮に比肩《ひけん》する令名を得たであろう。が、そこまでの勇気と胆力がなかった。新しい政治がおこなわれるためには、強力な後ろ楯が必要であるということである。残念ながら衛の霊公には、現状にたいする大きな不満はなく、大臣と反目しているわけでもないので、制度の刷新《さっしん》や政治の改革を望んでいない。

――凡庸《ぼんよう》というより無道《むどう》の君よ。

孔丘は内心舌打ちをするおもいで霊公をみている。

公室の紀律がゆるみすぎているのである。

霊公は正夫人である南子《なんし》を喜ばすために、もとの愛人である宋朝《そうちょう》を呼んでやるという常識はずれのことをおこなった。かつて南子は宋の公女として霊公に嫁《とつ》いだわけであるが、国もとにいるとき公子の宋朝を愛していた。なお南子の子は、男子の場合の敬称にはあたらず、宋公室の氏すなわち子《し》姓を示している。

なにはともあれ、衛の公室の淫事《いんじ》を国の内外の民が嘲笑しないはずがない。

斉の景公と宋の景《けい》公が、曹《そう》国の洮《とう》で会合したとき、霊公は出席せず、太子の蒯聵《かいがい》を遣《や》って、宋に近い盂《う》の地を斉に献じさせた。

蒯聵が宋の野を通っていると、野人《やじん》の歌がきこえてきた。

「とうにめす豕《ぶた》やったのに、なんでおす豕かえさない」

めす豕が南子、おす豕が宋朝であることはあきらかである。蒯聵ははずかしくて顔をあげられなくなった。衛は、公室だけではなく国全体が天下の笑い物にされているのである。そういう醜態をたれがつくっているのか。

しばらく愧赧《きたん》していた蒯聵は、顔をあげると、家臣の戯陽速《ぎようそく》に、

「少君《しようくん》を殺せ」

と、命じた。少君は君主の正夫人をいい、蒯聵の母である南子のことである。

歳月の力

——母を殺す。

子として、その行為は、もっとも忌《い》むべき罪悪である。

しかもその母は、少君《しょうくん》とよばれ、衛《えい》の霊《れい》公の正夫人である。いわば、国母である。太子の蒯聵《かいがい》は、これから自分が為《な》そうとしていることが、どれほど醜悪《しゅうあく》で、罪深いことであっても、

——国家のためだ。

と、割り切った。母というより南子《なんし》という元凶を除かなければ、衛は清潔さをとりもどせない。ただし、大義があると自分が信じている行為を成功させるためには、手筈《てはず》が要《い》る。蒯聵は太子として南子に面会して近づくことはできるが、その際、剣を佩《は》くことはできない。もつことができるのは、せいぜい匕首《ひしゅ》（短剣）である。匕首で人を刺殺するのはむずかしいと考える蒯聵は、臣下の戯《ぎ》陽速《ようそく》をうしろにひかえさせておき、かれに南子を襲わせるしかないとおもった。そこで、

「われがふりかえったら、少君を殺せ、よいな」

と、戯陽速にいった。

「承知しました」

戯陽速は顔色も変えず、おもむろに頭をさげた。この返答ぶりに沈毅《ちんき》さを感じた蒯聵は、

——この者なら、やってくれるだろう。

と、安心した。

帰国して霊公に復命した蒯聵は、あえて南子への面会を希望した。むろん、この時点で、すでに蒯聵は与党を集めている。南子を殺したあとに、公宮内を制圧するためである。

感情をおさえ、冷静さを保った蒯聵は、南子のまえに坐った。

「ひさしぶりにそなたの顔をみる」

南子はさぐるような微笑を蒯聵にむけた。とたんに嫌悪感が涌出《ゆうしゅつ》した蒯聵は、南子にことばを返さず、ふりかえった。が、半眼の戯陽速は動かない。

——なぜ動かぬ。

焦《あせ》りをおぼえた蒯聵は、ふたたびふりかえった。それでも戯陽速は起《た》たない。

——早く、この女を殺せ。

蒯聵の内心の声は、胸を破りそうな怒号であり、みたびふりかえった蒯聵は殺気のかたまりとなった。この鬼気そのものといってよい容態が、南子をおびえさせた。

「ひえっ」

と、小さく悲鳴を発した南子は、腰をうかし、蹌踉《そうろう》と走りだすと、

「蒯聵が、わたしを殺します」

と、わめいた。さらに、わめきつつ、霊公に助けを求めた。

「逃がさぬ」

そう叫んだものの、いちど室外にでて、側近から剣をうけとらなければならなかった蒯聵は、すこし遅れた。その間に、南子は霊公の胸に飛び込んだ。

「なにが、どうしたというのか」

霊公は蒼白の南子をみたが、すぐに事態をのみこめず、とにかく南子の恐怖をうけとったかたちで、避難しようとした。南子の手をとって楼台《ろうだい》に登ったのである。

家中が騒然とした。

「君をお守りせよ」

霊公の近臣が楼下を固めた。そこに、蒯聵が数人を率いて迫った。剣をぬいた蒯聵は、

「そこを、どけ。めす豕《ぶた》を斬るだけだ。父君には、害を加えない」

と、叫んだ。が、剣と矛《ほこ》で防禦の態勢をととのえた家臣たちは、すこしもひるまず、

「なりませぬ。それ以上、おすすみになると、太子を斬ることになります」

と、強くいった。蒯聵を威嚇《いかく》しながらも、実のところ、国にとって大切な後継者を傷つけたくないというのが、かれらの真情である。

――剣を斂《おさ》め、早く退いてください。

霊公と南子を護《まも》る者たちは、ひとしくその声を胸に秘めていたであろう。

短気な蒯聵はほんとうの胆力をそなえていない。戯陽速が起たない時点で、この一挙が頓挫《とんざ》しそうな予感をおぼえていた。つまり、かれの計画には、二の矢、三の矢はなかった。それほど粗雑な計画であった。

しばらく楼台を睨《にら》んでいた蒯聵は、剣をおろして、

「せっかくの楼台も、めす豕のすみかになっては、濊《けが》れよう」

と、いい放つや、きびすをかえした。

このあと蒯聵は近臣と与党を率いて国外にでた。宋《そう》へ奔《はし》ったのである。が、宋の君臣の同情を得られなかった蒯聵は、晋《しん》の実力者である趙鞅《ちょうおう》を頼った。ついでながら、この太子の出奔《しゅつぽん》が、孔丘《こうきゅう》だけでなく仲由《ちゅうゆう》の運命に微妙にかかわりをもつことになる。

それはそれとして、衛国をあとにするころに、蒯聵は、

「戯陽速には、ひどい目にあわされた」

と、悪態《あくたい》をついた。けっきょく戯陽速は南子を襲撃しなかっただけではなく、蒯聵をいささかも助けなかった。そのため、戯陽速は咎《とが》めをうけることなく、国もとに残っている。

その蒯聵の悪口《あっこう》が、伝聞となって、戯陽速の耳にとどいた。かれは眉《まゆ》をあげて、

「ひどい目にあわされたのは、わたしのほうだ。太子は無道の人で、わたしにその母を殺させようとした。わたしが承知しなければ、わたしを殺しただろう。もしもわたしが夫人を殺していれば、わたしに罪を衣《き》せただろう。それゆえ、いちど承知したものの、なにもしなかったのだ。死なずにすむためには、そうするしかなかった」

と、近くの者にいった。蒯聵の激情に釣《つ》られなかった戯陽速はそうとうに冷静で胆力もすぐれていたといえよう。

とにかく霊公は晩年になって、正式な後嗣《こうし》を失った。しかしながら、そういう衛の公室の内紛《ないふん》が、霊公の客にすぎない孔丘の生活を直撃することはなかった。霊公の諮《し》問《もん》にあずからない孔丘には、ひそかな不満があったが、門弟はほがらかであった。

門弟は貧家の子弟が多く、耐乏《たいぼう》生活には慣《な》れている。が、ここでは、生活難がない。しかも仕える孔丘は学問の師であり、大夫《たいふ》のような主君にはあたらない。門弟は朝から夕《よる》まで学習にうちこみ、共同生活をつづけてゆくうちに、親密さが濃厚になった。

師と門弟の結束がきわめて固くなったのは、衛での生活があったからである。

そういう良好な状態のなかで、顕然《けんぜん》と頭角《とうかく》をあらわしたのが、顔回《がんかい》である。かれの容姿は冴《さ》えがなく、愚人《ぐじん》にさえみえるほどであるが、かれの非凡な理解力はほかの門弟をおどろかせ、孔丘をも感心させた。ついに、

――子淵《しえん》は一を聞いて十を知る。

と、門弟のあいだで感嘆をこめてささやかれるようになった。

ついでながら顔回の名の回の原義は、水の回流のことで、

――水深ければすなわち回《めぐ》る。（『荀子《じゅんし》』）

と、あるように、深い水すなわち淵《ふち》は水を回転させる、と想《おも》われていたので、顔回は自分のあざなとして淵を選んだのである。顔回にかぎらず、人の名とあざなには、なんらかの関連があるのがふつうである。

のちに孔丘は、

「賢いものだね、顔回は。箪《わりご》のめし、瓢《ひさご》の飲み物だけで、陋《きたな》い巷《ちまた》で暮らしている。ほかの者なら、そのつらさに堪《た》えられないのに、顔回はその楽しみかたを改めようとしない。賢いよ、顔回は」

と、顔回の生きかたを特別に称揚《しょうよう》するが、それは孔丘の思想の理想的な体現者が顔回であると認めたからである。陋巷《ろうこう》に在ったのは、じつは顔回だけではなく、そのつ

らしの暮らしさに堪えていた門弟はすくなからずいた。ただしどれほど貧しくても、その暮らしぶりを嘆かず、楽しみをみつける才能があった者はきわめて寡《すく》なかったであろう。

顔回の実力が飛躍的に上昇したことによって、焦りをおぼえ、苦しげな表情をするようになったのは、顔回より一歳上の冉求《ぜんきゅう》である。なにごともそつなくこなす冉求は、誠実な努力家ではあるが、自分には顔回のような無限の吸収力がないことに、深刻なくやしさをおぼえるようになった。悩みを深めた冉求は、ついに孔丘のもとにゆき、

「先生がお示しくださる道はすばらしいとおもいますが、わたしには力が足らず、ついてゆけないのです」

と、正直にうちあけた。

孔丘は喘《あえ》いでいるような冉求をみつめて、

「ほんとうに力不足の者は、途中でやめてしまう。だが、なんじは画《かぎ》れり」

と、断言した。叱《しか》るというより励ます声であった。画る、というのは、自分でかってに限界をもうけて、努力することをやめることをいう。孔丘がみるところ、冉求には衍《ゆた》かな情があり、心づかいもこまやかで、性格には圭角《けいかく》がない。人を傷つけることをせず、人から傷つけられることもない。それをすぐれた社交性とみれば、顔回にはない徳性で、その徳性を活《い》かすときがかならずくる。孔丘にはそれがわかるが、まだ三十歳にならない冉求には、自分の才能の落ち着きさきがわからない。若いというこ

とは、自分を過大評価するか、過小評価するしかない。

冉求は孔丘のことばをきいて、ほっとした。師に見限られていない自分に安心したのである。

ところで衛という国は、中原《ちゆうげん》諸国のひとつであり、阨《けわ》しい地形がすくないだけに、交通が発達した。人と物が移動しやすいということは、国として伝播《でんぱ》力をそなえているということでもあり、その国に住む孔丘の名は、魯《ろ》にいるときよりも、遠方につたわるようになった。そのため、衛国内の好学《こうがく》の者はもとより、国外からも入門希望者がやってきた。

それらのなかで、ひとり、異質の人物がいた。衛人《えいひと》であるかれの氏名は、

「端木賜《たんぼくし》」

と、いい、あざなは、

「子貢《しこう》」

と、いう。年齢は顔回よりわずかに下であるが、すでに二十代のなかばで殖財《しよくざい》の才を発揮してかなりの財産を築いていた。店をもってあきないをする者が賈人《こじん》であるとすれば、店をもたないであきないをする者が商人である。端木賜はどちらかといえば商人であろう。近隣の国々へ足をのばし、いちはやく情報をつかみ、それをおのれの勘《かん》と知識で篩《ふるい》にかけて利益に変えた。そういう非凡な才覚をもつ端木賜であるが、商

人が卑《ひく》くみられていることに、我慢《がまん》がならなかった。

この上昇志向が、礼楽を平民にも教えるという孔丘の名に反応した。商人でありながら貴族と対等の席に坐るためには、礼楽を知る必要がある。そこで孔丘に師事すべく入門した。

だが、これは、孔丘という学者がどの程度の識量《しきりょう》をもっているか、商人の感覚で値《ね》踏《ぶ》みにきたといってよい。評判ほどではないとわかれば、さっさと孔門から去るつもりであった。だが、そうはならなかった。

多くの人に会ってきた端木賜の目は、凡庸《ぼんよう》ではない識慮《しきりょ》をそなえており、その目で観察した孔丘は、きわめて異様な人物であった。理解できない範疇《はんちゅう》に属する人、といったほうがよいかもしれない。

——孔丘とは、こういう人だ。

と、わかるまで、端木賜は門下生としてとどまるつもりであった。が、半年がすぎ、一年がすぎても、孔丘の人としての、学者としての全容をつかめず、むしろ歳月が経《た》てば経つほど、わかりにくくなった。

まず、この師には、

——知らぬことがない。

というのが端木賜にとってはおどろきであった。もっとも孔丘は、

「われは生まれながらに物識りというわけではない。古い事を好んで、懸命に探求しているだけだ」

と、いっているようだが、その知識量は超絶している。

——怪物としか、いいようがない。

端木賜はそう意《おも》った。孔丘の門弟をみわたした端木賜は、一年も経たないうちに、——自分にまさる者は、ひとりしかいない。

と、みきわめた。そのひとりが、顔回である。孔丘に近づけるようになった端木賜は、

「わたしは、どうでしょうか」

と、問うてみた。どうでしょうか、というのは、漠然《ばくぜん》とした問いであるが、はっきり問わないほうが、それに反応する孔丘の教えに妙致《みょうち》がふくまれる、と敏活《びんかつ》な端木賜にはわかってきた。

「なんじは器《うつわ》だな」

「どのような器でしょうか」

「瑚璉《これん》だな」

はっきりいってくれたものだ、と端木賜は慍《むっ》とした。瑚璉は粟《あわ》や稷《きび》を盛る器で、たしかに宗廟《そうびょう》に供える礼器で、日用食器ではないが、貴族に多用される器ではない。孔

丘は称《ほ》めたつもりであろうが、端木賜は不満であった。だいいち、器、といわれたのが、衝撃であった。

——君子は器ならず。

と、孔丘はいっているではないか。器は、どれほど巨大であっても、輪郭をもつ。その輪郭が人としての限界を示している。しかしながら顔回だけはとりとめがなく、器にはあたらないであろう。

——われは顔回には及ばない。

くやしいけれど、そう認めざるをえない。入門して二年がすぎたころの自覚とは、そういうものであった。孔丘は門弟の心情がわかるらしく、突然、

「なんじと顔回とでは、どちらがすぐれているか」

と、溌剌《はつらつ》さを失いつつある端木賜に声をかけた。おどろいた端木賜は、

「わたしがどうして顔回を望めましょうか。顔回は一を聞いて十を知りますが、わたしは一を聞いて二を知るだけです」

と、答えた。すると孔丘は、

「及ばないね。われもなんじとおなじで、顔回には及ばないよ」

と、くだけた口調でいった。

——優しい人だな。

このとき、ようやく孔丘という人がわかった、と端木賜はおもい、感動した。無限の愛のようなものを、孔丘から感じたのである。

ほんとうの教育とは、ほんとうの自己を門弟に発見させることであろう。そのために礼が要り、楽が要り、芸が要る。端木賜は孔丘に会うまで、自分を知らなかったということになる。つまり、人がわかって、はじめて自分がわかる。

商業という合理の世界をたくみに游泳《ゆうえい》し、人の感情をも利益を捻出《ねんしゅつ》するための算用《さんよう》にくみこんできた端木賜にとって、打算《ださん》をはずしたところにある師とのつながりが、生涯つづくものであろうと予感したこと自体、大いなるおどろきであった。ついでにいえば、孔丘が亡《な》くなったあと、門弟たちは三年の喪《も》に服したあと故郷に帰ったが、端木賜だけは孔丘の冢《つか》のかたわらに小屋を建てて、さらに三年、亡き師に仕えた。端木賜にとって、孔丘の存在がどれほど大きく、その教えがどれほど貴重であったかは、それだけでもわかる。

衛国内で孔丘の名が飛躍的に高まったため、霊公は忘れ物を憶《おも》いだしたように、孔丘を招いた。が、そのときの質問たるや、

「戦陣を存じているか」

という、あじきないものであった。戦術について知っていることを述べよ、とは、孔丘への無理解もはなはだしいといえよう。この君子へはまともな献言《けんげん》が亨《とお》らないと

感じている孔丘は、

「俎豆《そとう》のことは存じていますが、軍旅《ぐんりょ》のことは学んでおりません」

と、答えて、退出した。俎と豆は祭祀《さいし》の際に供物を盛る器である。これは、礼について質問してくだされば、いくらでもお答えします、と暗にいったようであり、礼に関心をもっていただきたい、礼は兵よりも国家を強くするのです、と言外に訴えたようでもある。

こういう孔丘を冷笑をふくんで視《み》ていた重臣がいる。衛国の軍事を掌管《しょうかん》している王《おう》孫賈《そんか》である。かれは孔丘に声をかけた。

「家の奥の神に媚《こ》びるよりも、むしろ竈《かまど》に媚びよ、という諺《ことわざ》がありますが、これはどういう意味でしょうかな」

王孫賈のように上にとりいることが巧《うま》い者にとって、傲然《ごうぜん》とした居ずまいの孔丘はいかにも不器用にみえる。孔丘はなんでも知っているようにみえるが、じつは世智《せち》に欠ける。諺にある奥の神とは、いうまでもなく霊公を指している。奥にいる霊公に媚びるよりも、そのまえにある竈すなわち王孫賈に媚びたらどうか。そこには権力に手をかけている者の詼嘲《かいちょう》がまじっていて、まさにいやみである。

が、孔丘は恬淡《てんたん》と、

「それは、ちがっていますね。天にたいして罪をおかせば、どこにむかって祈っても、効《き》き目がなくなります」

と、答えた。それをきいた王孫賈は、

——話にならん。

と、あえてあきれ顔をみせたであろう。どこの国に、国外からきた知識人をみずから鉤用《こうよう》して参政の席に就《つ》かせる君主がいるであろうか。君主は天意を問うて人事をおこなっているわけではない。周知の昔話では、斉《せい》の桓《かん》公は自国の出身ではない管仲《かんちゅう》を重用《ちょうよう》したが、それは重臣の鮑叔《ほうしゅく》の推挙《すいきょ》があったからである。故事に精通していながら、孔丘はそんなことも知らないのか、と王孫賈は侮蔑《ぶべつ》した。

が、孔丘は孔丘で、王孫賈は鮑叔とはくらべものにならない、とおもっていたであろう。

それはそれとして、孔丘には利用価値がある、とみた人がいる。

霊公の正夫人の南子である。

太子の蒯聵に殺されそうになってから、さらに評判を落とした南子は、高名な孔丘を引見することで、醜名《しゅうめい》から脱しようとした。おそらく南子は孔丘の遠祖が宋人《そうひと》であることを知っていたであろう。

南子の使者を迎えた孔丘は、否《いな》、とはいわなかった。

——先生がそんな招きに応ずるはずがない。

と、おもっていた仲由は、孔丘の決断を知って、嚇《かっ》とした。

——先生は正気か。

そうなじりたくなるような顔で、孔丘のまえに坐った仲由は、目を瞋《いか》らせて、

「南子なんぞに、お会いになってはなりません」

と、唾《つば》を飛ばしつつ強諫《きょうかん》した。あんな淫乱《いんらん》な夫人に会うだけで、孔丘の高潔さがけがれる。南子に会うことで、なんらかの益が生ずるというのであれば、弟子としては目をつぶることもしようが、会ったところでなんの益もなく、それどころか、孔丘とはそんな卑しい人であったのかと世間からさげすまれる。

邪《よこしま》なことを嫌い避けてきた師に、弟子がまちがいを匡《ただ》すというのは、腹立たしいよりなさけないことであった。しかし孔丘は仲由の諫言《かんげん》をはらいのけるように、

「これが善《よ》くないことであれば、天が厭《いと》うであろう。天が厭うであろう」

と、声高《こわだか》にいった。おなじことばをくりかえしたところに、孔丘の強い決意があらわれている。

このあと、実際に孔丘は南子に謁見《えっけん》した。

孔丘は晩年に自身の六十歳については、

「耳順《じじゅん》」

という一語に凝縮した。耳順は、耳順《みみしたが》う、と訓《よ》む。

これは六十歳になったとたん、そういう心境になったということではなく、六十歳に近づいているころに、衛国の実情を観《み》て大いに失望し、天命をより強く意識するようになったために生まれた語である。つまり、どんないやなことでも、天が命ずることであれば順っておこなう。それが耳順であろう。

べつの表現をすれば、孔丘は完全に受動態《じゅどうたい》になった。天の声を聴き、天の命ずるまに動く、ということである。

「それでは、古代の殷《いん》王とおなじではないか。人の善言に耳をかたむけず、天帝とのみ対話をしていては、夫子《ふうし》に忠告する者は、ひとりもいなくなってしまう」

仲由はとくに親しい漆雕啓《しっちょうけい》と高柴《こうさい》にむかって憤懣《ふんまん》をぶちまけた。それでもうなずかず、口をつぐんでいる漆雕啓に顔を近づけた仲由は、

「なあ、子開《しかい》よ、あんな先生でも、これからもわれらは守っていかねばならないのか」

と、いった。その目に悲しみの色があった。

漆雕啓の胸中にせつなく揺漾《ようよう》するものがあった。いま孔丘は仲由の悲しみより深い色の目をしているのではないか。あえていえば、孔丘は善悪も、是非《ぜひ》もない淵に沈んでいる。死人とかわりがない。その孔丘を再生させるのも、天であろう。弟子としては、その時を待つしかない。

歳月にも人を動かす力がある。

孔丘が衛に入国した年から四年後に、霊公が薨《こう》じた。君主の席に即《つ》いたのは、太子蒯聵の子の出公《しゅっこう》（名は輒《ちょう》）である。そのままであれば、衛の国情は穏々《おんおん》としていたであろう。しかしながら、晋の趙鞅が蒯聵を衛に入れるべく、軍旅を率いて戚《せき》までできた。戚は帝丘《ていきゅう》の北に位置する邑《まち》である。その二邑の距離はおよそ五十里であるから、徒歩でも一日半で着ける。

仲由が血相を変えて孔丘に報告した。

「趙鞅の軍師は、陽虎《ようこ》です。かれが太子を擁《よう》して戚に乗り込んだのです」

受難の旅

衛《えい》は、にわかに複雑な国情となった。

あらたに君主となった若い出公《しゅっこう》は、父である蒯聵《かいがい》の帰国を知っても、国主の席からおりず、父と敵対する意向を示した。たやすく国をゆずれないという事情もある。

公室の継承権にかかわる橋渡しをおこなったのは、出公の叔父の公子郢《えい》である。

先君である霊公《れいこう》は、亡《な》くなるすこしまえに春の郊外に遊びにでかけるということがあった。そのとき、馬車の御《ぎょ》をさせた公子郢に、

「われには嫡子《ちゃくし》がおらぬ。そなたを後嗣《こうし》に立てようとおもう」

と、いった。公子郢は自身が側室の子であり、君主の席をいちども望んだことがないので、おどろきのあまり口をつぐんだ。そのあと霊公がおなじことをいったので、自分にはその資格がないと答えて、霊公の好意をうけとらなかった。

四月に霊公が薨《こう》じたので、すかさず正夫人の南子《なんし》が、

「公子郢を太子とせよ、というのが、先君のご命令であった」

と、いい、公子郢を擁立《ようりつ》しようとした。が、公子郢はよくできた人物で、

「わたしはほかの公子とは母がちがいます。先君がお亡くなりになる際に、わたしはおそばにおりましたが、そのようなご遺言をききませんでした。亡命なさった太子の子の輒《ちょう》がおられるではありませんか」

と、述べ、南子と群臣の賛同を得た。

輒すなわち出公は、祖母と群臣に支援されて君主となったかぎり、一存では、父に公宮をあけわたせない。とくに南子が蒯聵を嫌っていることは、公宮の僕婢《ぼくひ》でも知っている。

若い人が新しい思想に敏感であるように、出公も孔丘《こうきゅう》の思想に関心があった。そのため出公は孔丘を擢用《てきよう》するのではないかといううわさがながれた。そこで仲由《ちゅうゆう》が、生気《せいき》をとりもどしつつある孔丘に、

「衛君が先生をお迎えして政治をなさるとなれば、先生はなにからさきになさいますか」

と、問うた。

「まず、名を正す」

孔丘は張りのある声でいった。

――また、それか、まわりくどい。

と、うんざりした仲由は、それでも、

「どうして名を正すのですか」

と、かさねて問うた。仲由のいらだちをみた孔丘は、

「粗野《そや》だね、由は。君子というのは、自分が知らないことは黙っているものだ」

と、軽く叱《しか》り、名の効用について説《と》いた。

この場合の名というのは、大義名分《たいぎめいぶん》の名分にあたるであろう。人がなすべきつとめの大本《おおもと》をいう。

仲由は首をひねった。登用《とうよう》された孔丘が出公を輔佐《ほさ》して名を正せば、どういうことになるのか。正式に君主として立った出公には大義があるが、倫理《りんり》においては、名分がない。子は父に従順《じゅうじゅん》に仕えるべきであり、極端なことをいえば、たとえ父がまちがったことをおこなっても、子は父を非難しないというのが、徳の基本となる孝行《こうこう》のありかたである。すると孔丘は出公を説いて、君主の席からおりてもらい、蒯聵をその席に迎えようとするのか。そうしなければ、名を正したことにならない。

——だが、それでは、蒯聵とともに陽虎《ようこ》が衛都に乗り込んでくる。

そういう事態を孔丘が望んでいるはずがない。まさか孔丘は、父の蒯聵と子の輒が君主の席をゆずりあうという美徳の光景を夢想しているわけではあるまい。まず名を正すといった孔丘は、いきなり矛盾《むじゅん》につきあたることになろう。

仲由だけではなく、門弟の多くが、孔丘の進退を気にかけつつ秋を迎えた。

衛の君臣をおびやかすような報《しら》せが飛び込んできた。

戚《せき》の南の鉄《てつ》という地で大戦があった。鉄は帝丘《ていきゅう》にかなり近い。

趙鞅《ちょうおう》の軍が鄭《てい》軍と戦って大勝した。その趙鞅軍のなかに、蒯聵がいたのである。

あいかわらず斉《せい》、魯《ろ》、衛、鄭という四国は連合して晋《しん》に敵対している。

それが天下の主権争いであるとすれば、晋の国内でも権力争いが勃発《ぼっぱつ》して、国政にかかわる卿《けい》が三派に分れた。范吉射《はんきつせき》（士《し》氏）と荀寅《じゅんいん》（中行《ちゅうこう》氏）という卿は、趙鞅を攻めたあと、敗れて、衛の旧都であった朝歌《ちょうか》に逃げ込んだ。その時点で、斉をはじめとする四国はこの二卿を支援することに決めた。

趙鞅にしてみると、難題が急に増大した。それはそうであろう。范吉射と荀寅を晋から駆逐《くちく》するだけでよかったのに、その二卿を救援する国とも戦わねばならなくなったのである。しかも懐《ふところ》に飛びこんできた窮鳥《きゅうちょう》ともいえる蒯聵を、もとの巣にかえしてやらなければならない。なにをどうするか、という優先順位を決め、さまざまな事態を想定して、策を立てるということをやったのが陽虎である。

孔丘の門弟は落ち着かなくなった。

戚に居すわった蒯聵の後ろ楯《うしろだて》が趙鞅であること自体が脅威なのである。おなじようなおびえをもった衛の大夫《たいふ》が、蒯聵に通ずるようになれば、衛国にふたりの君主がいることになり、当然、その正否を天下に示すべく、両人は戦うことになろう。

十月に、霊公の葬儀が終わった。そのあと、門弟は集まって、

「先生は、どうなさるのか」

と、語りあった。孔丘が出公の招きを待つかたちで衛国にとどまることは、出公を支持して、蒯聵を敵視することになる。すると、帝丘が趙鞅軍に包囲されても動かないことになり、それからでは、たぶん脱出したくても不可能となる。もちろん孔丘がすすんで出公を助け、陽虎と戦う、と決断すれば、門弟としても覚悟が定まる。とにかく、そろそろ孔丘の真意を知りたいのである。

めずらしく冉求《ぜんきゅう》が声を荒らげて、

「先生は衛君をお助けになるのだろうか」

と、いった。それについて孔丘に問い質《ただ》す勇気のある門弟はおらず、冉求もそこまではできない自身にいらだっていた。

すると、端木賜《たんぼくし》が、

「わたしがおたずねしてみよう」

と、いって、起《た》った。端木賜には機知がある。まともな問いはしなかった。かれは孔丘の室《へや》にはいると、

「伯夷《はくい》と叔斉《しゅくせい》は、どういう人であったのですか」

と、問うた。

伯夷と叔斉という兄弟は、殷《いん》と周《しゅう》が対立していたころに、北方の孤竹《こちく》国の公子であった。君主である父が亡くなったあと、父の遺志《いし》をうけて君主になることが決められていた叔斉は、その位を伯夷にゆずった。が、伯夷は、父上のいいつけにはそむけない、といい、出奔《しゅっぽん》した。叔斉も、弟の身で君主になるわけにはいかない、と意《おも》って、兄を追うかたちで国をでた。ふたりは周の文《ぶん》王が善政をおこなっているときき、周にたどりついて、そこに住んだ。ところが、文王が薨じて、子の武《ぶ》王が立つと、主家である殷王室を討とうとした。ふたりは武王が乗っている馬の手綱《たづな》にとりついて、臣である者が君を弑《しい》してはなりません、と諫《いさ》めた。しかし武王はその諫言《かんげん》をしりぞけて殷の紂《ちゅう》王を殺した。そこでふたりは、これからはけっして周の穀物《こくもつ》を食べない、と誓いあって、首陽《しゅよう》山に籠《こ》もり、薇《ぜんまい》を採《と》って飢《う》えをしのいでいたが、やがて餓死《がし》した。

むろん端木賜はそういう故事を知っていながら、あえて問うたのである。

——この問いにある深旨《しんし》とはなにか。

孔丘はそう考えながら、

「古代の賢人だ」

と、いった。門弟のなかでもっとも敏慧《びんけい》といってよい端木賜は、答えるのが阿呆《あほ》らしいと孔丘におもわせるような問いをしたことがない。そう想《おも》えば、この問いは奇妙なほど平凡だが、それだけに問いのなかにしかけがあるにちがいない。

すかさず端木賜は、

「ふたりは怨《うら》んだのでしょうか」

と、問うた。この問いのなかにある、怨む、については解釈がむずかしい。伯夷と叔斉は、武王を諫めても聴いてもらえなかったので、武王を怨んだ、というのでは解釈が単純すぎるであろう。おそらくそうではなく、従《じゅう》が主《しゅ》を踰《こ》えてはならないという正道をふたりは歩いたにもかかわらず、死なねばならないのが天意であるとすれば、天はなんのためにあるのか。つねに天は善人を助けるためにあるのではないか。そうしなかった天を、ふたりは怨んだのだろうか、と端木賜は問うたのである。それにたいして孔丘は、

「ふたりは仁《じん》を求めて仁を得たのだ。なにを怨もうか」

と、いった。それ以上問わなかった端木賜は退室すると、

「先生は衛君をお助けにならない」

と、ほかの門弟に語《つ》げた。

仁については、孔丘はいろいろ門弟に説いている。この抽象度が高い語の意味は、ここでは、人としての本分、にあたるであろう。伯夷と叔斉はたがいに君主になることをゆずりあって国をでたのに、衛の父子はどうであろう。とくに出公は、子として

の本分をつくしていない。孔丘は暗にそういったのであろう。また、仁を求めて仁を得ようとしているのは、孔丘自身でもある。

晩冬《ばんとう》になるまえに、

「衛をでる」

ということは、師弟が合意した。しかしながら、衛をでてどこへゆくのか、については意見がわかれた。魯に帰ることができるのであれば、それにまさる道はない。しかし、魯に変化があったとすれば、二年まえに君主の定《てい》公が薨じて子の哀《あい》公（名は蔣《しょう》）が立ったくらいである。孔丘を逐《お》った三桓《かん》があいかわらず国政を掌握《しょうあく》している。

ふたたび斉へゆくというのも選択肢《せんたくし》のひとつである。が、それには孔丘が難色を示した。儒教《じゅきょう》を嫌った晏嬰《あんえい》はすでに亡いが、景《けい》公が老齢でありすぎて、いつなんどき薨《こう》去《きょ》するかわからないうえに、後継者の名がはっきりとはきこえてこないとあっては、景公の死後の国情がかならず乱れる、と孔丘はみている。たとえふたたび景公に優遇されても、二、三年で斉国をでることになるであろう。

「鄭はどうでしょうか」

と、情報通の端木賜がいった。鄭は孔丘が好むような古い国ではないが、魯や衛とおなじ姫《き》姓の国であり、子産《しさん》が作った法と制度が継承されているので、上下にゆるぎがない。しかしながら、子産は国の為政者が暗愚あるいは凡庸であっても、国民を守ってゆくにはどうすればよいか、と考えて新しい法治国家をめざしたといってよく、その整然たる制度に孔丘の倫理が割り込めるか、と考えれば、大いに疑問がある。

——鄭へ行ってもむだだ。

と、おもったのは、仲由だけではなさそうだが、ほかに適当な国がないので、かれは発言をひかえた。

「では、鄭へゆこう」

孔丘はそう決めた。ただし冬の旅はつらいので、春を待つことにした。

新年を迎え、水がぬるむころに、孔丘は門弟とともに衛都をでた。

はつらつとした気分の旅ではない。鄭をめざすというより、やむなく鄭へゆく、という心のありように弾《はず》みがあるはずもない。

仲由とおなじ馬車に乗った漆雕啓《しっちょうけい》は、

「鄭に知人がいますか」

と、問うた。

「いや、いない」

鄭都にはいったら、たれに頼るべきか、決まってはいない。仲由も不安をかかえているが、門弟をまとめてゆく立場にあるとなれば、暗い顔ばかりをしているわけにはいかない。孔丘の名が鄭までとどいていれば、なんとかなる。そう肚《はら》をすえている。

が、この集団は、すぐに災難に遭遇した。

衛都から西南へくだるかたちの道は、じつは十二年まえに陽虎が魯軍を率いて往復した道である。この道をゆけばかならず通ることになる匡《きょう》という邑《まち》は、もとは衛の一邑であったが、だいぶまえに鄭の版図《はんと》にはいった。晋のために鄭を攻めるといった陽虎は、鄭国のはずれにあるその匡を苛烈《かれつ》に攻撃して、邑内にはいると、暴掠《ぼうりゃく》をおこなった。

孔丘の馬車の御者《ぎょしゃ》となった顔刻《がんこく》は、そのとき出征して、匡に突入したことがあった。それを憶《おも》いだした顔刻は、匡の門をすぎるとすぐに馬車を駐《と》めて、城壁をゆびさして、

「あそこに切れ目があるでしょう。あそこから内にはいったのです。いまだに修築していないのは、不用心です」

などと、孔丘に説明した。

このとき、邑民のひとりが、この集団を怪しみ、孔丘の馬車に近づいた。長身の孔丘を看《み》たその者は、

——げっ、陽虎だ。

と、憎悪を全身から噴《ふ》きださんばかりに嚇《かっ》とし、無言で歩き去ったあと、首をあげて、

「陽虎がきた、陽虎だ、陽虎だ」

と、のどを破るほど噪《さわ》ぎつつ、邑内を走りまわった。

一時後《いっとき》、孔丘と門弟は、甲兵と邑民の怒りの目にかこまれた。

「なんだ、これは――」

剣をぬこうとした仲由を掣《せい》した孔丘は、とっさに、

「歌いなさい。われも歌う」

と、いった。ふしぎないいつけであった。その厳乎《げんこ》とした声に打たれて、剣把《けんぱ》から手をはなした仲由は、琴をとりだして弾《ひ》いた。ただし仲由の琴の演奏はひどい。以前、仲由の奏《かな》でる琴の音を聴いた孔丘は、なかば耳をおさえて、

「ひどいものだな。由には音楽の才能がない」

と、いったことがある。その琴が鳴り、孔丘が歌いはじめると、包囲していた者たちから殺気が消えた。ただしその体貌《たいぼう》から放たれるけわしさは尋常ではない。昨年の鉄の戦いにおいても鄭軍を大敗させたのは陽虎なのである。匡の吏民《りみん》が陽虎へむける憎悪は倍加《ばいか》しているといってよい。

甲兵の長は剣鋒《けんぽう》を孔丘につきつけ、

「うぬは、陽虎だろう」

と、しつこくいい、けっきょく孔丘と従者を連行した。全員を牛舎に押し込めた。ただし牛は一頭もいない。

牛のにおいの残る舎内をみわたした高柴《こうさい》は、

「牛はどうしたのでしょう」

と、仲由に問うた。不機嫌そのものの仲由は、

「死んだのよ」

と、冷《ひ》ややかにいった。高柴は事態がのみこめない。

「死んだ……」

「魯《にぶ》いな、なんじは。牛の疫病《えきびょう》があったのよ。ゆえにすべての牛は死んだか、殺された」

「ひやっ、疫病――」

高柴は首をすくめた。

「そうおびえるな。この舎が焼かれずに残っているということは、人には伝染しない病気であるとみられたからだ。ほかに利用されるのだろう」

このふたりの問答をきいていた漆雕啓は、顔回《がんかい》がいないことに気づいた。それゆえ、

「子淵《しえん》がいません」

と、仲由に耳うちをした。すこしおどろいた仲由は、それをたしかめるために起って、うす暗い舎内を歩いたあと、孔丘のもとへゆき、

「顔回がいません」

と、報せた。孔丘は眉《まゆ》をひそめた。もしも顔回だけが拷問《ごうもん》にかけられていたら、ふびんである。仲由も似たようなことを想像した。ここに連行されるまでは、顔回はいたはずである。ただし舎の入り口で、顔回は甲兵の長に、なにかを訴えていたようであった。

この日から五日間、孔丘と門弟は拘留された。ほとんど飲食物は与えられなかったので、飢餓《きが》に苦しむ五日間となった。

衛を去る際に、天を意識した孔丘だが、この苛烈な五日間に、より強く天を意識した。息苦しい舎内で苦悶《くもん》する門弟をながめた孔丘は、

「周の文化は、わが身にある。天が周の文化を滅ぼさないかぎり、匡人《きょうひと》がわれを殺せようか」

と、あえて強がってみせた。

――また、それか。

仲由は、きき厭《あ》きた、といわんばかりの顔をした。端木賜が伯夷と叔斉について孔丘に問うたとき、孔丘は、仁を求めて仁を得たのであるからなにを怨もうか、といったようだが、こんな穢濁《あいだく》な舎内で死んでも、仁を求めて仁を得たことになるのか。仲由は小腹が立った。

――天祐《てんゆう》はたびたびあるものではない。

仲由は舎外の監視兵に、人ちがいであることをくりかえし訴えたが、まったく無視された。

ところが孔丘の門弟のなかで、ただひとり、顔回だけが舎外で動いていた。かれは甲兵の長の宥《ゆる》しを得て、孔丘の身元を証明してくれる書き付けを衛の大夫からうけとるべく、奔走《ほんそう》していた。

六日目に、孔丘と門弟は釈放された。

孔丘は舎外に這《は》いだした。大半の門弟がまともには歩けなかった。

冷笑した甲兵の長は、孔丘の鼻さきで、剣鋒を揺らしながら、

「うぬは鄭都へゆくつもりらしいが、途中で殺されるであろうよ。鄭は国民のすべてが陽虎を憎んでいるからな。うぬは陽虎に似すぎている。とにかく、鄭には入るな。それでもあえて西へむかえば、うぬの弟子がひとり死ぬことになる。郊外にも見張りがいることを忘れるな」

と、けわしい口調でいった。そのあと、剣を斂《おさ》め、配下の兵に顎《あご》をしゃくってみせて、歩き去った。

――これも、天の声か。

土に爪《つめ》を立てた孔丘は、すぐには起てなかった。衛を去ったのは、天意に従った行為であったのか、と舎内で考えつづけた孔丘である。いままた、鄭へは行くな、とい

われた。安楽のほうへはゆけず、苦難のほうへ追い立てられるようである。

馬車と食料は返してくれた。

よろめきつつ全員が邑の外にでた。門弟は水を捜し、火を焚《た》き、炊事《すいじ》をおこなった。おそらくこのありさまも、遠くから監視されているのだろう。

極度の空腹には、粥《かゆ》がよい。それを食べ終えた門弟を集めた孔丘は、

「鄭へはゆかない。というより、ゆけなくなった。西へゆけば、顔回が殺される。南へゆくしかない」

と、告げた。

うつむいて孔丘の声をきいていた高柴は、わずかに横をむき、

「子淵が人質になっているということですか」

と、小声で仲由にきいた。むずかしい顔で天空を睨《にら》んでいる仲由は、

「われらがどこへむかったか、それをたしかめたあと、匡人は子淵の処置を決める。われらは子淵をみていないので、その生死はわからぬ」

と、いった。

「南へゆくしかない、ということは、宋《そう》の国へゆくしかないということですか」

「そうなるな」

「宋は、晋に通じている国でしょう」

「まあな……」

生返事《なまへんじ》をしながら、仲由は遠くを看ている。邑の門からでてくる人影がこちらに趨《はし》ってくれば、それは顔回にちがいないが、そのような人影はない。

「宋は、先生を歓迎する国ではないでしょう」

「つべこべいうな。南へゆくしかないのだ」

陰鬱《いんうつ》な空気を払うように起った仲由は、

「出発するぞ。こんなところで夕《よる》を迎えるわけにはいかない」

と、門弟全員の肩や尻をたたくようにいって、集団を動かした。

孔丘は御者を冉求に替《か》えた。ささやかな厄《やく》払いであろう。顔刻に非はないが、人がもっている運気には差がある。

御者を替えたせいではあるまいが、二日後に、顔回が追いついた。

孔丘は喜色をあらわにした。

「なんじは、死んだとおもっていた」

この多少大仰《おおぎょう》ないいかたに顔回へのひとかたならぬ愛情が籠められている。むろん、それを感じない顔回ではない。

「先生がおられるのに、わたしがどうして死んだりしましょうか」

孔丘は顔回に、なにをしていたのか、と問わず、顔回もおのれの尽力の内容をいっさい語げなかった。このときにかぎらず、生涯、かれは自身の功をいささかも誇らなかった。

匡から宋都の商丘《しょうきゅう》まで、およそ三百里である。七、八日といった旅程である。

天に問う

宋《そう》は孔丘《こうきゅう》の先祖の国である。

また、離縁した妻の国でもある。

宋都である商丘《しょうきゅう》にはいったとき、孔丘は感情の微妙なゆらぎをおぼえた。あえて妻を憶《おも》いださず、

――鯉《り》はどうしているか。

と、想《おも》った。

孔丘が六十歳であるこの年に、孔鯉は四十一歳である。

孔丘の陰《かげ》で、めだつことなく生きつづけている孔鯉は、若いころにみせていた感情の棘《とげ》のようなものを、おのれのなかに沈め、自己主張をしなくなった。孔丘が魯《ろ》をでる際も、ついてゆきたい、とは一言もいわず、家を守るのが当然であるという顔をしていた。すでに伋《きゅう》(あざなは子思《しし》)という子を儲けていたので、その子を近くで守ってゆきたいというおもいがあったにちがいない。孔鯉は家庭をたいせつにした。その

こと自体、家庭を破壊した孔丘への批判であるのかもしれない。

――平凡に徹《てっ》することができれば、非凡と謂《い》うべきか。

車上の孔丘の顔に、花の香をふくんだ風があたった。

――嘉祐《かゆう》でもあるのか。

そんな予感をおぼえた孔丘は、三日後に、宋の景公《けい》（名は欒《らん》）に招かれた。

この年、景公は在位二十五年で、君主として充実期を迎えていた。ただし、過去に偏倚《へんい》が強く、問題の多かった人である。

景公は孔丘につぎのようにいった。

「われは長く国家を保ち、多くの都邑《とゆう》に安寧《あんねい》をさずけたいとおもっている。民を困惑させず、士にその力を発揮《はっき》させたい。日と月の運行をくるわせないようにしたい。聖人がおのずとやってくるようにしたい。役所の治法《ちほう》にあやまりがないようにしたい。これらのことをおこなうには、どうすればよいであろうか」

これは、孔丘にたいして敬意をもったうえで、あらかじめ用意された問いのようであり、景公の本意からでたとはおもわれない。そう察しながらも孔丘は、

「千乗《せんじょう》の君で、わたしに問う者はすくなくありませんが、あなたさまの問いのように、充分な内容をもったものはありませんでした」

と、称《ほ》めた。ちなみに千乗の君とは、兵車を千乗だすことのできる大国の君主、と

いうことである。

つづいて孔丘は、

「あなたさまが欲しておられることは、ことごとく実現できるのです」

と、いった。

国を長く保つためには、隣国と親しみあえばよい。君主が恵心《けいしん》をもち、臣下が忠心をもてば、都邑に安寧がもたらされる。無実の罪の者を殺さず、罪人を釈《ゆる》すことがなければ、民は困惑しない。士に与える祿《ろく》を増やせば、みな力を尽くす。天を尊び、鬼神を敬えば、日と月の運行はみだれない。道と徳を崇《たっと》べば、聖人はおのずとくる。有能な者を任じ、無能な者を黜《しりぞ》ければ、役所の治法にあやまりは生じない。

「なるほど、そうである。が、われは不佞《ふねい》ゆえ、そこまではできぬ」

不佞《けんじょう》は謙譲語のひとつで、不才をいう。

孔丘はすこし表情をやわらげて、

「むずかしいことはないのです。ただ、それを実行したいとおもうだけでよいのです」

と、諄々《じゅんじゅん》といった。

――この君主は話のわからぬ人ではない。

孔丘がおぼえた安心感は、宋都での滞在が安定しそうな希望に変わった。

ところで、孔丘のためにこまやかな手配をおこなったのは、
「司馬牛《しばぎゅう》」
であろう。かれは景公に仕えて食邑《しょくゆう》をさずけられている大夫《たいふ》であるが、兄の司馬向魋《しょうたい》（桓魋《かんたい》）とはちがう生きかたを模索《もさく》しており、もしかすると、これ以前に、身分をかくして衛《えい》にはいり孔丘の門をたたいていたとも想像できる。

景公の時代からかぞえておよそ百六十年まえに、宋の君主は桓《かん》公であり、桓公の子の公子向《しょう》が建てた家が、のちに向氏あるいは桓氏とよばれる。時代が下ると、向氏の血胤《けついん》も岐《わか》れ、その分家といってよい向超《しょうちょう》の五人の子のなかで、次男にあたる向魋が景公に愛重《あいちょう》されたことで、この家は栄えた。なお、宋の正卿《せいけい》は左師《さし》と右師《ゆうし》があり、その五人兄弟の長兄である向巣《しょうそう》が左師となり、次兄の向魋が司馬《しば》となって宋の軍事を掌握《しょうあく》している。あえていえば、向巣と向魋という兄弟が宋の国政にあたっている。

景公が孔丘を引見したことに関しては、司馬牛ひとりだけの力ではむりがあるとおもえば、司馬牛が向巣を動かしてなしえたのかもしれない。

——宋の地にいたわれの先祖が、われを護《まも》っていてくれるのかもしれない。

孔丘はひさしぶりに良い感触を得て公宮を退出した。

だが、往時に内紛が頻発《ひんぱつ》した宋はなまやさしい国ではない。

景公が孔丘に好意をもったらしいといううわさをきいて激怒した男がいる。

向雛である。国外からきた学者が、われを通さずに、君主に謁見《えつけん》するとは、許しがたし、と怒ったのである。しかも景公がその高慢な学者を厚遇するかもしれない、ときかされては、腹の虫がおさまらない。

——弟のやつがたくらんだのか。

そんなことよりも、向後《こうご》、孔丘が景公に近づいてよけいな智慧《ちえ》をつけるとめんどうなことになる、と恐れた。

「よし、われが叩《たた》きだしてやる」

孔丘の処遇を景公が決めてからではめんどうになるとおもった向雛は、すぐに私兵を集めることにした。それと同時に、孔丘と門弟のようすをさぐらせた。

二日後に、

「あの師弟は宿舎をでて、邑外《ゆうがい》の大樹の下で、なにやら練習をしています」

と、報《しら》された向雛は、私兵を集合させて、

「ゆくぞ」

と、叫ぶようにいい、馬車に乗った。都の門外にでた向雛は、ゆるい傾斜地をくだり、大樹をみつけた。その大樹のほとりで、孔丘が門弟に礼を教え、自身も礼を習っていた。

「包囲しろ」

言下に、兵が左右にわかれた。

異状に気づいた門弟はいっせいに起《た》った。すばやく剣をつかんだ仲由《ちゅうゆう》は、漆雕啓《しっちょうけい》に、

「先生をお衛《まも》りせよ」

と、いい、自身は門弟のいちばんまえに立った。兵の矛《ほこ》が近づいてくるので、仲由は剣をぬいた。兵は奇声を揚《あ》げて、前後左右に動いた。

孔丘は車上の人物をみつめたまま、

「あれは、何者か」

と、漆雕啓に問うた。剣把《けんぱ》に手をかけている漆雕啓は、

「桓魋でしょう」

と、答えた。桓魋すなわち向魋をみたことはないが、こういう無礼を平気でなせるのは桓魋しかいまい。

「あれが桓魋か……」

桓魋の侈傲《しごう》については司馬牛からきかされた。そのひとつに石椁《せきかく》(石造りの外棺《がいかん》)造りの話があった。桓魋は自分のために石椁を造ろうとしたが、三年経《た》っても完成せず、工匠《こうしょう》はみな病気になってしまったという。その話をきいた孔丘は、愁色《しゅうしょく》をみせて、

「侈《おご》りもはなはだしい。死ねば、すみやかに朽《く》ちればよい」

と、いった。このちょっとした批判が、風に馮って、桓魋を刺戟したわけではあるまいが、孔丘と門弟は桓魋の配下に恫喝《どうかつ》されつづけた。かれらの戈矛《かぼう》が門弟の儒服《じゅふく》にとどきそうになったとき、孔丘は、

「天はわれに徳をさずけてくれた。桓魋ごときがわれをどうすることもできぬ」

と、つぶやいた。

突然、桓魋の馬車が突進してきて、孔丘のすこしまえで駐《と》まった。漆雕啓は孔丘をかばうように剣をぬいた。それを一瞥《いちべつ》した桓魋は、冷ややかに鼻哂《びしん》し、矛先を長身の孔丘にむけた。

「われは司馬として、なんじが率いている不逞《ふてい》のやからの逗留《とうりゅう》をゆるさぬ。明日の昼までに、都を去らぬ場合は、なんじの宿舎に踏み込み、弟ともども、みな殺しにしてくれよう。わかったか」

そういい終えると、桓魋は矛を投げた。矛は孔丘の頭上を飛んで、大樹の幹につき刺さった。

宿舎に引き揚げた孔丘は、憤激《ふんげき》がおさまらない門弟をなだめ、翌朝の出発にそなえさせた。宋都をでてゆけといわれたかぎり、それをいった者がたれであれ、それに従うのは、耳順《みみしたが》う行為のひとつであろう。孔丘はあらがうことをやめている。川の水はさからわずながれているが、昼夜、休むことはない。孔丘自身も、それでよい、とお

もっている。

騒ぎを知った司馬牛が駆けつけ、孔丘のまえで深謝《しんしゃ》した。

「頑昧《がんまい》な兄です。なさけない……」

と、司馬牛はいい、落涙しそうであった。司馬牛は孔丘が宋にきた機をとらえ、孔丘を押し立てて国政の改善をはかろうとする意望をもっていたにちがいないが、旅支度《たびじたく》をはじめている孔丘と門弟をみて、落胆した。

「そなたに迷惑はかけられない」

翌朝、孔丘は宋都を発《た》った。

ついでに、このあとの向氏兄弟について記《しる》しておきたい。

十一年後のことになるが、景公に寵愛《ちょうあい》されすぎた向魋は、その威権が景公をおびやかすようになったので、景公に危険視され、ついに謀殺されそうになった。向魋を殺すという謀計に向巣を引きいれた景公は、兄弟の仲を裂いた。けっきょく向氏兄弟は国外へでた。司馬牛も封地《ほうち》を返上して亡命し、すでに魯にもどっていた孔丘のもとにもきた。そのとき孔丘の門弟の卜商《ぼくしょう》とおこなった問答は、そうとうな重みをもって、後世に伝えられた。

ちなみに卜商はあざなは子夏《しか》といい、衛人《えいひと》である。孔丘が衛に住んでいるときに入門した。しかしながら、卜商は孔丘より四十四歳若いということなので、孔丘が衛を去って南へむかった年に、十六歳という少年であった。たとえ入門していたとしても、随行《ずいこう》はむずかしいであろう。孔丘が南方から衛にもどってきた年に随従がゆるされたとみるほうが、むりがない。なお卜商は、

「なんじは君子の儒《じゅ》となれ、小人《しょうじん》の儒となってはならぬ」

と、孔丘にいわれるほど、将来を嘱望《しょくぼう》された。

その卜商にむかって司馬牛はこういった。

「人にはみな兄弟があるのに、わたし独《ひと》りは、ありません」

兄がいても、いないと同然のさびしさを吐露《とろ》した。

卜商は司馬牛をなぐさめ、はげました。

「わたしはこうきいています。死生《しせい》、命《めい》あり、富貴《ふうき》、天に在《あ》り、と。君子は敬虔《けいけん》を忘れず、失態《しったい》のないようにすごし、人とうやうやしく交わり、礼を守ってゆけば、四海《しかい》の内はみな兄弟となります。君子は兄弟のないことをどうして愁《うれ》えることがありましょうか」

卜商には名言が多いが、そのなかでもこれはとくに愛情に満ちて、人の孤独感を慰《い》藉《しゃ》するものである。

さて、ふたたび孔丘は旅途《りょと》にいる。

宋をでて西へゆけば鄭《てい》にはいるが、匡人《きょうひと》から、

「鄭にはいるな」

と、いわれたことにさからわなければ、南へゆくしかない。

南にある国は、陳《ちん》である。

「ひとまず陳へゆこう」

と、孔丘は御者《ぎよしや》の冉求《ぜんきゆう》にいったが、これは陳をめざす旅ではない。陳にうけいれてもらえなければ、どこへゆけばよいか、孔丘自身にもわからない。だが、孔丘は悄然《しようぜん》としない。

――いつ、どこにいても、学習することはできる。

孔丘は自身が学習することも、門弟に教えることも、厭《あ》きるということがない。その絶えることのない生気が、ときには光彩《こうさい》を放っているように門弟の目に映《うつ》ることがある。あえていえば孔丘ひとりの活気が門弟のすべてをつつみこんでいる。

――先生は衛にいたときよりも生き生きしている。

漆雕啓はそんな奇妙さを感じた。人は苦しければ苦しいほど根元的な力を発揮する。もともと人が生きてゆくことは苦しいものだ、という透徹《とうてつ》した認識から孔丘は独自の思想をたちあげている。たびかさなる苦難に遭《あ》っても音《ね》をあげる人ではない。

宋都をでて六日後に陳都にはいった。

陳は帝舜《しゆん》の裔孫《えいそん》の国であり、姓は嬀《き》であるから、周《しゆう》を至上《しじよう》とする姫《き》姓の国々からは格下にみられている。しかし孔丘はこの国にはいったことで、中原《ちゅうげん》の騒擾《そうじょう》から遠ざかり、趙鞅《ちょうおう》と陽虎《ようこ》の手のとどかないところにのがれたともいえる。

おもいがけないことに、孔丘は陳の君主である湣《びん》公（名は越《えつ》）に賓客《ひんかく》として迎えられ、上館に住まうことになった。

「周から遠い国にかぎって、周の礼を珍重してくれる」

端木賜《たんぼくし》は笑謔《しょうぎゃく》をまじえながらそういったが、文化も水のながれのようなところがあり、水源は早くに涸《か》れても、末端で留滞《りゅうたい》することがある。

孔丘が落ち着いたとみた端木賜は、半年後に、商用のために衛に帰ることにした。それを知った仲由は冉求を呼び、

「なんじは魯へ帰れ」

と、いった。連絡のために魯に帰すと孔丘にはいうが、実際には、孔丘が帰国しやすい政治的下地《したじ》を作らせるためである。この話をきいていた端木賜は、

「わたしは明年、ここにもどってきますが、時宜《じぎ》をみて、魯へゆき、お手伝いしますよ」

と、いい、二日後にふたりは発った。ふたりを見送った漆雕啓は、仲由をみて、

「冉求はうまくやりますか」

と、問うた。

「季孫斯《きそんし》が亡《な》くなった。季孫家のあとつぎにとりいれば、なんとかなる。あとの二家は、季孫家の意向にさからわないだろう」

あとの二家とは仲孫《ちゆうそん》家と叔孫《しゆくそん》家である。孔丘を嫌っているその二家の当主の反感を取り去れば、孔丘の帰国はかなうのである。魯の君主をしのぐほどの威権をもっていた季孫斯が病死したという訃《しら》せは陳国にもはいったので、決断力のある仲由は、すかさず手を打った。孔丘が安住できる国は魯を措《お》いてほかにない、と仲由はおもっている。国もとには孔鯉、閔子騫《びんしけん》、原憲《げんけん》などのほかに冉氏の一族もいる。かれらが策を練《ね》って、かならず孔丘を迎える使者をよこしてくれるであろう。

――陳からまっすぐに魯に帰るときがくる。

仲由はそう信じて、過ぎてゆく歳月をかぞえた。

だが、事はそうたやすくはこばなかった。

陳にきてから四年目に、仲由だけではなく二、三の門弟が凶報に接した。それは、呉《ご》王夫差《ふさ》がみずから軍を率いて北上し、陳を攻撃する、というものである。くりかえしたしかめたところ、それは訛伝《かでん》ではなく事実らしい。

都内の騒然たる空気を吸って館舎にもどってきた数人の門弟が、兄弟子である仲由をせきたてて、孔丘のまえにけわしげに坐った。

「城門が閉じられるまえに、都外へでるべきです」

夫差が陳を伐《う》つのは、これが二度目である、と門弟は知った。往時、呉の先王である闔廬《こうりょ》が楚《そ》を大々的《だいだいてき》に攻伐《こうばつ》する際に、陳軍の参加を求めたが、当時の陳君はそれに応じなかった。それを怨《うら》んで、夫差が陳を討つという。夫差の執念深さが、これだけでもわかる。

「夫差は非道の君主です。陳都が陥落すれば、捕らえられた陳君は檻送《かんそう》されて、呉の祭祀《さいし》の犠牲《ぎせい》にされ、都民は奴隷《どれい》にされて終生酷使《こくし》されましょう。先生とわれらは、そのまきぞえになってはならぬのです」

門弟にいわれるまえに、心のそなえができていた孔丘は、

「よくわかった。楚へゆく」

と、いった。陳を去れば、楚へゆくしかない。衛をでるときから、孔丘は自分の意思や欲望を表さないようにしてきた。ほんとうの自分を知るためには、天に自分をあずけるしかない、と信じたからである。

仲由が口をひらいた。

「楚の首都は、郢《えい》から鄀《じゃく》へ遷《うつ》りました。陳都から楚都へゆくには、まっすぐな道はありません。いちど鄭都にでて南下するのが、安全な道です」

孔丘は難色を示した。

「鄭にはいるなといわれている」

「われらは鄭へゆくのではありません。鄭を通って、楚へゆくのです」

仲由は孔丘の逡巡《しゅんじゅん》を嫌うように、強くいった。

「理屈というものか……」

孔丘は気にいらないというようにゆるゆると首をふっていたが、突然、

「魯に、帰らんか、帰らんか」

と、いった。仲由は瞠目《どうもく》したが、すぐに涙がでそうになった。楚へゆくより、魯に帰るほうがどれほどよいかわからない。しかしながら、冉求からの報せがないかぎり、魯はいまだに孔丘の帰国を喜ぶ態勢にはなっていない。

仲由の目をみつめていた孔丘は、みじかく閃々《せんせん》とした感情をおさえるように、

「明朝、発とう」

と、いった。

晩春である。夜が明けるのは早い。この師弟が陳都の外にでたとき、雲の多い天空に日が昇った。

鄭都へむかうには、まず西南へすすむ。道をゆるやかにくだってゆき、それから平坦な道を西へすすむ。ところが、潁水《えいすい》という川に近づくころに、前途が蔡《さい》兵によってふさがれた。

蔡は楚に従っていた国であるが、蔡の君主が楚の大臣に侮辱されたため、怒って、

楚から離れて呉に属《つ》いた。呉軍が北上するまえに、下蔡《かさい》（州来《しゅうらい》）を発った蔡軍が先行し、陳を孤立させるために、交通の遮断をはじめていた。

孔丘と門弟は、蔡兵に怪しまれた。

――陳の偵探《ていたん》の集団ではないか。

なにしろ孔丘は長身で、しかも威《い》がある。甲《よろい》をつければ、すくなくとも五百の兵を指麾《しき》できそうである。

そう疑われたため、馬車、食料、武器などはとりあげられた。ここで、意外にも顔《がん》回《かい》が、剣をぬいている蔡兵の隊長にむかって、臆《おく》することなく歩をすすめた。

「われらは魯人《ろひと》です。旅をして西へむかっています。往時、蔡が食料不足で苦しんでいるときに、穀物を送ったのは魯です。その魯の民を遏《とど》めたばかりか、馬車や食料をとりあげるのですか」

つねにもの静かな顔回が、このときは、その口調に気魄《きはく》をみなぎらせた。

隊長は気圧《けお》されたようにまなざしをさげ、しばらく無言でいたが、やがて配下の兵に、食料を分けてやれ、といい、ふたたびまなざしをあげると、剣先を顔回にむけて、

「よいか、ここにとどまり、動いてはならぬ。動けば、斬る」

と、あえて威嚇《いかく》した。つらい、というより、酷《むご》い七日間が、ここからはじまった。

四日後に、食料が尽きた。五日後には、飢えて倒れる門弟がでた。顔回はひとりで

黙々と食用の草をさがした。六日後には、さすがの仲由も、

——窮《きゅう》した。

と、絶望をおぼえた。が、孔丘はふしぎな人で、こうなっても、いささかも衰容《すいよう》をみせない。師は門弟の恐れと苦しみをどうみているのか、とおもった仲由は、慍然《うんぜん》として、

「君子も窮することがあるのですか」

と、くってかかった。孔丘は平然と、

「君子はもとより窮する。小人は、窮すると、じたばたするものだ」

と、いった。

——悠長すぎる。それでは全員が死ぬ。

師にはまかせておけぬとおもった仲由は、いそいで門弟を集めた。

「蔡兵がわれらをここにとどめているのは、呉軍の進出を待って、われらを呉軍に引き渡すためだ。呉軍はまもなく到着する。呉軍が到着すれば、われらは呉へ連行されるか、ここでみな殺しにされる。ゆえに、夜間に脱出する。屯営《とんえい》の兵は夜間に異変があっても動いてはならないというのが、規則のはずだ。哨戒《しょうかい》の兵にみつからなければ、かならず脱出できる。弱っている者は、われがかかえてでも脱出させる。また、鄭都で会おう」

これは仲由の独断であるが、門弟すべての同意を得たとして、孔丘に告げた。先生は君子ですからじたばたしないでここで窮して死んでもかまいませんが、われらは小人ですからじたばたして活路をみつけます。孔丘の独尊ぶりに腹を立てている仲由は、そんな皮肉を投げつけたかった。

黙然《もくぜん》とうなずいた孔丘は、日没後に、天にむかって吼《ほ》えた。

「わが道は、まちがっているのか。まちがっていないのなら、なぜ、われはここにいるのか」

大いなる休息

鄭《てい》の首都は新鄭《しんてい》という。

鄭はもともと西方にあった小国だが、東へ首都を遷《うつ》して大国となった。新鄭といわれる所以《ゆえん》はそこにある。

孔丘《こうきゅう》は新鄭にたどりついた。近くにひとりの門弟もいない。初夏の風にさらされながら郭《かく》の東門のほとりに立っていた。

生きているという実感はない。呆然《ぼうぜん》としていただけである。

孔丘を捜していた端木賜《たんぼくし》が、ようやくみつけた、という顔で趨《はし》ってきた。端木賜は郭内の鄭人《ていひと》にこう教えられていた。

「東門に人がいますよ。その額《ひたい》は堯《ぎょう》に似て、その項《うなじ》は皐陶《こうよう》に似ています。その肩は子産《しさん》のようですが、腰より下は禹《う》よりも三寸みじかい。疲労困憊《ひろうこんぱい》して、まるで喪家《そうか》の狗《いぬ》のようです」

あとでこの話を孔丘にすると、

「容貌はそうでもないが、喪家の狗とは、うまいことをいったものだ」

と、いって、孔丘は笑った。堯と禹は古代の聖王であるが、皐陶は王ではなく、堯のあとの舜《しゅん》が王であるころの大臣で、法の守護神と崇《あが》められるようになった。

喪家の狗とは、喪中《もちゅう》のために食を与えられず、瘠《や》せ衰えた犬である。

鄭には豪商が多い。

端木賜が取り引き先の商家に飛び込んだとき、その弊衣《へいい》におどろいた主人に、

「子貢《しこう》さん、こりゃ、また、えらい恰好《かっこう》ですな」

と、いわれた。喫緊《きっきん》の事情を語《つ》げると、

「よっしゃ、お力になりましょう」

と、馬車を貸してくれた。端木賜は孔丘をみつけて豪商に託したあと、郊外にでて、途中で倒れているかもしれない門弟を捜した。弱っている門弟を発見すると水と食料を渡し、動けない者は馬車に乗せた。門弟の最後尾にいたのは仲由《ちゅうゆう》と漆雕啓《しっちょうけい》である。ふたりは衰弱しきった門弟に肩を貸して歩いてきた。三人が端木賜の馬車に摭《ひろ》われたあと、仲由は、

「門弟のすべてが死んでも、夫子《ふうし》だけは死なない。夫子とは、そういう人だ」

と、いった。死者がでなかったのは奇蹟的であったが、それを孔丘の徳の力といわれれば、仲由はうなずかなかったであろう。

宿舎で三日をすごして、生き返ったおもいの仲由は、端木賜だけを呼んで、

「冉求《ぜんきゅう》ひとりでは、むりかもしれない」

と、いった。端木賜はすぐに仲由の意図《いと》をのみこんで、

「わかりました。わたしは楚《そ》へゆかず、魯《ろ》へゆきます」

と、答えた。孔丘のために馬車を仕立てたあと、東へ旅立った。

孔丘のために情報を蒐《あつ》めていた豪商は、

「楚軍が陳《ちん》を救援するために北上しました。楚王は陳には近づかず、城父《じょうほ》にいるらしいです。そうなると、ここから南下する道は、城父のあたりから楚兵でふさがれているでしょうから、楚都へはゆけませんよ」

と、孔丘をひきとめた。城父は、鄭の南にある楚の軍事拠点である。

その後、楚の昭王《しょうおう》（名は軫《しん》）は城父から動かなかった。陳を助けにきたのに、本営を陳のほうに移動しないのは解《げ》せない、と仲由は首をかしげた。その答えは、秋になってあきらかになった。昭王は罹病《りびょう》していたのである。七月に、昭王は城父で病歿《びょうぼつ》した。

楚軍が引き揚《あ》げたと知った孔丘は、鄭都をでた。

このときまで孔丘と門弟が滞在できたのは、豪商の好意によるというより、豪商を介《かい》するかたちで孔丘らを支えた端木賜の財力を想《おも》うべきであろう。

仲由は浮かない顔であった。

楚都へゆく意義を見失ったからである。なぜなら、昭王を喪《うしな》った楚王室は喪《も》に服すのであり、嗣王《しおう》（恵王《けいおう》）は当分聴政《ちょうせい》の席にあらわれない。国政に臨《のぞ》むのは、令尹《れいいん》（首相）の子西《しせい》である。孔丘にかぎらず、いかなる者も楚王にすぐには謁見《えっけん》できない事由《じゆう》がすでにあるとすれば、いま、なんのために楚へゆくのか、ということになる。

が、孔丘はまったく悩みも不安もみせていない。

——ふしぎな人だ。

と、仲由はおもうしかなかった。

南下をつづけて、城父の近くを通過した。さらに南下すると、葉《しょう》に到る。

葉には、以前、許《きょ》という小国があったのだから、邑《まち》の規模は大きい。その邑をあずけられている沈諸梁《しんしょりょう》（あざなは子高《しこう》）は、

「葉《しょう》公」

と、よばれ、楚の北部の防衛をまかされている実力者である。

「葉公がいる邑を、黙って通るわけにはいかない」

と、孔丘にいわれた仲由が、使者となって面会に行った。晋《しん》における趙鞅《ちょうおう》が、楚における葉公であるとおもっている仲由は、実際にみた葉公が嫋々《じょうじょう》たる人で、甲《よろい》の重さにも耐えられないような体軀《たいく》であることにおどろいた。

仲由は師の孔丘が楚都までゆくことを告げた。すると葉公は、

「孔丘とは、どのような人であるか」

と、問うた。

「どのような人か、と仰《おお》せられても……」

孔丘に近すぎるところにいる仲由は、客観のことばをとっさには選べず、うまく答えられなかった。

孔丘はもどってきた仲由から仔細《しさい》をきかされて残念がった。

「なんじは、どうしていわなかったのか。その人となりは、発憤すると食事を忘れ、楽しめば憂いを忘れ、老いがまもなくやってくることに気づかない、ということを」

しかしながら、葉公は孔丘のことを知っていた。それゆえ、現状の楚都へゆくことの無益さを暗に伝えるためであろう、迎えの使いをだして、孔丘を客としてもてなした。葉公は小国の君主より富んでいると想ってよい。

孔丘はおもいがけなく平穏を満喫《まんきつ》して、あらたな年を迎えた。

葉公は、いちど、

「政治とは、どういうものであろうか」

と、為政《いせい》の基本的なことを孔丘に問うた。孔丘は相手によってことばを変える。

「近くの者が悦《よろこ》び、遠くの者がやってくる。それが政治です」

いたって簡潔《かんけつ》な答えであった。

楚は昭王の時代から子西が王朝を運営してきたのであるから、これからもその体制は変わらないとみた葉公は、孔丘のために、子西に打診《だしん》した。周《しゅう》の礼楽に関しては天下第一の学者である孔丘が、葉邑にとどまっているが、あなたは関心があるか、と私的に問うた。が、子西からの返辞《へんじ》はそっけなかった。周王に軽視されて子爵《ししやく》しか与えられなかった楚にとって、周の礼は害になるだけで、なんの益《えき》にもならない、というものであった。

周王朝の成立後、周王は諸侯の爵位を定めた。公《こう》、侯《こう》、伯《はく》、子《し》、男《だん》という五級がそれである。公が最上級であり、この爵位が与えられたのは宋《そう》などで、わずかしかない。宋は周にとって旧主の国にあたるので、敬意をそういうかたちで示したといえる。周王室とおなじ姫《き》姓の国には侯が、また異姓の重要国には伯が与えられた。ところが楚は貧弱な国ではなかったのに、荊蛮《けいばん》とさげすまれて、下級の子爵の国とされた。それが楚の君臣の感情にはしこりとなって、うけつがれた。

子西の冷淡な返辞をうけとった葉公は、孔丘に、

「楚都へゆかれるのは、やめたほうがよい」

と、忠告した。葉公に仲介の心があり、その仲介が挫折《ざせつ》した、と推察した孔丘は、葉公が多くを語らなくても、執政の子西の思想が自身の思想と対立するものである、

とわかった。

「おことば通りに——」

と、孔丘はいい、楚都へゆくことをあきらめた。この時点で、子西よりも葉公のほうが器量が大きいと実感した。

かつて楚の荘《そう》王は、軍を率いて北上し、河《か》水《すい》のほとりまで進出するという壮挙《そうきょ》をなした。その際、荘王は周王に、鼎《かなえ》の軽重《けいちょう》を問う、ということをした。周王室には九鼎《きゅうてい》という宝器があり、天下を治める者だけがそれを保持している。荘王がその重さを問うたということは、周王が九鼎をもてあましているのなら、楚王である自分によこしなさい、とやんわりと脅迫したことになろう。天下をゆずれ、ということである。それからずいぶん年月が経《た》ち、いまや楚は、中、小の国を併呑《へいどん》して、その北部は鄭と国境を接するところまで伸張した。あらたに従えた国の民に楚の法をおしつけてはいるが、そうはいかなくなった場合、孔丘の礼を活《い》かすときがくるかもしれない、と葉公は考えたのであろう。

孔丘は葉公の好意に甘えるかたちで、滞在をつづけた。

——こんなところで師を朽《く》ち果《は》てさせたくない。

危苦《きく》の地を走破し、九死に一生を得たという酷烈《こくれつ》な体験を明るく転化《てんか》したい仲由は、ときどき、

「冉求はなにをしているか」

と、いらいらと膝《ひざ》をたたいた。

だが、いちはやく魯に帰った冉求は、無為にすごしていたわけではない。かれは、教場《きょうじょう》を守っている孔鯉《こうり》、閔損《びんそん》、原憲《げんけん》などに会って、孔丘を帰国させるための策を練《ね》った。原憲は、孔丘が出国してから、遊侠《ゆうきょう》の徒《と》にまじわるようになり、その道では名を売ったが、孔鯉に説得され、すっかり足を洗って、教場にもどっていた。

そういうときに、かれらに光明が射した。

じつは季孫斯《きそんし》は亡《な》くなるまえに、子の季孫肥《きそんひ》（諡号《しごう》は康子《こうし》）に、

「われはほどなく死ぬ。なんじは魯の上卿《じょうけい》になるであろう。そうなったら、孔丘を呼びもどすがよい」

と、いった。遺言である。葬儀を終えた季孫肥は、喪に服すまえに孔丘のもとに使者をだそうとした。そのとき、公之魚《こうしぎょ》という臣下が、

「先君は孔丘を用いたものの、用いきれませんでした。そのせいで、諸侯に物笑いの種《たね》にされました。あなたさまが同様の不首尾になりますと、ふたたび諸侯から笑われます」

と、諫言《かんげん》を呈《てい》した。孔丘を招く以前に、仲孫《ちゆうそん》家と叔孫《しゆくそん》家から吹く風の強弱をさぐる必要もある。

「では、たれを召せばよいのか」

「孔丘の弟子がよろしいでしょう。亡命先から帰ってきたばかりの冉求は、賢俊《けんしゅん》であるとうわさされています。その者がよいでしょう」

「では、喪が明けたら、その者をためしてみよう」

この決断は、父の遺言をなかば守ったことになる。季孫家からの使いをうけた冉求は、すぐに孔鯉と閔損に報《しら》せて、小さな喜びをわかちあった。出仕の前日に、閔損は冉求にむかって、

「なんじだけが先生を帰国させることができる。たのんだぞ」

と、強くいった。古参中の古参の弟子といってよい閔損は、若いころから孔鯉のよき相談相手であり、その誠実さは弟子のなかでもぬきんでていた。が、閔損は帰国する孔丘の顔を見ることなく亡くなってしまう。享年は五十である。

冉求を家臣の列に加えた季孫肥は、半年間、その務めぶりを観《み》て、すっかり気にいった。

「孔丘の弟子がこれほどとは――」

感嘆しきりの季孫肥は、冉求を抜擢《ばってき》して、家政をみさせることにした。孔丘の弟子は礼楽に精通しているだけではなく、武芸にも秀《ひい》でている。いわば、どこにだしてもはずかしくない家宰《かさい》を、季孫肥は得たことになる。

——孔丘の弟子は、つかえる。

この印象を、冉求が強く季孫肥に与えたといってよい。

冉求としては家宰になったからといって、すぐに孔丘の帰国を進言することはできない。時宜《じぎ》を待つしかない、とおもっていた。やがて端木賜が魯にきたので、ひそかに連絡をとりあった。

——子貢の非凡な才覚を活用したい。

それを実行する機会は、すぐにきた。魯が呉王夫差《ごふさ》に目をつけられて、むずかしい外交交渉をおこなうことになった。苦悩の色をみせている季孫肥に端木賜を薦《すす》め、その弁才によって難局を切りぬけるという放《はな》れ業《わざ》をやってのけた。

季孫肥のために功を樹《た》てた端木賜が、叔孫州仇《しゅくそんしゅうきゅう》にたくみに近づくようになったのは、このころからであろう。孔丘に嫌悪感をいだいている州仇であるが、端木賜の人格の高さに打たれたようで、朝廷において、

「子貢は仲尼《ちゅうじ》より賢《まさ》っている」

と、大夫《たいふ》たちに語るようになった。それをきいた端木賜は、

「宮室《きゅうしつ》の牆《しょう》（垣根《かきね》）にたとえたら、わたしのそれは、肩の高さしかありません。室《へや》のよさをのぞけますが、先生のそれは、数仞《すうじん》の高さがあります。門からはいらないかぎり、なかにある宗廟《そうびょう》の美しさや百官のにぎわいをみられません。門をみつける者はす

くないので、あのかたがそういったのは、もっともなことです」

と、いった。わかりやすい譬《たと》えというべきであろう。とにかく端木賜が、州仇の悪感情をなだめ、孔丘への反感を軟化《なんか》させたことはまちがいない。

呉の勢力を北へ北へと伸長させたい呉王夫差は、ついに魯を攻めた。その際、呉軍の道案内をつとめたのは、呉に亡命していた公山不狃《こうざんふじゅう》である。ただしかれには愛国心が残っていて、わざと道をまちがえて、呉軍の将卒《しょうそつ》をまどわせた。

それでも呉軍は曲阜《きょくふ》に迫り、泗水《しすい》のほとりで駐屯した。魯の大夫である微虎《びこ》は、夫差がいる本営を夜襲するために決死隊を編制した。三百人の隊である。そのなかに孔丘の門弟のひとりである有若《ゆうじゃく》（あざなは子有《しゆう》）がいた。

だが、それをみた者が、

「こんなことで呉軍を損壊《そんかい》させられようか。かえって呉王を怒らせて、魯の被害が大きくなるだけだ」

と、いい、季孫肥に告げて、夜襲を中止させた。しかしながら、この夜襲を準備したことが呉軍に伝わり、夫差は夜間に三度も寝所を移した。それだけではなく、ほどなく呉のほうから和議を申し入れてきた。

魯人《ろひと》の勇気を夫差に印象づける戦いであった。以後、夫差は魯を攻めず、北伐《ほくばつ》の狙いを斉《せい》に定めた。

呉と同盟することで、軍事面でのむずかしさを回避した魯の落ち着きをみた冉求は、

――いましかない。

と、決意して、季孫肥のまえで深々と低頭し、

「なにとぞ、夫子を帰国させていただきたい」

と、懇請《こんせい》した。孔丘の弟子は軍事にも外交にも役立ったという実績を認めた季孫肥は、亡父の遺言も念頭にあるので、

「わかった。二卿に話してみる」

と、いい、仲孫何忌《ちゅうそんかき》と叔孫州仇を招いて、会談をおこなった。わずかに難色をみせたのは仲孫何忌だけで、しかし強くは反対意見を述べず、二卿の意向に従った。明るくうなずいた季孫肥は、

「孔丘はかつて司寇《しこう》の職にあった者だ。その帰国については、君の内諾《ないだく》を得ておきたい」

と、いって、このあと哀公《あいこう》に言上《ごんじょう》した。

「三卿の決定であれば、われに否《いな》はない。いま孔丘はどこにいるのか」

哀公にとって孔丘は遠い人であり、孔丘にたいして親近感も嫌悪感ももっていない。ただし、昔、三桓《かん》の城の牆壁《しょうへき》を取り壊そうとした大臣である、ということだけは知っている。

「楚にいる、とのことです」

「楚とは国交が杜絶《とぜつ》している。正式な使いはだせまい」

「仰せの通りです。ひと工夫《くふう》が要《い》りましょう」

退出した季孫肥は、自邸に帰ると、委細《いさい》を冉求に語げた。冉求は涙をながして喜んだ。

「さっそく使いをだして、夫子の居を移します」

翌朝、朗報をたずさえて教場へ走った冉求は、孔鯉に会い、原憲を楚へ遣《や》ることに

した。すでに閔損が亡いので、孔鯉は原憲を信用して家宰にしている。

重要な使者となった原憲は、ひとりの従者とともに馬車に乗り、楚へむかった。か

れが楚に入国して葉邑に到着したとき、孔丘の亡命生活はほぼ終わったといってよい。

めったに笑貌《しょうぼう》をみせない原憲のはじけるような声をきいた仲由は、

――冉求と端木賜がやってくれた。

と、想い、歓喜が全身に満ち、天にむかって叫びたくなった。ほかの門弟も、手を

拍《う》ち、肩を抱きあって喜んだ。目頭《めがしら》が熱くなった漆雕啓は、

――先生は客死《かくし》しないですんだ。

と、ほっとした。孔丘がもっている生命力の勁《つよ》さを感じもした。孔丘はすでに六十

七歳である。漆雕啓が知っているかぎり、孔丘はいちども病《やまい》で臥《ふ》せたことはない。

ただし漆雕啓にもひそかな自負はある。ここまで仲由とともに孔丘を守りぬいたことである。ただそれだけの人生であったとしても、また、自分が孔丘に尽くしてきたことを余人《よじん》が知らなくても、兄だけは称《ほ》めてくれるであろう。それ以上、何を望もうか。

孔丘は原憲の長い報告をきいている。それをながめている漆雕啓は、涙ぐみながら、微笑しつづけた。

――帰国できる。

と、わかった孔丘の行動は速い。葉公に謝辞を献じて、旅途《りょと》についた。正式な帰国の要請をうけるためには、魯に近くて、しかも魯と親交のある国にいるのがよい。となれば、ゆく先は衛《えい》しかない。

衛の君主である出《しゅつ》公は、父の蒯聵《かいがい》の存在を脅威と感じながらも、君主の席に坐りつづけている。それについて仲由が孔丘に問うと、

「孔圉《こうぎょ》がしっかりしているからだ」

と、いった。孔圉（諡号は文子《ぶんし》）は、衛の正卿《せいけい》である。蒯聵は孔圉を恐れて手だしをしないでいる、と孔丘はみている。

葉邑から衛都の帝丘《ていきゅう》までは、長い旅であるが、全員が活気に満ちていた。帝丘にはいると、仲由がまず孔圉に面会に行った。

以前、孔丘が衛にいたとき、孔圉は孔丘とは距離を置いていた。だが、歳月は人のみかたを変える。仲由の話の内容はいかにも実事《じつじ》で、孔丘と門弟が死の淵《ふち》に落ちずに、今日、ここに到ったという奇快《きかい》さに感嘆した孔圉は、

「あなたの師を殺さなかったのは、天だ」

と、いった。孔圉は孔丘の思想に共感しているわけではないが、孔丘が稀有《けう》な人であることを認め、人がもつふしぎさを尊重した。それゆえ、孔丘と門弟を客としてもてなすことにした。このとき孔圉は、

「仲尼どのは、良い弟子をおもちだ」

と、いい、仲由の人柄《ひとがら》も気にいった。仲由は五十八歳であり、孔門の高弟としての風格だけではなく、いかなる難事《なんじ》に遭ってもくじけない気骨を孔圉に感じさせた。

——こういう臣下が欲しい。

孔圉がそうおもったとすれば、ここで仲由が衛の孔家とつながる縁ができたといってよい。

孔丘の落ち着き先をみとどけた原憲は、すばやく帝丘をでて曲阜にむかった。

初冬である。晩冬までには季孫家から正式な使者がくるであろう。

冬のあいだに、孔圉の一門にちょっとした内紛があった。孔圉の婿《むこ》である大叔疾《たいしゅくしつ》は、孔圉の女《むすめ》を愛さず、前妻の妹を寵愛《ちょうあい》したので、怒った孔圉が大叔疾を攻めようとした。

その是非について、孔丘に問うた。が、孔丘は、

「祭器のことは学んだことがありますが、甲兵《こうへい》のことは知りません」

と、答え、是非を明確にしなかった。甲兵は、ふつう、甲をつけた兵をいうが、この場合は、甲すなわち武具と兵すなわち戦いのことかもしれない。孔丘の答は、遁辞《とんじ》といってよいが、よくよく考えると、ご自身の婿を攻めるということなど、おやめなさい、といったようにもとれる。孔丘はさりげない忠告をおこなうが、あつかましい好意を示したことはない。

孔圉のまえからさがる際に、孔丘は、

「鳥は木を択《えら》べますが、木は鳥を択べましょうか」

と、いった。鳥とは孔丘自身、木は孔圉を指す。これは、孔圉へ別れを告げたことになろう。

はたして十二月下旬に、孔丘を迎える季孫肥の使者がきた。

孔丘と門弟はすみやかに帝丘をあとにして、十数日後に、曲阜にはいった。

早春の風が吹いていた。

五十五歳で魯を出国した孔丘は、六十八歳で帰国したのである。

長大な旅が、ここで終わった。

孔丘《こうきゅう》は大夫《たいふ》となった。

正卿《せいけい》である季孫肥《きそんひ》は、正式に孔丘の帰国を要請しただけに、手配《てくば》りをおこたらず、参内《さんだい》した孔丘のために大夫の位を用意していた。

むろんそれを任命するのは、哀《あい》公である。哀公は太子のころに司寇《しこう》である孔丘をみかけたことがあるかもしれない。大きな男だ、とわかってはいたが、間近《まぢか》の孔丘をみて、老いた文化人だとはおもわず、

——老将のようだ。

と、感じた。その体貌のどこかに、威《い》、が残っていたのは、ここが教場《きょうじょう》ではなく宮廷であったからであろう。

孔丘の亡命の旅は、緊張の糸の上を師弟ともども渡ってゆくようなもので、その旅が終わると、その糸の上からおりたことになり、糸がおのずと切れた。さすがの孔丘も、病《やまい》になった。なかなか回復しないので、心配した仲由《ちゅうゆう》は、

「お祈りをしたい」

と、枕頭《ちんとう》でいった。

「祈って、病が治るのか」

「天神地祇《てんしんちぎ》に祈ればきいています」

「そうか、われは祈りつづけてきたよ。いまさら、祈るまでもない」

孔丘の病はながびいた。季孫肥の使者が薬をもってきた。病牀《びょうしょう》から起きた孔丘は拝礼をしてから、その薬をうけとり、

「わたしは薬のことはよく知りません。それゆえ、嘗《な》めることはやめます」

と、いった。だが、これは死病ではなかった。

翌年、孔丘の身代わりになったかのように、孔鯉《こうり》が病歿《びょうぼつ》した。かれは父に随《したが》わず、曲阜《きょくふ》に残って自宅と教場を留守《りゅうしゅ》していたとはいえ、おなじ緊張の糸の上にあった、と想《おも》うべきであろう。享年《きょうねん》は五十である。

孔丘という偉大な父の陰《かげ》で、かれなりに人生をまっとうしたといってよい。父との問答がまったくといってよいほど遺《のこ》っていないところに、孔鯉の覚悟のようなものが、すけてみえる。

この翌年に、孔丘は七十歳になった。

孔丘は自身の七十歳についていては、

「心の欲する所に従って、矩《のり》を踰《こ》えず」

と、いった。自分のおもい通りにおこなっても、人の法則を越えなくなった、とは、少々わかりづらいが、自由自在を得たということであろう。四十歳で惑《まど》わなくなった

自分だが、自分ではどうしようもない天命があることを五十歳で知り、その天命に従っていると、六十歳では、どれほどいやなことも避けなかった。それゆえ、七十歳でこういう心境に達した、という精神の推移を述懐《じゅっかい》したともとれる。

ところで、原憲を家宰《かさい》にしたのは孔鯉であるが、孔鯉が亡《な》くなったあとも、孔丘はひきつづき原憲《げんけん》を家宰とした。なにしろ原憲の家は貧しい。その寒苦《かんく》をあわれんだ孔丘が九百斗《と》の粟《ぞく》（穀物）を与えた。が、原憲は、

「要《い》りません」

と、辞退した。すかさず孔丘は、

「いや、なんじが要らなければ、隣里郷党《りんりきょうとう》（隣近所）に与えればよい」

と、いって、うけとらせた。

原憲は孔丘が亡くなったあと、世間を避けるように、草深い沢のほとりに棲《す》んだ。そこに馬車をつらねて端木賜《たんぼくし》がやってきた。端木賜は富貴そのものの人といってよい。原憲のやつれた姿をみて、眉《まゆ》をひそめ、

「あなたは病《へい》なのか」

と、いった。病は、やまい、をいうが、この場合は憂《うれ》いや苦しみをいうのであろう。原憲は精神の骨格《こっかく》がしっかりしている。すぐにいい返した。

「財産のない者を貧《ひん》といい、道を学んだのにそれを実行できない者を病といいます。

わたしは貧ですが、病ではありません」

端木賜ははずかしげに去り、生涯、その失言を恥じたという。かつて端木賜は、人の理想像について、

「富んでいても驕《おご》らず、貧しくても諂《へつら》わない、というのはどうでしょうか」

と、孔丘に問うたことがある。そのとき孔丘は、

「貧しくても道を楽しみ、富んでも礼を好むことに及ばない」

と、教えた。原憲と端木賜のありようは、孔丘の教えに忠実にそったものであろう。端木賜はもともと衛人《えいひと》であるから、魯《ろ》だけでなく衛にあっても厚遇されるようになったのは当然であるかもしれないが、それよりまえに衛から招かれたのは、仲由である。

仲由を招いたのは、孔悝《こうかい》である。孔悝は正卿であった孔圉《こうぎょ》の子である。孔圉は、孔丘が曲阜に帰着した年に逝去《せいきょ》した。嗣子《しし》である孔悝は喪《も》に服し、その喪が明けると、仲由を招いた。ということは、孔悝は父から仲由を招けといわれていたか、帰国する孔丘が衛にとどまっていたみじかい間に、意気投合するようなつきあいがあったことになろう。

仲由は衛にむかって旅立つまえに、孔丘に一礼した。

孔丘は目を細めた。

「なんじに馬車を贈ろうか、それとも、ことばを贈ろうか」

人にとって最良の贈り物が、ことば、であることくらい、仲由は知っている。

「ことばをいただきたい」

「努力しなければ成就《じょうじゅ》しない。苦労しなければ功はない。衷心《ちゅうしん》がなければ親交はない。信用がなければ履行《りこう》されない。恭《つつし》まなければ礼を失う。その五つをこころがけることだ」

仲由は喜び、

「死ぬまで、その教えを奉《ほう》じます」

と、いって、出発した。衛にはいった仲由はすぐに蒲《ほ》という邑《まち》の宰《さい》となった。この邑は孔悝の食邑《しょくゆう》である。なお、弟弟子《おとうとでし》の高柴《こうさい》が衛で仕官するようになったのは、仲由の引きがあったためであろう。

仲由が蒲の邑宰《ゆうさい》になって三年目に、

——仲由はどのような政治をおこなっているか。

と、おもった孔丘は、端木賜を御者《ぎょしゃ》にして蒲邑を訪ねた。蒲邑は首都の帝丘《ていきゅう》から徒歩で二、三日という距離にある。

邑境《ゆうきょう》にはいったとたん、

「善《よ》いかな、由や」

と、孔丘は称《ほ》めた。邑内にはいると、また称めた。役所に到ると、またまた称めた。

端木賜は問うた。

「先生は仲由が政治をおこなっているところをごらんにならずに、みたびお称めになりました。なにが善かったのでしょうか」

孔丘は仲由の善政がうれしかったのか、饒舌《じょうぜつ》になった。つまり邑境の農地、開拓地、灌漑《かんがい》用の水路は整然としており、仲由が信用されて農事が順調におこなわれていることがわかる。また邑内の牆《しょう》と家屋に破損がなく、樹木も豊かに茂っている。それは民の心にゆとりがあるからだ。役所は静かで、下の役人はきびきび働いている。これは仲由のことばが適確で、政治に乱れがないためである。

「われは仲由の政治をみたび称めたが、それでも称め足りない」

仲由の充実した、幸福な時間を、孔丘は観《み》たといえる。このあと孔丘が仲由に会ったとすれば、それは仲由をみた最後となった。

やがて仲由は内乱にまきこまれて死ぬ。

都外（戚邑《せきゆう》）にいる蒯聵《かいがい》をひそかに迎えて、君主に立て、出《しゅつ》公を追放する、という陰謀が進行していた。なんとその首謀者が、孔悝の母の孔伯姫《こうはくき》であった。

孔伯姫は蒯聵の姉である。夫の孔圉が亡くなったあと、美貌の近習である渾良夫《こんりょうふ》に通じた。この渾良夫が蒯聵に懐柔《かいじゅう》されたこともあり、孔伯姫は渾良夫を手引きにつかって、蒯聵を衛都に潜入させ、さらに自邸にいれた。

実力者である孔悝に、諾《だく》、といわせれば、蒯聵は君主になれるのである。

蒯聵は従者の五人とともに孔悝を恫喝《どうかつ》して楼台《ろうだい》に登った。

異変を知った仲由は国都へ駆けつけた。

なかば閉じられた門から小男《こおとこ》の高柴がでてきた。高柴は衛にきて士師《しし》すなわち裁判官になっていた。ある裁判で、刖《げつ》（足の筋を切る刑）の判決をくだした者が、ここの門番になっていた。その刖者《げつしや》は高柴を怨《うら》むどころか、あなたはわたしをおもいやってくれた上に、正しい裁判をなさったといい、追手から高柴をかくまい、門外へ脱出させてくれたのである。

いれかわってなかにはいろうとする仲由の袂《たもと》をつかんだ高柴は、

「まにあいませんよ。わざわざ危難を踏んではなりません」

と、いって、止《と》めた。が、仲由は、

「祿《ろく》をうけている身だ。危難は、避けぬ」

と、高柴の手を払いのけて門内にはいり、孔悝邸まで走った。邸内に飛び込んだ仲由は、楼台の下まですすみ、

「太子（蒯聵）よ、孔悝を捕らえてどうなさるのか。たとえ殺しても、あとを継ぐ者があらわれますぞ」

と、楼上にむかっていった。ついで、台を半分ほど燔《や》いたら、勇気のない太子は孔悝を釈《ゆる》すだろう、と上にきこえるようにいった。はたして蒯聵は懼《おそ》れて、

「あやつを殺せ」

と、左右の石乞《せきこつ》と盂黶《うえん》に命じて、楼下の仲由にあたらせた。ふたりの武器は剣より長い戈《か》であり、その刃が仲由の冠の紐《ひも》を切った。仲由は倒れた。

「君子は死すとも、冠を免《ぬ》がず」

そういった仲由は紐をむすびなおして死んだ。六十三歳であった。

ちなみにこのあと孔悝は不本意ながら蒯聵を君主に立て、出公は魯へ亡命した。蒯聵は荘《そう》公とよばれる。

仲由の死を知った漆雕啓《しっちょうけい》は、遺骸《いがい》をさげ渡してもらえるなら、衛へゆき、そこから卞《べん》に帰葬しようとした。が、その遺骸は醢《かい》にされた。醢は、しおからであるが、人を塩づけにする刑でもある。それをきいた漆雕啓は、

「仲由は忠誠の鑑《かがみ》ではないか。それを、なんて、ひどいことを……」

と、持っていた耒《すき》を田の畝《うね》に突き立て、はらはらと涙を落とした。

孔丘は衛都で乱があったという報《しら》せをうけたとき、

「高柴は帰ってくるが、仲由は死ぬであろう」

と、いい、仲由の遺骸が醢にされたと知るや、自家にある醢をことごとく捨てさせ、

二度と口にしなかった。

じつは、この年より二年まえに、孔丘は四十歳の顔回《がんかい》を失った。

顔回を自分の後継者と目《もく》していた孔丘は、その訃報《ふほう》に接すると、

「噫《ああ》、天、われを喪《ほろ》ぼせり、天、われを喪ぼせり」

と、天を仰いで慨嘆《がいたん》したあと、身もだえして哭《な》いた。それをみていた従者が、先生でも慟哭《どうこく》なさるのですね、とおどろいた。あとで孔丘は、こういった。

「かの人のために慟哭するのでなかったら、たれのためにするのか」

たしかに孔丘の思想の真髄《しんずい》をうけつぐ者は顔回しかいなかったにせよ、顔回が儒教集団の主宰者になってからの儒教がどのように発展していったかを想像すると、はたして天は顔回を失わせることによって孔丘を滅ぼしたのであろうか。顔回は倫理面と学術面を伸展させたかもしれないが、人を育てるという教育面についてはどうであったかという疑問はある。

とにかく孔丘は顔回の死をいちじるしく悼《いた》み、

「惜しいことだ。われは、かれが進むのをみたが、止まるのをみたことがない」

と、いった。後世、顔回は聖人に亜《つ》ぐ人、すなわち亜聖《あせい》とよばれる。

生前の顔回が孔丘をどのようにみていたかといえば、かれのことばによって描かれた孔丘像が秀逸《しゅういつ》である。

「先生は、仰げば仰ぐほど、いよいよ高い。鑽《き》ろうとすればするほど、いよいよ堅《かた》い。まえにいたとみえたのに、忽然《こつぜん》とうしろにいる。先生は順序よく、うまく人を導く。文学でわたしを博《ひろ》くし、礼でわたしをひきしめる。もうやめようとおもっても、それができない。すでにわたしの才能は竭《つ》きていて、高い所に立っている先生に従ってゆきたくても、手段がない」

これが孔丘の実像である。

顔回についで仲由を失った孔丘は、

「ひどいものだな、われの衰えは。ずいぶんまえから周《しゅう》公の夢をみなくなった」

と、つぶやき、ついに、

「もうなにもいいたくない」

と、いった。困惑した端木賜は、懇請《こんせい》した。

「先生がおっしゃらなければ、わたしどもはこれからどう伝えていったらよいのかかわかりません」

「天がなにかいうだろうか。四季はめぐり、万物が生ずる。天がなにかいうだろうか」

めっきり口数がすくなくなった孔丘がここにいる。

蒯聵の乱の翌年、四月に、孔丘は早朝に起きて、片手を背にまわし、片手で杖《つえ》をついて、門のあたりをゆったりと歩きつつ、歌った。

泰《たい》山それ頽《くず》れんか
梁木《りようぼく》それ壊《やぶ》れんか
哲人《てつじん》それ萎《や》まんか

泰山は多くの人に仰がれる名山である。梁は家のはりで、それにつかう木は暗に人材を指していよう。哲人はいうまでもなく孔丘自身をいっている。

それから孔丘は家にはいり、戸口にむかって坐った。歌声をきいた端木賜が不吉をおぼえて趨《はし》り込《こ》んできた。端木賜にまなざしをむけた孔丘は、

「賜よ、くるのが遅い。昨夜、われは堂の両柱のあいだに坐って食事のもてなしをうける夢をみた。殷《いん》の世では、棺《ひつぎ》を両柱のあいだに置いて殯葬《ひんそう》をおこなった。われはまもなく死ぬであろう」

といった。この日から病んだ孔丘は七日後に亡くなった。七十三歳であった。

十五歳で、学《がく》に志《こころざ》した孔丘は、休んだことがない。この死は、孔丘の生涯における最初の休息であった。

あとがき

五十代に、いちど、

――孔子を小説に書けないか。

と、おもい、史料を蒐《あつ》め、文献を読み、孔子年表を作った。それらの根《こん》を詰《つ》めた作業を終えたあと、残念なことに、孔子を小説にするのはむりだ、とあきらめた。

六十代になって、ほんとうに孔子を書くのはむりなのか、と再考して、すでに整えた資料にあたってみたところ、

――やはり、むりだ。

と、再認した。端的にいえば、『論語《ろんご》』が重すぎて、『史記《しき》』の「孔子世家《こうしせいか》」が軽す

ぎるのである。『論語』は、おもに孔子と門弟の発言が綴集《ていしゅう》されているだけで、そういう発言（あるいは問答）がなされた時と所がほとんど明示されていない。たとえば、それは、冒頭の一文をみればよくわかる。

——子《し》曰《のたま》わく、学びて時にこれを習う、亦《ま》た説《よろこ》ばしからずや。

これが、いつ、どこで、いわれたのか、またこの文を冒頭に置いた編集者（おそらく戦国以降の儒者《じゅしゃ》）の意図はなんであったのか、などがわからない。つまり『論語』から、孔子の行動をぬきだそうとする作業をこころみた場合、わからない、できない、の連続になってしまう。

孔子の生涯は、「孔子世家」に書かれているではないか、という人もいるであろう。

しかし私がそれを最初に読んだとき、

——司《し》馬《ば》遷《せん》にしては、軽佻《けいちょう》だ。

と、感じた。文がうわついている。司馬遷は孔子が好きというわけではなかったのではないか。となれば、信用できない「孔子世家」によりかかって小説を書けるはずがない。それよりも信用できる『春秋左氏《しゅんじゅうさし》伝《でん》』があるとはいえ、これは孔子の個人史ではない。かなりあとになって『孔子《こうし》家《け》語《ご》』が出現するが、この書物の評価は高くない。むしろ儒教《じゅきょう》を批判する『荘子《そうじ》』のほうが孔子を正しく視《み》ているとおもわれるが、それでもその書の思想的偏曲《へんきょく》のなかでは、孔子の行動の必然が失われている。もっといえば、孔子という名だけがあって、心身がない。

そのように、孔子を小説に書けないわけをならべたところで、詮《せん》ないことで、小説家としての無力さをかかえたまま、七十歳をすぎたとき、

「孔丘《こうきゅう》を書かせてくれませんか」

と、文藝春秋にお願いした。神格化された孔子を書こうとするから、書けなくなってしまうのであり、失言があり失敗もあった孔丘という人間を書くのであれば、なんとかなるのではないか、と肚《はら》をくくってそういったのである。いったかぎり、どんなにぶざまな小説を書くことになっても、やらなくてはならない、と自分をあえて追い込んでみた。つまり、いま書かなくては、死ぬまで書けない、とおびえはじめた自分を鼓《こ》したのである。

連載開始までにあらたにそろえなければならない史料と文献は多くなかった。たとえば『論語』に関しては、吉川幸次郎氏の朝日新聞社版、金谷治氏の岩波文庫版、貝塚茂樹氏の中公文庫版はつねに座右にあり、それで充分だとおもったが、念のため湯浅邦弘氏の中公新書版を加えた。

いわゆる「孔子伝」に関しては、白川静氏の『孔子伝』（中公文庫）と加地伸行氏の『孔子』（集英社）しか読まなかった。両書は著者の信念につらぬかれていて、読んでいて気持ちのよいものである。白川氏のそれは、かつて衝撃の書といわれ、斬新《ざんしん》

なものであった。私は丹念に再読し、あらためて白川氏の見識の高さに感嘆した。そのなかに、

――『史記』の文が全く小説であって、ほとんど史実性に乏しい。

と、あるのをみて、同意を強くもち、さらに、

――『論語』はとても、安心してよめるものではない。

という一文があることに、いまさらながら気づき、戦慄《せんりつ》をおぼえながらうなずいた。史料と文献を読めば読むほど孔丘を書くことが、いかに無謀であるか、あらためて自覚したものの、引くに引けないところまできていたので、いくつか割り切った。歴史小説は時間の順列にそって人と物と事象を立ててゆかねばならないが、孔丘を書きにくい大きな理由のひとつは、生年が不確実なことである。生まれた年が一年ちがうと、さまざまな不都合が生じてしまう。

「魯《ろ》の襄《じょう》公二十二年　孔子生《うま》る」（「孔子世家」）

これを信じると、孔丘が生まれたのは、紀元前五五一年である。ところが『春秋公羊伝《しゅんじゅうくようでん》』の襄公二十一年に、

「十有《ゆう》一月庚子《こうし》　孔子生る」

と、あり、それなら孔丘が生まれたのは、紀元前五五二年の十一月庚子の日、ということになる。

儒教の研究は千年以上つづいたであろうに、いまだに孔丘の生年が確定しないのはふしぎであるが、非家《ひか》の私としては、以前は信じなかった司馬遷の説《せつ》を採《と》って、孔丘が紀元前五五一年に生まれたとした。それが自分なりの割り切りである。孔丘が浅くも深くもかかわった魯《ろ》の三桓《かん》と諸国の動静などを照合し、孔丘の行動の合理を考えてゆくと、紀元前五五一年生まれでないと、齟齬《そご》が大きくなってしまうからである。

ほかにも、割り切った、というより、切り棄てたことがいくつかある。たとえば、孔丘の亡命先に蔡《さい》という小国があることに納得《なっとく》がいかず、その国へは行かなかったことにした。春秋時代の後期にあって、蔡は、楚《そ》に従っていたが、蔡の君主が楚の令尹《れいいん》(宰相《さいしょう》)の貪欲《どんよく》さといやがらせに悩まされ、ついに楚から離れて晋《しん》に従い、さらに呉《ご》に属《つ》いた。蔡は、孔丘の亡命のさなかに、首都を呉の邑《まち》である州来《しゅうらい》(下蔡《かさい》)へ遷《うつ》して、呉の属国のようになった。孔丘は陳《ちん》から蔡へ行った、と「孔子世家」にあるものの、陳からかなり遠ざかった蔡(呉の勢力圏)へゆく理由がみあたらない。

なにはともあれ、この小説は、孔丘が母を埋葬するところから起筆したが、私はその直前に母を喪《うしな》った。また、小説の掲載誌が「文藝春秋」から「オール讀物」へ移るということがあり、ちょうどそのころ、孔丘が魯をでて斉《せい》へ移るところを書いていたので、それらの符合をふしぎに感じた。「文藝春秋」での担当は、水上奥人さんから薦田岳史さんになり、「オール讀物」では川田未穂さんとなった。三人の労に感謝したい。出版を担当してくれたのは山田憲和さんで、その顔をみると、山田さんが「オール讀物」の編集長であったころを憶《おも》いだした。この小説を温かく抱養《ほうよう》してくれる人である。

二〇二〇年七月吉日

宮城谷昌光

解説

平尾隆弘

《もし、どなたか、孔子の伝記を材料にして小説でも書かれるような時、いままでのように六十になって、七十になって、ますます徳が盛んになったという超人間では、小説になるまいと思います。（略）孔子には先覚者に免れえない孤独感があった。そこを摑まなければ、孔子は生きてこないと思います》（「論語の新しい読み方」一九六九年）――東洋史学の泰斗・宮崎市定が書き遺した言葉だ。以来半世紀余が過ぎ、ようやくこの期待に応える作品が出現した。本書『孔丘』である。著者は「あとがき」に《神格化された孔子を書こうとするから、書けなくなってしまうのであり、失言があり失敗もあった孔丘という人間を書くのであれば、なんとかなるのではないか》と記している。書名は孔子（尊称）でも仲尼《ちゅうじ》（字《あざな》）でもない。通常避けられる孔丘（本名の呼び捨て）を用いたところに、素の孔子と向きあう著者の覚悟のほどが窺《うかが》える。

孔丘（紀元前五五一年～紀元前四七九年）が生きた春秋時代末期は、大混乱の時代だった。周王朝の権威は地に落ち、晋《しん》、斉《せい》、楚、秦などの大国が主導権争いを繰り返す。多くの国で、国王は名目のみの存在となり、大夫《たいふ》（上級貴族）が実権を握っている。母国魯では、国君（昭公）が大夫に追われ亡命七年のあげく客死した。が、大夫とて盤石ではない。「陽虎の乱」に描かれるように、大夫を支えるはずの士（下級貴族）が独裁政治をほしいままにしている。この下剋上の実態を知らずして、孔丘はとうてい理解できない。古代中国を描き続け、春秋戦国に通暁《つうぎょう》する著者は、簡にして要を得た筆致で時代背景を活写する。結果、孔丘がなぜ「礼」を説いたか、なぜそれが人々の心を揺さぶったか、なぜ孔丘は挫折し亡命せざるをえなかったか、時代の必然が生んだ孔丘の像が鮮やかに浮かび上がってくる。

人間孔丘を描きだすことは、聖人孔子を描くよりずっとむずかしいだろう。何しろ人生の事跡そのものが不確定なのだ。出生ひとつとっても、専門家のあいだで、「農民の子」（加地伸行）「下級士族の子」（木村英一他）説が対立し、「父なし子として母の手で貧賤のうちに育てられた」（金谷治）、「母と別れ父方で過ごした」（加地伸行）と見解が違っている。最初の伝記である『史記　孔子世家』は「出色の出来栄え」（貝塚茂樹）という称賛と、「『史記』のうちでも最も杜撰《ずさん》なもの」（白川静）とする見方に分かれるし、いつどこで語られたかが定かでない『論語』の語録は、後世の潤色や創作も多い。孔子本人の言葉かどうか、その意味をどう解すべきか、諸説入り乱れ異なった解釈が無数にある。

宮城谷氏は、蓄積してきた知見を総動員しつつ、孔丘の事跡を確定してゆく。いつ、どこで、何をしたか？　それを明らかにすることと孔丘を知ることとは相同じ。一例をあげよう。本書における孔丘は、成周（周の都）に留学、老子の塾に入門し六年余にわたって教えを乞うている。『史記』に記された成周への留学は「道家が流行してからのちに、孔子と老子とを結びつけるために作り出した一場の作り話にすぎない」（貝塚茂樹）、「老子を持ちあげるためにあとから作られたことで、事実ではない」（金谷治）と断ずる説がある。しかし著者は孔丘にとって留学こそが不可欠な体験だったと考える。老子は老先生の意で後年の書『老子』とは無関係であり、この老子は元・周王室文庫の司書だった、と。留学先で四十歳を迎えた孔丘は、老子の教えによって「周文化がもっともすぐれている」と惑わず確信する。孔丘の周文化へのゆるぎない信頼は、こうしてその根拠を示される。それ以上にハッとさせられるのは、留学先で孔丘が《かつて得たことのないものを得たのである。／それは学友である》という指摘だ。『論語』冒頭「朋《とも》あり遠方より来たる　また楽しからずや」の「朋」は学友を指している。孔丘に弟子はいても友人を持つ機会はなかったはず。いったいどこで学友を得たのか。それは老子に学んだ成周以外考えられない。かくして留学の叙述はリアルに生き生きと訴えかけてくる。

本書の比重は、老境以前の孔丘に置かれている。やがて孔子になる孔丘にぴったり寄り添うように。いきおい、仲由《ちゅうゆう》（子路）を除けばあまり知られていない最初期の弟子が多数登場する。閔損《びんそん》（子騫《しけん》）、秦商《しんしょう》（子丕《しひ》）、顔無繇《がんむよう》、漆雕啓《しっちょうけい》（子開《しかい》）……なかでも、特筆に値するのは漆雕啓の存在である。七章「儒冠と儒服」から現れ、最終三十六章まで常に顔を出す（最多登場）。漆雕啓の存在によって、孔丘も読者もどれほど救われていることか。あの愛すべき快男児、仲由（子路）――「われらはどこにいても、どんな境遇になっても、楽しむ、ということを先生から教えられた」と賛嘆を惜しまなかった仲由ですら、十四年におよぶ多難な亡命生活において、「なあ、子開よ、あんな先生でも、これからもわれらは守っていかねばならないのか」と不満を口にしている。漆雕啓は違う。「死人とかわりがない」ように見える孔丘に寄り添い、人間孔丘の深い悲しみを察している。漆雕啓は著者の分身であり、孔丘の孤独の最も良き理解者だといえよう。

　孔丘には、一貫して変わらないものがあった。冒頭「盛り土」の章に書かれた《すべての人が師であった。どのような境遇にあろうとも、死ぬまで学びつづけるという心構えは、まさしく死ぬまでくずれなかった》という姿勢である。これに類した表現は、最終章に至るまで何度も何度も繰り返される。これこそが人間孔丘を凡人から隔てるものであって、本書を貫く軸はここにある。作者は孔丘に伴走しながら、「学びて厭《いと》わず、人を誨《おし》えて倦《う》まず」（『論語』述而篇）といった姿勢に出会い、そのつど、作家としてのわが身をかえりみたのかもしれない。

孔丘の結婚生活を直視しているのも本書ならでは。孔丘は離別する妻に「あなたには、弱い者の悲しみが、わからないのです」と言われ、息子孔鯉《こうり》には「父は母をいたわりもせず、いびりだした」「女と子どもをいたわらない者が説く礼は、本物か」と不信を抱かれる。父母の愛にも妻との愛にも恵まれなかった孔丘は、家庭人としては失格者だった。著者は《妻の悲しみも、鯉の悲しみもわからぬはずがない孔丘の悲しみを、たれがわかってくれるのか》と記している。このとき孔丘三十歳、『論語』にいう而立《じりつ》の年だ。彼がせっかく得た官途の職を辞し、自らの教場（私塾）開設を決意した年に当たっている。従って、「三十にして立つ」は、ふつう「学問的に自立し」（桑原武夫）と解される。だが、光があれば影がある。《ひとつの大事がはじまろうとしているのに、いまひとつの大事が竟《お》わろうとしている》――学問的自立は、家庭生活への生涯にわたる訣別の告知でもあった。

誰もが驚くのは「仁」をめぐる陽虎とのやり取りであろう。この挿話は『論語』陽貨篇（陽貨と陽虎は同一人物）冒頭にあるのだが、解釈は他の注釈書と天と地ほど違っている。

『論語』の書き下し文を見てみよう。岩波文庫版（金谷治訳注）の陽虎とのくだりは

「曰《い》わく、其《そ》の宝を懐《いだ》きて其の邦《くに》を迷わす、仁《じん》と謂《い》うべきか。曰わく、不可なり。事に従うを好みて亟《しば》〻《しば》時を失う、知と謂うべきか。曰わく、不可なり」である。本書では、この問答を以下のように描いている。

《陽虎の目は孔丘をとらえて、はなさない。

「宝をいだいていながら邦を迷わせたままにしておくのは、仁と謂うべきであろうか。もちろん、仁とはいえない。政治に参加したいのに、たびたびその機会を失うのは、知というべきであろうか。もちろん、知とはいえない。月日は逝《ゆ》き、歳はとどまらない」（略）

孔丘は衝撃をうけた。ただひとつ、

「仁」

ということばに、である。陽虎はどこでそのことばをみつけたのか》

続いて《仁の意味がわからない孔丘は、陽虎におくれをとったおもいで、くやしさがこみあげてきたが、あえて冷静に、

「いつかお仕えするでしょう」

と、答え、仲由の腕を軽くたたいて馬車をださせた》

とある。

「人として正しい在りかた」「人としての本分」（本書）を意味する「仁」。吉川幸次

郎（『中国の知恵』）によれば、『論語』の「全四百九十二章のうち、五十八の章に百五度この字が現われる（略）この書物の最も重要なトピックは、やはり『仁』であると」とされ、この見方は諸家も一致している。「仁というのは、孔子が発明した語であるらしい」と白川静は指摘しているし、孔子の「基本理念」（井波律子）、「最高の徳目」（金谷治）といった「仁」の位置づけは変わらない。ところが、本書における孔丘は、人もあろうに陽虎から、はじめて「仁」の言葉を聞き、その意味がわからなかったというのだ。孔丘はすでに四十代後半になっている。それまで「仁」を知らず、その後、専売特許のように「仁」を標榜《ひょうぼう》することなど、ありうるだろうか。

一見、荒唐無稽に映るこの挿話は、読者の心に強く残るにちがいない。ここに本書のもうひとつの鍵がある。

「曰わく、其の宝を懐きて其の邦を迷わす、仁と謂うべきか。曰わく、不可なり」——二度繰り返される「曰わく」は、本書では陽虎の自問自答とされている。それは金谷治をはじめ、木村英一、宮崎市定等の解釈と同じだ。けれど、現代語訳には別解がある。たとえば井波律子訳（カッコ内表記は井波訳・原文のママ）。

《「（あなたは）宝のような才能を持ちながら、（それを活用せず）国を混迷させている。それは仁といえますか」。（先生は）言われた。「いえませんな」。》《「政治にたずさわることを希望しながら、しばしば時機を失しておられる。それは知といえますか」。（先生は）言われた。「いえませんな」》と、陽虎と孔子とが問答をかわすかたちだ。井波訳（吉川幸次郎、貝塚茂樹、加地伸行の現代語訳も同様）のほうが通説のようで、この場合、陽虎が孔子に、「あなたは日頃しきりに『仁』を説いておられる。しかしあなた自身はどうなんですか」と問いかけ、孔子は一本取られたことになる。が、どちらの解釈を取るにせよ、陽虎と孔丘とのあいだで「仁」は「すでにあるもの」であって、お互いの了解事項とされてきた。それでは「仁」が生きてこない、作者はそう考えたのではないだろうか。「仁」を既成の概念から解き放ち、孔丘の肉声のように響かせることはできないか、と。本書の独創はここにきわまる。宮城谷氏は、「仁」を陽虎に語らせることで、これまで誰も想像しえなかった、孔丘の内面のドラマを描き出した。「仁」を小説化し、「仁」に生命《いのち》を与えたのである。

　こうして、「仁」は聖人の抽象的な言葉から、人間孔丘のリアルな言葉に変貌する。たとえば「仁」の一面とされる有言実行、言行一致は、「過《あやま》ち」に向かう孔丘の言行によって、きわめて具体的な様相をおびてくる。陽虎に「やられた」「またしても侮辱された」と自ら認めているように、孔丘は陽虎に対しぶざまな失態を演じ、やがて失態を挽回する。『論語』里仁篇「過ちを観て斯《ここ》に仁を知る」は、通常「他人の過ちを見ればその人の仁の程度がわかる」と解されている。しかし、本書の叙述をふまえれば、「過ち」を犯したのは孔丘自身であり、陽虎に「仁」を教えられたと読みかえることができる。そして、『論語』における「過ち」の語録は、すべて、孔丘の失態と内省と努力と実践に裏打ちされる。「過ちあれば、人必らずこれを知る」(述而篇)、「過てば則《すなわ》ち改むるに憚《はばか》ること勿《な》かれ」(学而篇)、「過ちて改めざる、是れを過ちと謂う」(衛霊公篇)等々、孔丘の体験談を聞いている気分になる。

陽虎と「仁」の関係はさらに重要である。著者は、初版刊行後、朝日新聞のインタビューに答え「下卑た言葉で言うと、孔子は(陽虎から仁を)パクったわけです」と韜晦《とうかい》気味に語っている。だが「パクリ」の語を決して軽く見てはいけない。「パクリ」こそが孔丘の真髄であり、「述べて作らず」も「温故知新」も、きわめて高度な「パクリ」の表明といえるのだ。

本書によれば、《徳を利害からはなして、個人の倫理的あるいは人格的成熟として示した》のは孔丘であった。葬儀の手続きにとどまる「礼」(小人の儒)を高次の「礼」へと引き上げたのも孔丘。族長と同義だった「君子」の語を、理想的人格者を指す意にしたのも孔丘。《陽虎が考えている仁よりもはるかに抽象度が高いことばとして仁をすえなおす》(本書)こと、まさしくそれは「パクリ」の発展型、完成型であり、到達点を指しているではないか。

孔丘と陽虎は宿命の対立関係にあった。本書に詳述され、白川静が「自己の理想態に対する否定態としての、堕落した姿を、孔子は陽虎のうちに認めていた」(『孔子伝』）と書いているように。そもそもの出会いは、母の喪中だった二十四歳、孔丘の仕官の契機を陽虎が奪ったときだ。孔丘は陽虎を怨《うら》み、「あの男を超えてやる」と心に誓う。《あの男を超える、ということは、あの男に詆辱《ていじょく》された自身を超えることにほかならない》とも書かれている。はるかな歳月を経て、孔丘はこの思いをみごとに成就した。「仁」の換骨奪胎によって。胸のすく、何という鮮やかな逆転劇であろう。

後年の書『孟子』には、「陽虎曰く、『富を為《な》せば仁ならず。仁を為せば富まず』と」という言葉が残されている。いかにも陽虎が言いそうなセリフで、陽虎は当然のごとく「仁」よりも富と権力の座を選んだ。孔丘は陽虎から「仁」を奪い、「仁」の意味を最大限拡張した。至上の価値を与えた「仁」によって、孔丘は「怨み」を超え、陽虎を超え、自身を超えた。

（評論家）

初出誌
「文藝春秋」二〇一八年一月号〜二〇一九年十二月号
「オール讀物」二〇二〇年三・四月合併号、五月号
単行本
二〇二〇年十月　文藝春秋刊

文春文庫

孔《こう》丘《きゅう》　下

定価はカバーに
表示してあります

2023年10月10日　第1刷

著　者　宮《みや》城《ぎ》谷《たに》昌《まさ》光《みつ》
発行者　大沼貴之
発行所　株式会社　文藝春秋

東京都千代田区紀尾井町 3-23　〒102-8008
TEL　03・3265・1211(代)
文藝春秋ホームページ　http://www.bunshun.co.jp

落丁、乱丁本は、お手数ですが小社製作部宛お送り下さい。送料小社負担でお取替致します。

印刷・TOPPAN株式会社　製本・加藤製本　Printed in Japan
ISBN978-4-16-792107-1

（　）内は解説者。品切の節はご容赦下さい。

宮城谷昌光
天空の舟
小説・伊尹伝（上下）
中国古代王朝という、前人未踏の世界をロマンあふれる勁い文章で語り、広く読書界を震撼させた傑作。夏王朝、一介の料理人から身をおこした英傑伊尹の物語。（齋藤愼爾）
み-19-1

宮城谷昌光
中国古典の言行録
中国の歴史と文化に造詣の深い作家が、論語、詩経、孟子、老子、易経、韓非子などから人生の指針となる名言名句を選び抜き、平明な文章で詳細な解説をほどこした教養と実用の書。
み-19-7

宮城谷昌光
太公望
（全三冊）
遊牧の民の子として生まれながら、苦難の末に商王朝をほろぼした男・太公望。古代中国史の中で最も謎と伝説に彩られた人物の波瀾の生涯を、雄渾な筆で描きつくした感動の歴史叙事詩。
み-19-9

宮城谷昌光
沙中の回廊
（上下）
中国・春秋時代の晋。没落寸前の家に生まれた士会は武術と知力で名君・重耳に見いだされ、乱世で名を挙げていく。宰相にのぼりつめた天才兵法家の生涯を描いた長篇傑作歴史小説。
み-19-14

宮城谷昌光
管仲
（上下）
春秋時代の思想家・為政者として卓越し、理想の宰相と讃えられた管仲と、「管鮑の交わり」として名高い鮑叔の、互いに異なる性格と、ともに手をとり中原を駆けた生涯を描く。（湯川　豊）
み-19-16

宮城谷昌光
春秋名臣列伝
斉を強国に育てた管仲、初の成文法を創った鄭の子産、呉王を覇者にした伍子胥——。無数の国が勃興する時代、国勢の変化と王室の動乱に揉まれつつ、国をたすけた名臣二十人の生涯。
み-19-18

宮城谷昌光
戦国名臣列伝
越王句践に呉を滅ぼさせた范蠡。祖国を失い、燕王に仕えて連合軍を組織した楽毅。人質だった異人を秦の王に育てた呂不韋。合従連衡、権謀術数が渦巻く中、自由な発想に命をかけた十六人。
み-19-19

宮城谷昌光
楚漢名臣列伝
秦の始皇帝の死後、勃興してきた楚の項羽と漢の劉邦。覇を競う彼らに仕え、乱世で活躍した異才・俊才たち。項羽の軍師・范増、前漢の右丞相となった周勃など十人の肖像。
み-19-28

宮城谷昌光
三国志　全十二巻
後漢王朝の衰亡から筆をおこし「演義」ではなく「正史三国志」の世界を再現する大作。曹操、劉備など英雄だけではなく、将、兵、そして庶民に至るまで、激動の時代を生きた群像を描く。
み-19-20

宮城谷昌光
三国志外伝
「三国志」を著したのは、諸葛孔明に罰せられた罪人の息子だった(「陳寿」)。匈奴の妾となった美女の運命は(「蔡琰」)。三国時代を生きた、梟雄、学者、女性詩人など十二人の生涯。
み-19-35

宮城谷昌光
三国志読本
「三国志」はじめ、中国歴史小説を書き続けてきた著者が、自らの創作の秘密を語り尽くした一冊。宮部みゆき、白川静、水上勉らとの対談、歴史随想、ブックガイドなど多方面に充実。
み-19-36

宮城谷昌光
三国志名臣列伝　後漢篇
怜悧な頭より「孝心」が尊ばれた後漢時代。王朝末期、外戚と宦官に権力が集中し人民は疲弊、やがて「黄巾の乱」が起きる。国家の危機に輩出した名臣・名将七人の列伝。　　（湯川　豊）
み-19-45

宮城谷昌光
華栄の丘
詐術とは無縁のままに生き抜いた小国・宋の名宰相・華元。大国・晋と楚の和睦を実現させた男の奇蹟の生涯をさわやかに描く中国古代王朝譚。司馬遼太郎賞受賞作。　　（和田　宏・清原康正）
み-19-34

宮城谷昌光
沈黙の王
中国で初めて文字を創造した商(殷)の武丁の半生を描いた表題作に加え、「地中の火」「妖異記」「豊饒の門」「鳳凰の冠」の全五篇を収録。みずみずしい傑作集。　　（湯川　豊）
み-19-37

文春文庫　宮城谷昌光の本

（　）内は解説者。品切の節はご容赦下さい。

宮城谷昌光
王家の風日
紂王のもと滅亡に向け傾きゆく商王朝を支え続けた宰相・箕子。彼と周の文王、太公望らの姿を通し、古代中国における権力の興亡と、人間の運命を描き切ったデビュー作。（平尾隆弘）
み-19-39

宮城谷昌光
劉邦（一）
地方官吏・劉邦は、始皇帝陵建設の夫役に向う途上、職をなげうち山に籠る。陳勝・呉広が叛乱を起こし、戦雲が世を覆う中、秦の圧政打倒のため挙兵を決意する。毎日芸術賞受賞。

み-19-40

宮城谷昌光
劉邦（二）
挙兵した劉邦は、沛公と称され、民衆の支持を得る。人事の天才である彼の許には、稀代の軍師張良はじめ名臣たちが続々と集結する。やがて劉邦たちの前に、項梁と項羽が現れる。

み-19-41

宮城谷昌光
劉邦（三）
項羽と協力して秦と戦った劉邦は、項羽の勇猛さと狷介な人間性を知る。楚王より関中平定の命を受けた劉邦は、ついに秦を降伏させる。そして鴻門の地で再び項羽と相見えるのだった。

み-19-42

宮城谷昌光
劉邦（四）
項羽により荒蕪の地、漢中の王に封じられた劉邦は、韓信を新たな臣下に得て、楚軍との間で激しい戦いを繰り返す。劉邦は幾度も窮地をはねのけ、ついに漢王朝を樹立する。（湯川　豊）
み-19-43

宮城谷昌光
孟夏の太陽
中国春秋時代の大国・晋の重臣、趙一族。太陽の如く苛烈な趙盾に始まるその盛衰を、透徹した視点をもって描いた初期の傑作の新装版。一国の指導者に必要な徳とは。（平尾隆弘）
み-19-44

宮城谷昌光
長城のかげ
「王になりたいのさ」。小家の青年・劉邦が垓下の戦いで項羽を下し、漢王朝を興すまでを、彼の影で各々いのちを燃やした男たちの視点で描く、長篇のような味わいの連作短篇集。（湯川　豊）
み-19-46

乙川優三郎
生きる
亡き藩主への忠誠を示す「追腹」を禁じられ、白眼視されながら生き続ける初老の武士。懊悩の果てに得る人間の強さを格調高く描いた感動の直木賞受賞作など、全三篇を収録。（縄田一男）
お-27-2

奥山景布子
葵の残葉
尾張徳川の分家筋・高須に生まれた四兄弟はやがて尾張、一橋、会津、桑名を継いで維新と佐幕で対立する。歴史と家族の情が絡み合うもうひとつの幕末維新の物語。（内藤麻里子）
お-63-2

奥山景布子
音四郎稽古屋手控
音わざ吹き寄せ
元吉原に住む役者上がりの音四郎と妹お久。町衆に長唄を教えているが、怪我がもとで舞台を去った兄の事情を妹はまだ知らない。その上兄には人に明かせない秘密が……。（吉崎典子）
お-63-3

大島真寿美
渦
妹背山婦女庭訓　魂結び
浄瑠璃作者・近松半二の生涯に、虚と実が混ざりあい物語が生まれる様を、圧倒的熱量と義太夫の如き心地よい大阪弁で描く。史上初の直木賞&高校生直木賞W受賞作！（豊竹呂太夫）
お-73-2

海音寺潮五郎
加藤清正
（上下）
文治派石田三成、小西行長との宿命的な確執、大恩ある豊家危急存亡の苦悩——英雄豪傑の象徴のように伝えられるこの武将の鎧の内にあった人間の素顔を剔抉する傑作歴史長篇。
か-2-19

海音寺潮五郎
天と地と
（全三冊）
戦国史上最も戦巧者であり、いまなお語り継がれる武将・上杉謙信。遠国の越後でなければ天下を取ったといわれた男の半生と、宿敵・武田信玄との数度に亘る川中島の合戦を活写する。
か-2-43

加藤　廣
信長の棺
（上下）
消えた信長の遺骸、秀吉の中国大返し、桶狭間山の秘策——。丹波を訪れた太田牛一は、阿弥陀寺、本能寺、丹波を結ぶ〝闇の真相〟を知る。傑作長篇歴史ミステリー。（縄田一男）
か-39-1

（　）内は解説者。品切の節はご容赦下さい。

加藤　廣
秀吉の枷
（全三冊）
「覇王（信長）を討つべし！」　竹中半兵衛が秀吉に授けた天下取りの秘策。異能集団〈山の民〉を伴い天下統一を成し遂げ、そして病に倒れるまでを描く加藤版「太閤記」。（雨宮由希夫）
か-39-3

加藤　廣
明智左馬助の恋
（上下）

秀吉との出世争い、信長の横暴に耐える主君光秀を支える忠臣左馬助の胸にはある一途な決意があった。大ベストセラーとなった『信長の棺』『秀吉の枷』に続く本能寺三部作完結篇。

か-39-6

風野真知雄
耳袋秘帖
眠れない凶四郎（一）
妻が池の端の出合い茶屋で何者かに惨殺された。その現場に立ち会って以来南町奉行所の同心、土久呂凶四郎は不眠症に。見かねた奉行の根岸は彼を夜専門の定町回りに任命。江戸の闇を探る！

か-46-38

風野真知雄
耳袋秘帖
南町奉行と大凶寺
深川にある題経寺は正月におみくじを引いたら大凶ばかり、檀家は落ち目になり、墓をつくれば死人が化けて出る。近所の商人から相談された根岸も、さほどの事とは思わなかったのだが。

か-46-43

門井慶喜
ゆけ、おりょう
「世話のやける弟」のような男・坂本龍馬と結婚したおりょうは、酒を浴びるほど飲み、勝海舟と舌戦し、夫と共に軍艦に乗り長崎へ馬関へ！　自立した魂が輝く傑作長編。（小日向えり）
か-48-7

梶　よう子
一朝の夢
朝顔栽培だけが生きがいで、荒っぽいことには無縁の同心・中根興三郎は、ある武家と知り合ったことから思いもよらぬ形で幕末の政情に巻き込まれる。松本清張賞受賞。（細谷正充）
か-54-1

梶　よう子
赤い風
原野を二年で畑地にせよ――。川越藩主柳沢吉保は前代未聞の命を下す。だが武士と百姓は反目し合い計画は進まない。身分を超え、未曾有の大事業を成し遂げられるのか。（福留真紀）
か-54-4

川越宗一
天地に燦たり
なぜ人は争い続けるのか——。日本、朝鮮、琉球。東アジア三か国を舞台に、侵略する者、される者それぞれの矜持を見事に描き切った歴史小説。第25回松本清張賞受賞作。（川田未穂）
か-80-1

北方謙三
杖下《じようか》に死す
剣豪・光武利之が、私塾を主宰する大塩平八郎の息子、格之助と出会ったとき、物語は動き始める。幕末前夜の商都・大坂を舞台に至高の剣と男の友情を描ききった歴史小説。（末國善己）
き-7-10

木内　昇《のぼり》
茗荷谷の猫
茗荷谷の家で絵を描きあぐねる主婦。染井吉野を造った植木職人。画期的な黒焼を生み出さんとする若者。幕末から昭和にかけ各々の生を燃焼させた人々の痕跡を掬う名篇9作。（春日武彦）
き-33-1

木下昌輝
宇喜多の捨て嫁
戦国時代末期の備前国で宇喜多直家は、権謀術策を縦横無尽に駆使し、下克上の名をほしいままに成り上がっていった。腐臭漂う、希に見る傑作ピカレスク歴史小説遂に見参！
き-44-1

木下昌輝
人魚ノ肉
八百比丘尼伝説が新撰組に降臨！　人魚の肉を食べた者は不老不死になるというが……舞台は幕末京都、坂本竜馬、沖田総司、斎藤一らを襲う不吉な最期。奇想の新撰組異聞。（島内景二）
き-44-2

堺屋太一
豊臣秀長
ある補佐役の生涯（上下）
豊臣秀吉の弟秀長は常に脇役に徹したまれにみる有能な補佐役であった。激動の戦国時代にあって天下人にのし上がる秀吉を支えた男の生涯を描いた異色の歴史長篇。（小林陽太郎）
さ-1-14

早乙女　貢
明智光秀
明智光秀は死なず！　山崎の合戦で生き延びた光秀は姿を僧侶に変え、いつしか徳川家康の側近として暗躍し、二人三脚で豊臣家を滅ぼし、幕府を開くのであった！（縄田一男）
さ-5-25